大鱼

有爱的青春陪伴者

桂媛
GUIYUAN ——

著

还有三秒就初恋

The first love

广东旅游出版社
GUANGDONG TRAVEL & TOURISM PRESS

中国·广州

图书在版编目（CIP）数据

还有三秒就初恋 / 桂媛著. — 广州：广东旅游出版社，2021.11
ISBN 978-7-5570-2579-3

Ⅰ．①还… Ⅱ．①桂… Ⅲ．①长篇小说—中国—当代 Ⅳ．①I247.5

中国版本图书馆CIP数据核字(2021)第172118号

还有三秒就初恋

Hai You San Miao Jiu Chu Lian

桂媛 / 著

◎出版人：刘志松 ◎总策划：苏瑶 ◎责任编辑：何方 ◎责任技编：冼志良 ◎
责任校对：李瑞苑 ◎策划：廖晓霞 蒋彩霞 ◎设计：蔡璨 ◎封面绘制：苒辰

出版发行：广东旅游出版社
地址：广东省广州市荔湾区沙面北街71号
邮编：510130
电话：020-87347732
印刷：长沙鸿发印务实业有限公司
地址：长沙黄花工业园三号
邮编：410137
开本：889毫米×1194毫米 1/32
印张：8.5
字数：189千字
版次：2021年11月第1版
印次：2021年11月第1次
定价：39.80元

目录

contents

The first love

目录
contents

The first love

第一章

风吹麦浪

:

九月的夜晚依然热气熏天，晚风徐徐吹过，为原本就快要沸腾的操场增添了热浪。

已是夜晚，参加军训的大一新生们正围坐在一起出神地望着操场当中。

操场当中一名身姿优美的少女正随着音乐翩然起舞，她抬起纤长的胳膊，扬起了头，侧影宛如一幅世界名画。没有人说话，生怕会打扰了她，连呼吸都变得小心翼翼，只有无数手机对准了她。

少女一回眸，露出了秀丽的容貌。她有着一张令人嫉妒的容颜，仿佛明星般耀眼夺目。少女旋转起身体，盘在脑后的长发突然松开，像一片黑色的纱扬起来，披散下来包裹住她，为她平添了几分神秘，几分妩媚。

众人都目瞪口呆，许久后才发出了热烈惊呼的掌声，伴随着掌声的还有此起彼伏的叫声："苏月！苏月！"

少女苏月向众人鞠了一躬，在众人惊叹的目光中从容地走回自己原本坐的位置，只是刚坐下，就有人将一件外套扔在她身上。

苏月不必抬头就知道是谁扔的，不会是别人，一定是梁墨。她抬头一看，果然见到梁墨站在不远处冷冷地望着她，并没有半分为她高兴的样子。

苏月懒得理他。

梁墨是她的发小，两人从小就认识，从小学一直到高中，两人都是同班同学，现在又一起考上了同一所大学。梁墨的性格她很了解，她越是风光的时候，他越不高兴。

苏月套上外套，十指当梳，将长发重新盘起，继续望着操场中央。

今天是新生军训后的活动，要求大家表演节目互相认识。

现在走到操场中央的是一名短发少女，她长着一张略带婴儿肥的圆脸，一双大大的眼睛，红嘟嘟的嘴唇，笑起来时会露出两颗尖尖的虎牙，显得很有精神。

苏月刚表演完，没有人敢登台，唯有她先站了出来，丝毫不怯场。少女拿着话筒先自我介绍："我叫江暖暖，江河的江，暖和的暖，我就像是一个小太阳，给所有人送温暖。"

大家笑了起来。

江暖暖接着说："我给大家唱一首《暖暖》，请记住我的名字哟！"

结果一开口她便进错了拍子，引起哄堂大笑。她吐了吐舌头，说："不好意思，唱错了，重新来一遍。"

说完，她从容不迫地对放音乐的同学说："重来！"

这次她完整地唱完了，虽然不算多动听，但也不难听。大家嘻嘻哈哈地笑了一阵，只有梁墨没有笑，多看了她两眼。

还有三秒
就初恋

江暖暖唱完后，大家纷纷上台表演，唱歌、跳舞、魔术、相声，闹了好一阵子，气氛很热烈。

快要结束的时候，大一新生代表上前讲话。

一名瘦瘦高高的少年从容不迫地走到了中间。同样穿着军训服，他却穿出了不一样的感觉，惹得大家纷纷伸长脖子看。他长得干净斯文，戴着一副黑框眼镜，虽然军训晒黑了，却让他更显帅气。

许多女生挤在一起叽叽喳喳地讨论："好帅啊！快看我的男神！"

"他是谁啊？"有女生歪着头悄声问。

"超级学霸贺志野，高考状元，今年学校的最高分！"早已经探明情况的同学迅速向四周传播八卦。

贺志野还未开口，名字已经传遍了操场。就在众人议论纷纷之时，人群中传出了一声大叫："贺志野，我喜欢你！"

众人不禁瞠目结舌，纷纷看向那个大胆告白的女生。

只见江暖暖面色潮红地站在操场的一角望着贺志野，两只眼睛亮晶晶，像有光在闪耀。

贺志野从容地笑了笑："谢谢这位同学，我也喜欢你，喜欢你们大家，喜欢这所学校，我相信这就是我们今天能在此相聚的原因……"

热闹的迎新会在嘻嘻哈哈的笑声中结束了，除了贺志野，江暖暖无疑成为本次迎新会最红的人。人人都记得她在迎新会上那一声当众告白，看她的眼神都有些不同。

江暖暖低着头看着手机那头发来的消息，是来自贺志野的："兄弟，你的演技真的超棒啊！谢谢你帮我打造男神形象。"

江暖暖苦笑一声，打了一行字"我是认真的"，却没发出去。

她和贺志野是邻居，从穿开裆裤就认识，两个人还没上幼儿园时就天天在一起玩，上学后两人一直同校同班，好得和穿一条裤子的兄弟一样。贺志野是学霸，江暖暖学习差一些，他就天天给她补习。江暖暖贪玩闯祸，他就帮她想办法兜底解决问题。

不知道从什么时候开始，江暖暖发现自己已经无法离开贺志野，而贺志野却一直当她兄弟。高中以后，她发现贺志野和自己成绩差距变大，生怕自己没办法和贺志野考上同一所大学，她努力了整整两年，终于如愿以偿跟着他一起上了同一所大学。

她叹了口气，将那行字删掉，选了个爆笑的表情包发过去："哈哈，那当然，我的演技超棒的！肯定要挺自家兄弟！"

篮球场上人声鼎沸，一场激烈的篮球比赛正在进行。大一新生的对决，因为贺志野的存在，而格外吸引众人的目光。

贺志野这个学霸是德智体全面发展的一级优等生，不仅学习好，体育也相当优秀，尤其是篮球打得非常好。他像个篮球明星满场飞奔，他腿长胳膊也长，他左闪右避，突破包围圈，绕到篮筐下，长而有力的胳膊往篮筐上一抬，篮球便乖乖地进了篮筐。

他跳起来的时候，衣摆扬起，露出他的六块腹肌，阳光照耀在他满是汗水的脸庞上，像是无数碎钻在闪耀。操场周围的女生尖叫声此起彼伏，一双双眼睛里都冒出了"星星"。

"男神！"好多女生一边尖叫，一边拿出手机拍视频。江暖暖跳得最凶，手里舞着毛巾和矿泉水瓶，不住地呼唤贺志野的名字。

贺志野冲着她一笑，露出一排雪白整齐的牙。

站在江暖暖身旁的女生们都被他的笑容电得发晕，发出阵阵尖叫。

贺志野朝着江暖暖跑来，接过她手里的矿泉水瓶咕咚咕咚灌了好几口，用毛巾擦去脸上的汗，对她笑道："好兄弟，你想得真周到，我正渴得要命呢！一会儿别走，我请你吃饭！"

江暖暖心情大好，她得意扬扬地在四周女生嫉妒的眼神里答得响亮："好！"

贺志野将毛巾和矿泉水还给她，继续回到场上比赛。只是他跑向赛场前，忽然向着另外一边观赛的人群走了几步，还对那边摆了摆手。

江暖暖朝着贺志野摆手的方向看去，只见一群女生当中站着一个身材高挑的女生，她不像其他女生那样惊声尖叫，只是安安静静地站在人群里。虽然站在不起眼的位置，却像有光打在她身上，让人不由自主将目光聚拢在她身上。

江暖暖记得她，她就是那个在迎新会上凭借一支舞蹈惊艳四座的苏月。

自从苏月跳了那支舞，整个学校一大半的人都记得她。江暖暖那时候也曾激动得差点冲上去对她喊道："小姐姐，为你打 call（应援）！"

此时，江暖暖的心里一连串的疑问，苏月怎么会在这里？也是来看贺志野打球的吗？看贺志野和苏月打招呼的态度，两个人好像已经认识了，他们是怎么认识的？

这场比赛，以贺志野这边的球队大获全胜而结束。女生们都很高兴，江暖暖尤其高兴，一个箭步从看台跳到了篮球场上，正要冲向贺志野，却见贺志野径直朝苏月走过去。

江暖暖一愣，连忙追了过去。

只见贺志野对苏月说了几句话，又转过身对江暖暖摆手示意："暖暖，快来！"

江暖暖连蹦带跳地跑到贺志野身旁，拍着贺志野的肩膀说："哥们，什么时候交了这么漂亮的女朋友，都不告诉我？"

贺志野拨开她的手，笑着说："别胡说，这是苏月。苏月，这是我的好哥们江暖暖。"

江暖暖冲着苏月笑："我知道你，校花小姐姐。"

苏月笑着说："我也记得你，你在迎新会上唱过歌。"

江暖暖一愣，没想到苏月居然会记得她。她对苏月嘻嘻哈哈说："小姐姐能记住我，是我的荣幸。"然后用手肘捅了捅贺志野，"你是怎么认识小姐姐的？"

"这事说来话长。走，我们边吃边说。"贺志野又问苏月，"一起吃饭吗？"

苏月大大方方地点头："好啊。"

三个人一起去了食堂。

贺志野点了七八个菜，江暖暖扫了一眼桌子上的菜，对贺志野说："说吧，你老实交代，你有什么事情要求我？"

贺志野笑着说："你怎么知道我有事找你？"

江暖暖用筷子指着桌子上的菜，说："哼哼，这些都是我喜欢的菜。无事献殷勤，非奸即盗，咱俩这么熟了，我还不了解你？"

苏月看着两人问道："你们这么熟悉？"

江暖暖抢先回答："我们刚出生就认识了。"

苏月微微一笑："原来是青梅竹马。"

"郎骑竹马来，绕床弄青梅。"江暖暖笑嘻嘻地说，"说的就是我们。"

贺志野没有否认，拍了她的脑袋一下："你居然会念诗了。"

江暖暖大言不惭："唐诗三百首，宋词三百首，我都倒背如流！"

贺志野取笑道："是是是，你还忘了说元曲！我们暖暖那可是大才女，没有什么不会的。"

江暖暖很满意，目光再次扫向了苏月。苏月只是笑，并没有说话。

"大才女。"贺志野夹了一块鸡肉放在江暖暖的碗里，"帮我个忙呗。"

"什么事？"江暖暖很高兴地夹起鸡肉送入口中。

"我记得你会做视频剪辑对吧？"贺志野问道。

江暖暖的神情微微一滞，糟糕，不会是找她来做视频吧？她之前是多次在贺志野面前吹嘘过，自己如何做视频，可事实上，她只是个入门。

她安慰自己，可能不会找她做视频，只是随便一问。她镇定地点头："对啊。"

"正好有个事要找你。"贺志野说，"是这样的，学校的宣传部让我们拍摄宣传视频，我想着你会剪辑视频，就想让你帮忙。你放心，不白干活，是有偿的。"

江暖暖刚想拒绝，可是看到苏月的眼神，心里一跳。她问："不会是让你们两个人拍的视频吧？"

"对。"贺志野点点头，"是我们。"

"已经拍好了？"江暖暖放下了筷子望着两人，他们两个人郎才女貌，

CP 感十足，宣传部找他们确实合情合理。

"行不行？"贺志野用期待的眼神望着她。

"哎呀，这点小事还说这些，都是自家兄弟，我肯定帮你搞定了。"
江暖暖大包大揽，又笑眯眯地问，"你们什么时候拍的？"

贺志野想了想说："上上周五中午。"

"这么长时间了？"江暖暖很惊讶，贺志野居然一直没告诉她。

"嗯。其实刚开学的时候没多久，宣传部就找了我们，后来因为开
学特别忙，拖到了上上周五才拍。"贺志野解释道。

苏月在旁补充道："因为我们也不大熟悉视频拍摄，所以来来回回
地拍了好多次，本来以为拍好就行了，现在才知道要剪辑好。"

两人口口声声都在说"我们"，这让江暖暖很不舒服，向来只有她
和贺志野是"我们"。现在多了个苏月和他成了"我们"，那她算什么？

两人并未发现江暖暖的情绪变化，一唱一和地对江暖暖说起视频拍
摄时的花絮。江暖暖心不在焉地听，心里暗自发誓，一定不能让贺志野
小瞧了。

两天过去，头发被薅了好多根，江暖暖趴在桌子上发出绝望的哭号。

天哪，她当时是抽的什么风？怎么能答应贺志野？

她以为只是个简单的小视频剪辑而已，看到素材的时候，才知道是
个大视频，而且是个非常正经的视频，她这点技术水平根本剪辑不了。

更让她心塞的是视频的内容，说是给学校做宣传拍的视频，主角却
是贺志野和苏月。两人在校园里走路、读书的画面分明拍得像是校园偶
像剧！她的心里像被塞了好几块大石头，真是堵得慌，却又觉得这两人

还有三秒
就初恋

真是登对养眼啊。她足足盯着画面看了几个小时，愣是没有任何头绪。

"不行，振作起来，江暖暖！"江暖暖自言自语，"不能再这样下去！"

她到处搜索剪辑视频的教程，学习别人的视频剪辑制作，足足弄了一整个通宵才剪出一个小样。差强人意，也算能看得过去。

江暖暖拿着自己的视频去找贺志野，路过操场时，突然听到了几个女生围在一起叽叽喳喳地议论："哇，这个视频也太炫酷了吧！"

江暖暖伸长脖子，挤到人堆里一看，果然是个极其酷炫的视频。视频拍摄的内容没什么特别，但是剪辑出来后却超级酷炫。

江暖暖顿时觉得自己剪辑的视频根本就是土味视频，完全不上档次。

她手心里冒出了汗，原本那点小信心立即被打击得荡然无存。

就在这时，她听到了一句话："这个视频是梁墨做的啊？真是太厉害了！"

"梁墨是谁？"江暖暖立刻问道。

"梁墨你都不知道？播音系超级有名的帅哥啊！"

几个人叽叽喳喳地向江暖暖"科普"了梁墨的事迹。

梁墨——传说中今年播音系里面最靓的仔，拥有非常迷人的声音。

据说他的声音千变万化，被老师们当成奇才。

然而这位奇才却不爱说话，大多数时候挂着一张冰霜脸，少言寡语。他非常喜欢剪辑制作视频，在网上也是有名的大佬。

江暖暖的头脑里冒出了一连串问号。她没听说过这个人，对他也没任何印象。于是她问："他是我们这届的吗？"

"当然啊。"女生很热心地继续说，"和我们一起军训过的。"

江暖暖在脑子里面搜索了半天，陡然想起了一个身影。

那个夕阳斜垂的傍晚，军训了一天的她累得半死，买了几瓶矿泉水努力往宿舍挪移。

走到宿舍附近的山坡时，她发现了一个人影在山坡最高处站着，因为背着光，她没看清楚对方的长相，只觉得被夕阳勾勒出的剪影很好看。

她一边盯着剪影看一边往山上走，脚下没注意摔了一跤。然后，她听到了一阵放肆大笑。她爬起来发现，笑她的人竟然就是那个好看的剪影。她心里有气，说："有什么好笑的？你是什么人啊？看人家摔倒不帮忙还笑别人？"

对方慢条斯理地说："我有这个义务吗？"他的声音格外好听，带着慵懒和磁性。

江暖暖被他的话噎到，愤愤地说："对，就是因为人人都像你这样，这个世界才这么冷漠！"

那人发出一声冷笑："如果碰瓷的人都像你这么想就好了。"

她拎着东西说："如果不想帮人，借口永远都有。我相信这个世上好人总是多的。"

"幼稚。"对方并不为所动，懒懒地扭过头继续看着远方，似乎不屑再和她辩驳。

她快要气炸了："你才幼稚！不，你这是冷漠！自私！"她有意上前和他争论一番，于是拎着矿泉水努力往上攀爬。

他居然爬到那么高，军训不累吗？

她不能服输，一边爬一边搜肠刮肚想了一大堆，快要爬到山坡最高处时，那人居然离开了。

他下山的速度很快，一眨眼就消失不见了。

还有三秒
就初恋

她站在那里，目瞪口呆，两腿发软。

不会就是那个人吧？江暖暖心里有种不祥的预感。虽然那天没看清楚他的模样，虽然很讨厌那人，但她摸着自己的良心承认了，他的声音真是特别迷人、特别好听。

她怀着忐忑不安的心情按照其他同学的指点，在校园的一个角落里看到了传说中的梁墨。他正举着手机蹲在地上不知道在拍什么。

"你好，你是梁墨吗？"江暖暖小心翼翼地上前打招呼。

梁墨迅速关闭手机屏幕，抬起头看向江暖暖，目光生冷。

江暖暖被这张挂着生人勿近的脸震得一句话都说不出来，好有压力。

梁墨站了起来。他比江暖暖高一个头，五官立体，不说话时，面容似雕塑，微微下垂的嘴角让他看上去更生冷。

他低头看向江暖暖时，压迫感更强。

他用疑惑的目光飞快地扫了一眼江暖暖，问："有事？"

江暖暖这才如梦方醒，结结巴巴地将来意说清楚。

梁墨听完后眉头都没动，淡淡地吐出两个字："不行。"

"为什么？"江暖暖脱口问道。

梁墨用冷冷的目光扫了她一眼："没有为什么。"

"什么事都有原因的吧？"江暖暖不放弃，"我知道请你帮忙是唐突了点……"

"知道还问？"梁墨锐利的目光掠过她，"我没有义务帮你。"

江暖暖顿时醒悟过来："真的是你！"

梁墨没说话。

江暖暖后悔得肠子都青了："早知道真的是你，我就不来找你这种没人情味的铁石心肠了。"

她一扭头转身要走。

梁墨却在她背后说："要我帮你也可以，不过要付出点代价。"

江暖暖疑惑地问："什么？"

"凡事都有代价，免费的东西最贵，你应该知道这个道理。"梁墨的脸上没有半分开玩笑的意思。

江暖暖想了想，问："你要多少钱？"

"钱？"梁墨的脸上露出了不屑的笑容，"你有多少钱？"

江暖暖倒吸一口凉气："你不会想把我的钱都拿走吧？"

梁墨冷冷地说："就算把你所有钱给我都不行。"

"那你要怎么样？"江暖暖不耐烦地问。

望着她那张微微泛红的小脸，气鼓鼓的，像个小气球，梁墨不由得嘴角微微上扬："我说，你怎么像个小孩？"

江暖暖不明所以地望着他："小孩？"

梁墨笑而不答。进入大学后，大家的打扮都渐渐成熟起来，唯有她扎着两个小辫子像个未成年少女，衣品也让他一言难尽。

"你到底要怎么样才能帮我剪辑视频？"江暖暖再次问道。

"求人有你这样的态度吗？"梁墨扫了她一眼，向她伸出一只手，"拿来。"

"什么？"江暖暖一愣，旋即明白过来，立即将手机拿出来，"视频在这里。"

江暖暖不怕丢人，将自己剪辑的视频放给梁墨看。

梁墨只看了几秒，眼神微微一变，将手机递给了她，二话不说转身就走。

江暖暖莫名其妙，跟在他身后追："喂，你去哪里？"

梁墨把她当成空气，径直往前走。他的腿很长，迈的步子很大，江暖暖跟在身旁一溜小跑："大哥，你说句话啊，到底怎么了？你不是答应给我改了吗？"

梁墨一直不说话。

江暖暖急了，一把拉住他的胳膊："梁墨，你个大男人搞什么鬼啊，说话不算话！"

"我怎么说话不算话了？"梁墨终于开了金口，"我只是让你把视频拿来，没有说帮你剪辑。"

江暖暖傻了眼："那你不帮我剪辑，为什么要看？"

梁墨扯了扯嘴角："只是想看看你做的视频到底有多差。"

江暖暖被噎得无话可说，气得扭头就走。梁墨没有动，在心里默数。

果然，没走出去三步，江暖暖又回了头。

"你到底要怎么样才肯帮我剪辑视频？"

梁墨的眼皮都不曾抬下，迈步继续往前走。这次江暖暖紧追慢赶也没追上他，她心中懊恼至极，她就不信了，自己真的做不出来？

两个小时后，江暖暖瞪着电脑屏幕上面那一堆乱闪的特效，颓然地承认这真不是一时半会儿就能学会的。

就在这时，同宿舍的张宁宁发出了惊叹："我的天哪，梁墨真是个天才！"

江暖暖恨恨地骂道："他根本就是个魔鬼！哪里是什么天才？"

"你快来看！"张宁宁不由分说地将手机塞到她手里，"你看这段视频！我的天哪！"

江暖暖仔细地看。

视频的画面很简单，只是绿叶、露珠、落叶、蜘蛛网之类，但角度非常好，配上钢琴的 BGM（背景乐），加上一句诗，让整个视频看上去文艺范十足。

很难相信，那个酷炫炸裂的视频和这个文艺视频都是出自梁墨一人之手。

她看了这个视频许久，才发现其中一个画面特别眼熟。想了一会儿，这不就是她见他的时候，他正在拍的吗？他居然能把那个破烂的墙角拍出这种感觉！

江暖暖虽然对他心有怨念，也不由得有点佩服。

她把梁墨的主页翻了一遍，发现他上传的视频虽然不多，可是每个都是精品，难怪有那么多人在下面点赞，拍彩虹屁。

江暖暖又看了眼自己重新剪辑的视频。

相比之下，自己做的视频就是小儿科，不论是拍摄的角度，还是剪辑的方法，甚至连 BGM 都不如他选的。

手机忽然振动了下，是贺志野发来的消息："哥们，视频剪辑得怎么样了？我这边被催得有点急。"

江暖暖最怕看到他的消息，拿起手机打了一行字又删除，纠结再三还是给他回了两个字："快了。"

贺志野回消息："那就好，辛苦你了。"

江暖暖看看手机，又看看惨不忍睹的视频，陷入绝望。不行，她不能拿这个视频给贺志野，否则以后都别想在他面前做人了！

　　从哪里跌倒就从哪里爬起来，之前看梁墨的样子似乎有点答应了，到底为什么会突然改主意呢？她想不明白这中间到底哪里出了差错，难道是她做的视频实在太差了？

　　那也不至于说翻脸就翻脸吧？

　　江暖暖百思不得其解，躺在床上默默想了一阵后，猛然跳了起来。她在这里想有什么用？还是再去找梁墨吧，无论用什么办法，她都要说服他。

　　江暖暖先打听了一番梁墨的喜好，然而没有人知道他喜欢什么。他向来独来独往，极少有朋友。最后他的舍友唯一能想起来的是，他在宿舍桌子上面放过一包薯片。

　　江暖暖立即去超市买了一大包薯片，各种口味、各种品牌应有尽有。

　　她拎着薯片去找梁墨。

　　梁墨不在宿舍，没人知道他去了哪里。

　　江暖暖站在男生宿舍楼下等他。

　　来来往往的男生都好奇地打量着她，她开始不在乎，时间久了，有人上前来问她："江暖暖，你在等谁？"

　　"梁墨。"江暖暖答道。

　　"梁墨？"男生很惊讶，上下打量江暖暖，"你不是喜欢贺志野吗？"

　　江暖暖瞪了他一眼："不关你的事！"

　　男生看她心情不好，没有再和她说话，悻悻地走开了。

这时，梁墨的身影出现在宿舍楼外。他似乎没看见江暖暖，径直掠过她就走。

江暖暖大喊一声："梁墨！"

梁墨站定转头看了她一眼，没有说话。

江暖暖很生气，走到他面前说："你干吗装看不见我？"

"你找我？"梁墨明知故问。

"对。"江暖暖将手里的塑料袋塞给他。

梁墨不解其意："干什么？"

"送你的。"江暖暖语气不善。

梁墨没有接，扫了一眼塑料袋里面的东西。薯片？这小丫头难道打算用薯片收买他？他在心里冷笑了一声，冷冷地说："我不吃薯片。"

江暖暖顿时傻了眼："不是说你喜欢吃薯片吗？"

梁墨心里好笑，说："真幼稚，难道你打算用几包薯片就想换我教你剪辑视频？天下没有这么便宜的事吧？"

"你可以不教我，帮我把这个视频剪辑好就行。"江暖暖气势顿时减了一半，"拜托拜托，真的很重要。这也不是为了我，这是为了学校。"

"为了学校？"梁墨用探究的目光看着她。

江暖暖忙将学校让贺志野和苏月拍宣传视频的事告诉了他。

梁墨听完后半晌没说话，过了一会儿问："你不是喜欢贺志野吗？"

江暖暖一怔："怎么了？"

"那你看这个视频不吃醋吗？"梁墨盯着她的脸。

江暖暖很疑惑："为什么要吃醋？这不是学校任务吗？"

梁墨冷笑一声："你还真是大方。"

还有三秒
就初恋

江暖暖顾不得细想他的话，只是继续求他："大佬，你帮帮忙好吗？你说吧，你有什么条件才肯帮忙？"

"你对别人的事都这么上心？"梁墨又问。

"对啊，我既然承诺了，肯定要做到。"江暖暖两只眼睛亮晶晶地望着他。

"好。既然这样的话，你去操场上跑三十圈，跑完后我就给你做。"梁墨随手指向了不远处的操场。

"三十圈？你知道操场每圈是 400 米吗？"江暖暖大吃一惊。

"做不到的话就别说什么承诺了的事要做到。"梁墨说完又要走。

"等一下！"江暖暖叫住了他，"你来数！"

梁墨定定地站在操场边，望着操场上奔跑着的倔强身影，在心里默默记数。

已经跑了十九圈了，江暖暖早已经没有力气，却一直倔强地继续强撑，即便她的每一步都不像在跑步，却不肯停下。

梁墨的脸上没有任何表情。

夕阳即将落下，操场上的人基本都散了，只有江暖暖一直在跑，没有向他开口讨一次饶。

梁墨垂眸，这个女孩真是倔强，是为了贺志野吗？真是让人意想不到，感情能让她有这么大的能量。

就在这时，江暖暖一个趔趄跌倒在地上。梁墨心里一惊，连忙飞奔到她身旁，却没有伸手扶她，只是淡淡地说："够了。"

江暖暖汗流浃背，跑得缺氧，没听清梁墨的话，凭着本能爬起来，继续往前挪动。梁墨一把抓住她的胳膊："我说够了。"

江暖暖茫然地望着他："什么够了？"

"我说跑够了，我帮你做视频。"梁墨面无表情地说。

江暖暖愣了好几秒："真的？"

"嗯。"梁墨拿过她的手机，利落地加了自己的微信号，将文件传送给自己，又将手机塞回给她。

江暖暖愣了半天，他真的答应了？

等她清醒过来，立即躺在地上，整个人像散架了一样，累得连眼皮都睁不开。

耳朵边一直嗡嗡响地吵着，她费力地用手指扒开眼睛看，只见夕阳的余晖照在身旁梁墨身上，照在他的长长的眼睫上，投下了两道扇形的阴影，颇有几分忧郁神秘的气质，简直就是个"睫毛精"。

江暖暖从未发现他居然长得这么好看，要不是游戏声音惊醒了她，她差点要花痴了。

"吵死了！"江暖暖瞪了一眼梁墨，捂住了耳朵，"你有没有点公德心啊？"

梁墨没说话，继续专注于游戏。

江暖暖被吵得没办法，从地上爬了起来，要抢他的手机。

梁墨迅速地关了游戏，收回口袋里，看了一眼气呼呼的江暖暖，语气平静地问："要不要叫你宿舍的人来？"

"不用，我自己可以。"江暖暖说着往前走了几步。

梁墨扫了她两眼，确定她走路正常，转身就走。

江暖暖一愣，这人真是说走就走啊？

她望着夕阳下他的背影，莫名地觉得他有点孤独。

江暖暖反复看了好几遍梁墨发过来的视频，真是越看越佩服，这么平常的素材都能被他剪辑成这么高大上的感觉，虽然好像贺志野的镜头被剪得几乎没有了，但是也觉得没什么毛病。

她发了个消息给贺志野："哥们！视频剪辑好了！"

贺志野飞快地给她回了个表情包："就知道你最棒了！等着我请你吃大餐！"

江暖暖手指在屏幕上翻飞："什么时候？"

贺志野回道："现在，我们先到图书馆门口见面。"

江暖暖心情大好，立即蹦起来，往宿舍外面跑去。

贺志野身穿一件米色衬衫、深色长裤，手里拿着一本书，站在图书馆门口，修长的身材如同鹤立鸡群，很是惹人注目。

江暖暖一看见他，兴冲冲地朝着他走去："哥们，我在这儿呢！"

贺志野朝江暖暖看了一眼。江暖暖身穿一身黑色运动服，头发随意地扎在脑后，走起路的姿势还有点怪。他问："刚运动回来？"

"啊？"江暖暖这才惊觉自己丝毫没有收拾打扮，只随便洗了把脸就出来了。她打了个哈哈，"嗯。那个，视频看了吗？"

贺志野连连点头夸赞道："刚看完。可以啊，你这水平真的出乎我的意料，我之前还有点担心呢。"

"担心什么？我不是说了嘛，我办事你放心，我什么时候让你失望过？"江暖暖暗自捏了捏酸痛的胳膊和腿，"做个视频而已，没什么的。"

贺志野笑着拍她的肩膀："走，带你去吃好吃的。视频制作的费用我给你转过去了。"

"吃大餐可以，什么制作费？你赶紧收回去。"江暖暖拉下脸，"我们之间还算什么钱？"

贺志野正色道："正是因为咱们特别熟，这钱才必须给你，我不能占你便宜。"

"什么占便宜？"江暖暖叫了起来，"那咱俩是不是要把从小一起吃过的零食、玩过的玩具的钱都算算？你吃过我的几袋薯片？我吃过你多少钱的牛肉干？还有小学三年级的时候，我上课偷看课外书被老师没收走的那本书是你的，要多少钱？五年级的时候，我把你的飞机模型打坏了，那个要多少钱？还有……"

"打住，打住！"贺志野举手投降，"不给了，不给了行吧？吃饭去。"

江暖暖喜滋滋地点头："好，我连早饭都没吃，就等着这顿饭。"

贺志野哈哈大笑："你打算吃穷我吗？"

江暖暖用手比画了下，露出奸笑："那是必须的。"

两人嘻嘻哈哈笑闹之时，贺志野突然伸手到江暖暖的耳畔，轻轻拂了一下。江暖暖一愣，他的动作快而轻，几乎没有什么感觉，却在瞬间，让她心跳加速。

贺志野收回手："一只虫子。这里虫子挺多的，咱们还是快点走吧，你不是最怕虫子吗？"

江暖暖连忙捂住头，害怕地往旁边躲。贺志野很好笑，脱下外套罩在她头上："走吧，走吧。"

江暖暖心头一暖，从小到大，她天不怕地不怕就是怕虫子，每次遇见虫子，贺志野都会在她没发现之前把虫子赶走。江暖暖为此还给他取了个外号，叫他"赶虫侠"，他哭笑不得。

两人正说说笑笑，贺志野忽然不笑了，目不转睛地看着远方。

江暖暖顺着他的视线往那边看，只见苏月正朝着他们走来。

她像是自带电源发光器，走到哪里都是众人聚焦的焦点。她也看见了他们，对着他们甜甜一笑："真巧。你们……"

"我们去吃饭，你也去吗？"贺志野问。

苏月微微一怔，看了一眼江暖暖，笑着说："算了……"

"没关系的，不打扰。正好暖暖把视频制作好了，你来看看？"贺志野双眸凝望着苏月。

苏月还是摇摇头："下次吧，视频发给我看吧。对了，刚刚学校宣传那边发的消息你收到了吗？"

贺志野拿出手机看了看，转过头对江暖暖说："暖暖，你还能再帮我个忙吗？"

江暖暖一门心思正盯着苏月，忽然听到贺志野的话，想也不想便答道："说吧，什么事？自家兄弟还用说这些？"

"再做一个视频。"贺志野将手机递到她面前。

江暖暖的笑容凝固，全身都感觉又酸又痛。她好后悔啊，刚才就应该直接坦白的，干吗死撑着要面子？现在怎么办？

她看着一脸期待的贺志野，又看了看苏月，那个"不"字怎么也说不出口。

"哈哈哈，没问题。"江暖暖僵硬地笑着，仿佛看到了梁墨那张冷若冰霜的脸。

梁墨戴着耳机走在校园里，周围的人来来往往，他似乎都没有看见，又似乎看见了所有。

他一眼就在人群里看见了正在和贺志野说话的苏月，她微微抬着头，含羞带怯，嫣然巧笑。他很少见她这个样子，从小到大，他最了解她。

他以为苏月也和自己一样的心思，直到他发现，苏月并不喜欢别人误会他们是一对。

最好的朋友，这是苏月对他们关系的定义。梁墨默认了，不然以苏月的脾气，一定会疏远他。

他是个天不怕地不怕的人，可是面对苏月，他什么都怕，怕她生气，怕她难过，怕她担心。

他原本可以不帮江暖暖做那个视频，他看着视频的内容，恨不得暴打一顿贺志野，可是一想到苏月，他便没了脾气。

他不想让别人剪辑苏月的视频，任何人都不可以，只有他知道怎么才能将她最美的一面剪辑出来。

"梁墨。"尽管耳机里面有音乐在响，可梁墨还是听到了苏月的声音。

梁墨默默摘下一边耳机，望着她："有事？"

"嗯，有事和你谈谈，方便吗？"苏月问。

梁墨向周围看看，有不少人看着苏月，便问："要换个地方吗？"

苏月摇头说："不必了，没关系。我们本来就是朋友，没什么不能让人知道的。"

梁墨的心变得更软，脸上却没有半分表露，依然口吻平静地说："你有什么事？"

"阿姨给我打电话了，她让我劝劝你，男孩子搞化妆护肤品，非议很多，希望你能考虑下……"苏月望着梁墨的脸。她看不透他，虽然一起长大，她却很少看见他笑，尤其是长大之后，他脸上的表情更少。

梁墨望了她一眼："你也这个意思？"

苏月说："我觉得阿姨的话有道理，现在虽然时代不一样了，但是男性做这些东西，尤其是你拍的那些视频，很多人还是难以接受的，会有很多人不理解，给你带来很大的压力。你觉得呢？"

梁墨的心一沉："我的视频有什么问题？"

苏月说："你穿女装……"

"我知道了。"梁墨飞快地打断了她的话，"还有别的事吗？"

"没了。"苏月说，"梁墨，我们不想让你卷入是非里，想让你轻松点。"

"我知道。"梁墨还是面无表情。

苏月又说："你拍视频那么好，其实专门做视频剪辑就很好。对了，我认识个女孩，叫江暖暖，她也很会剪辑视频，有机会介绍你们认识。"

"不用了，我不喜欢交朋友。"梁墨的目光投向远方。

"好了，我就说这些了，阿姨真是担心你。"苏月说，"上次那个事情……"

"嗯，我知道。"梁墨点点头。

所谓上次那个事，是梁墨直播的时候出的一次小事故，他的假发从头上掉下来，细心的人发现了他是穿女装的男人，引起了轩然大波，很多人在网上骂他。

他索性公开了自己的身份，他并不在意那些"喷子"的看法，但是苏月的话让他心里难受。

"你觉得穿女装做护肤品评测真的非常不好吗？"梁墨的目光锁定

苏月。

苏月想了想说："我觉得如果你只是为了娱乐的话，没有必要把自己的人生搭进去。"

梁墨没有说话，他的心里隐隐有点失望，她以为他只是为了娱乐，而不知这是他人生的规划。

"梁墨，我有事情先走一步。"苏月看了眼手机，"下次我们再聊。"

"好。"梁墨本想邀她一起吃饭，话又咽了回去。开学这么久以来，他们还没在一起吃过一次饭，不像小时候，他们每天都在一起吃饭，好像一家人一样。

越长大越孤单，原本亲密的关系也慢慢疏淡，这算是成长的悲哀吗？

梁墨果然想也不想拒绝了，薄冷的唇吐出两个字："没空。"

江暖暖可怜巴巴地说："你要怎么样才肯帮忙？要不，我再去跑三十圈？"

"你上次就没跑完。"梁墨冷冷地说。

江暖暖咬咬牙："连同上次的一起跑完，行不行？"

"我没空，也没兴趣在操场边浪费时间。"梁墨语调不变，"时间就是金钱，我不会浪费时间在这些没用的事上。"

江暖暖换了策略："我请你吃饭？"

梁墨摆手："我没空。"

江暖暖绞尽脑汁正准备提出其他方案时，梁墨忽然问："你很喜欢贺志野？"

江暖暖张口结舌，虽然大家在背后议论纷纷，但还没有人当面这样

还有三秒
就初恋

问过她，她愣了半天没有说话。

梁墨一直观察她的反应。看她面色泛红，他心里便有了答案。

他轻描淡写地说："我帮你做。"

"啊？"江暖暖目瞪口呆，实在不明白梁墨怎么会突然改主意了，"为什么？"

"什么为什么？"梁墨垂下眼皮，冷冷地看着她，"你到底还想不想做视频了？"

"想！"江暖暖很识时务，趁着他还没改主意前将视频传给了他。

直到离开的时候，江暖暖也没想明白，这家伙到底为什么改主意了。这也太奇怪了吧？她喜欢贺志野和做视频有什么联系吗？

不管怎么样，反正梁墨肯帮忙，那就再好不过了，否则她到底该怎么交差？

第二章

莺飞草长

⋮

宣传校园的视频上架后，立即大火。

整个学校的人都知道苏月和贺志野了，尽管贺志野出现的镜头少得可怜，但他还是极快地从系草变成了校草。

而苏月更是成了全校皆知的超级红人。

两人迅速占领了学校的社交媒体，一举一动都被大家议论纷纷。

贺志野得知这件事时，已是几天后。

一心沉迷学业的他，突然发现有不大熟悉的男同学变得很热情，每天招呼他一起上课、吃饭。

他原没发现有什么异常，直到他们绕着弯打听苏月的情况，才明白了。

他坦然说："我和她并不熟悉，不了解她的情况。抱歉，帮不了你们。"

"你和苏月之间真的没什么吗？"一名男同学继续追问，"你们在视频里面那么登对，大家都说你们是一对。"

贺志野吃了一惊："什么？"

向来不热心社交媒体，也很少关注八卦新闻的贺志野，直到此时才知道，宣传视频里的他和苏月，每一个镜头都被放大截图放在了网上，许多人在下面评论分析，原本一个很平常的眼神都被解读为有爱，一个很正常的镜头都被说好甜。

贺志野深感莫名其妙。

这个视频是应学生会的邀请拍摄的，那会儿他才和苏月正式认识——之前虽然在军训的时候被她的舞蹈惊艳过，可并没有和她说过一句话。

拍摄视频那天的苏月，一身素色长裙，长发披肩，露出了精致的锁骨。

她很漂亮，不是那种张扬的漂亮，而是带着温柔的美。

他还记得，她向他伸来一只纤白的手，落落大方地一笑："你好，我是苏月。"

贺志野发了半天愣。

其他同学好奇地看着他："贺志野，你怎么了？发现自己当明星了不习惯？"

贺志野发了个消息给苏月："你近来还好吗？"

苏月回了他消息："挺好的，谢谢关心。"

贺志野又回消息："他们在网上乱说的话不要放在心上。"

苏月回了个笑脸："我知道。"

贺志野觉得有些话没说完，可是又不知该怎么说，对着手机打了几句话，又删去，最终还是没有发。

就在他起身准备离开食堂的时候，一扭头就看见了苏月。

她穿着一条浅灰色的长裙，在人群里，显得格外耀眼。她也发现了他，两人目光相撞，又迅速躲开，各自转过头假装看向别的地方。

身后有人小声嘀咕："还说没关系，明明都穿着情侣装了。"

贺志野这才发现今天自己穿的衣服颜色和苏月的衣服颜色一样，他心里突然有了点微妙的情绪。

他有点控制不住自己的身体，朝着苏月那边走去。快要走到她面前时，他又醒悟过来，连忙修正方向朝着食堂外面走去。

走出食堂后，贺志野走了一会儿神。

他从未有过这种微妙的体验，很新鲜。

在食堂里面吃饭的苏月也没有被女同学们放过，大家都围在一起，询问她和贺志野的关系。

苏月连忙否认："都别乱说，我们只是朋友，没有其他关系。"

"一般有关系才会这样否认。"一名女生说。

苏月被堵得心慌刚要辩解，突然有人拨开了她们，拽着她的胳膊离开。

苏月一愣，抬头一看，是梁墨。

那些女生都愣住了，本想再说两句讥诮的话，但在看见梁墨那张冷若冰霜的脸后，都选择了闭嘴。

梁墨将苏月带出食堂，苏月忙催他松手："放手吧。"

梁墨松开了手："你这么怕人家知道我们的关系？"

苏月看着他说："我知道你想帮我，但是这样做的话，她们的误会更大了。"

"难道你真的想和她们解释吗？"梁墨微微觉得诧异。

还有三秒
就初恋

"本来就是误会，为什么要越描越黑？"苏月说，"我不喜欢别人误会我。"

"难道解释就可以解释清楚？你没听过一句话吗？解释就是掩饰，掩饰就是确有其事。"梁墨冷笑一声。

"梁墨，"苏月有点生气，"你这话什么意思？"

梁墨不说话，只是沉着脸，在心头萦绕了无数回的问题在舌尖打转，又咽了回去。他不想问她，也不敢问她。

你是不是真的喜欢贺志野？

"总之一句话，我的事，你不用管。"苏月丢下这句话转身就走。

梁墨插在口袋里的双手紧紧攥成了拳头。她已经不喜欢他来参与她的生活，可是从小到大，他一直都守护着她。他不知从什么时候开始，她已经不需要他了。

江暖暖怎么也想不明白，梁墨怎么会突然又改主意了。这家伙简直是个神经病，之前突然答应，现在又不答应了。

她发消息过去，他也不回，打电话过去，他也不接。

江暖暖深感头疼，只得亲自去宿舍楼下堵他，结果大家都回了，只有他一直没有踪影。

"你们谁知道梁墨去哪里了？"江暖暖无奈，只得向其他人求援。

得到的答案都是一致：不知道。

江暖暖很崩溃。

这个神经病还很神秘，她怎么会遇见这样的人？

眼见着天要黑了，晚上还有课的江暖暖绝望地从男生宿舍楼下离开，抱着最后一线希望在校园里转悠，指望能偶遇梁墨。

　　只是，她转遍了图书馆、教学楼、食堂，甚至连每个楼顶都找遍了，都没看到梁墨。

　　就在她快要绝望的时候，突然想起第一次和梁墨相见时的那个山坡，立即奔向了那里。

　　果然，江暖暖在山坡上看到了梁墨。

　　他像一个雕塑立在山坡上，目光盯着前方。

　　江暖暖气喘吁吁地爬上山坡最高处，无意间望了一眼，感慨脱口而出："哇，好漂亮！"

　　山坡下面是一个大的天然湖泊，正是夕阳斜垂的时刻，阳光融融而落，给湖面上织了万丈金光，美得扎眼。

　　多看了两眼，江暖暖觉得眼睛有些刺痛，连忙挪开了视线，望向梁墨："你果然在这里。"

　　梁墨并没有惊讶，只是淡淡地问："你怎么知道我在这里？"

　　"我到处都找不到你，猜你可能在这里。"江暖暖擦去额头上的汗。

　　梁墨目光稍移，落在她的身上："找到我也没用，我不会帮你做视频的。"

　　"为什么？"江暖暖非常困惑，"你之前不是已经答应了吗？"

　　"没有为什么。我想做就做，不想做就不做。"梁墨的语调和往常一样冷酷。

　　"没有原因？"江暖暖还是不敢相信。

　　"难道什么事都要有原因？"梁墨反问。

"那当然，所有的事都有原因。"江暖暖答道。

"那你为什么喜欢贺志野？原因是什么？"梁墨盯着她的脸问道。

"我们一起长大，他很聪明、很可靠，脾气也好，学习又好，而且长得也超级帅。"江暖暖两眼冒心，"总之他是我见过的最优秀的人了。"

"你们是青梅竹马？"梁墨有点意外。

"对啊。"江暖暖自豪地点头，"按照我妈的说法是，我们还没出生就认识了。"她絮絮地说起两人的往事，嘴角不自觉地往上翘，他们一起捣过的蛋、闯过的祸，都是美好的回忆。

梁墨一边听，一边望着江暖暖，忽然觉得她仿佛就是自己。他也记得所有和苏月一起发生过的各种事，她被人欺负，他保护她。小小个子的她敢和几个比自己高大的男人拼命。他作业老是不做完，被老师批评，她就悄悄替他做完。

这些回忆，苏月大概都忘记了吧？可他一直都记着。

"他还记得吗？"梁墨打断了江暖暖的话。

"什么？"江暖暖微微一愣。

"贺志野还记得这些事吗？"梁墨望着她。

江暖暖不假思索地答："他肯定都记得。"

"是吗？"梁墨的笑容有点邪恶，"那你改天可以试试问他到底是不是都记得。"

江暖暖一时语塞，竟有点心虚。她也不知道贺志野还记不记得那些事。

梁墨冷笑一声，说："有个词叫一厢情愿，你知道吗？"

江暖暖如同被戳中秘密的小兽，跳了起来，大声嚷嚷道："我们的事用不着你管！"

"有道理，你们的视频为什么要我来做？"梁墨反问。

江暖暖气急，她像一只斗志昂扬的小兽，眼睛里仿佛有光芒在闪耀，蓬乱的头发在晚风里飞舞："你听好，我不会再求你了！"

说完，她头也不回地往山坡下面走去。

梁墨望着她渐渐远去的背影，许久后露出了一抹苦笑。

他又何尝不一样呢？他和苏月之间，一向都是他一厢情愿吧。

大话放出去后，江暖暖斗志昂扬，决定从头学起。

一下课，她就猫到图书馆的电脑前，一边学一边做，虽然难度比她想象的高，但是一个星期下来，总算有点进步。

做完了第一个特效后，江暖暖的信心也增添了许多——这看起来并不像自己想象的那么难嘛。

她一点点修改画面，剪辑视频内容，反复校对，生怕弄错了一点。选 BGM 也异常用心，每一首都认真听过，再挑选出最合适的那一段旋律。

这天因为是周末，江暖暖斗志昂扬，不知不觉，时间就到了深夜。

图书馆电脑室里，只剩下江暖暖一个人在电脑前奋斗，困意来袭，她实在熬不住，趴在电脑前睡着了。

她做了个梦，梦见有人来到了电脑室，趁着她睡着，挪开她的电脑，修改了她制作的视频。

江暖暖猛然惊醒，连忙看向电脑，见视频好端端地还在。她拍着胸口，自言自语地安慰自己："还好只是个梦。"

说着，她打开视频，却发现视频真的被人改过了！不过，并不是梦里那样被改得乱七八糟，而是她之前剪辑得怎么都不大对的地方全被改好了。

江暖暖连忙向四周看去，空荡荡的电脑室里，只有白炽灯发出低频的嗡鸣，并没有其他人影。

"奇怪了，难道有田螺姑娘？"江暖暖摇了摇发胀的脑袋，决定回宿舍。

她将视频小心保存下载好，关上了电脑。

走出电脑室的时候，她下意识地瞥了一眼隔壁的自习室。

自习室里还有几个连夜苦读的同学，其中一个身影，赫然是她熟悉的！

江暖暖有点蒙。

梁墨不是说过绝不会帮忙了吗？帮她改这个视频的人肯定不是他，肯定不是！

但是，除了他还有谁？

贺志野看着江暖暖新剪辑的视频，心里有些异样的感觉。

"视频有什么问题吗？"江暖暖看贺志野的神情有点古怪，心不由得提了起来。

"没有问题。"贺志野连忙掩饰道，"挺好的。兄弟，你这视频的剪辑手法越来越高明了！"

江暖暖松了口气，露出笑容。

因为技术不过关，所以她尽量减少特效使用，整个视频，力图倾向自然文艺清新。

也许是她不够自信，她总觉得比起梁墨剪辑的视频，她剪辑的这个，实在是有些难登大雅之堂。

贺志野再次向她道谢："对了，你要不要加入视频社？"

"视频社？"江暖暖很惊讶。

贺志野也很惊讶："你不知道吗？我以为你这么会剪辑视频，肯定会关注这方面的消息的呢。"

"我马上就去加。"江暖暖毫不犹豫地说。

"我介绍你加入吧。"贺志野说，"我也和那边很熟。"

江暖暖顿时心花怒放："那再好不过了！"

江暖暖心情好到飞起，一路哼着歌往宿舍走。贺志野亲自领着她去了视频社，教她填写表格，还向视频社的几位同学介绍她。她感觉自己幸福得快要晕过去，全程傻笑。

直到两人告别时，江暖暖都是晕乎乎的，一路回想之前贺志野的每个神情、说的每一句话，心里像灌了糖一样甜。

就在她心情最好的时候，却意外看到了讨厌的人——梁墨穿着一身黑，戴着耳机，面无表情地走在梧桐树下。

江暖暖撇撇嘴，将视线移开，假装没有看见他，准备朝另外一边走，没想到梁墨居然上前来拦住了她。

江暖暖下意识地绕过他，他却叫住了她："江暖暖，站住。"

江暖暖站定，故意扭过头不看他。

梁墨径直走到她眼前："你躲什么？"

"谁躲了？"江暖暖嘴硬。

梁墨看她故意扭过头，别扭的模样有几分好笑："那你这是干什么？"

还有三秒
就初恋

江暖暖还是不肯看他："当然是看好看的风景。"

梁墨顺着她的视线看去："那面墙很好看？你的审美还真特别，难怪你做出的视频是那个样子。"

江暖暖怒道："你说什么？"

梁墨冷冷道："你是不是偶像剧看得太多了？不，是不是只看过偶像剧？剪辑个视频出来都是三流言情剧的风格。"

江暖暖气得差点跳起来："你胡说八道什么？"

"我说什么你心里清楚。两个没什么关系的人，被你剪辑成了什么样子，你心里没数？"梁墨扫了一眼茫然的江暖暖，"你没看大家怎么评论的吗？"

江暖暖后知后觉。她最近疯狂忙着做视频，都没关注网上的反应。她打开手机翻看校园网，她做的新视频已经发出来了，然而下面的评论却叫她差点心梗，清一色都在喊"站这对CP""CP感好强"。

"怎么会这样？！"江暖暖气得差点摔了手机。

梁墨没说话，只是看着神情骤变的江暖暖。之前她还像是春天的阳光，嘴角有掩饰不住的笑意，在林荫道上边唱边走；现在的她就像被倒春寒突袭，被突然打蒙了。

"不行，不行，他们不是一对！"江暖暖努力在每个评论下回帖，澄清贺志野和苏月的关系。

梁墨看着她的样子，嘴角不由得微微上扬。很好，她不是那种一下就会被击退的人。

"你就算回一万个帖子都没用。"梁墨的语调依然冷冷的，"大家都已经有这种印象了，说再多都改变不了现实。"

江暖暖咬紧了嘴唇，她万万没想到是自己一手将男神推开的。

"你是不是真特别喜欢贺志野？"梁墨再次问道。

江暖暖这才看向了他，他的神情很认真。她不禁说道："你到底什么意思？为什么老是问我这个问题？你一个男人这么八卦吗？"

"你只要回答我是还是不是。"梁墨的语气里带着不容拒绝的意味。

江暖暖点点头："是。"

"那好，我有个提议。"梁墨的语气很平静，却在江暖暖的心里炸了个惊雷，"我帮你追他。"

"什么？"江暖暖愣了半天，"你帮我追他？为什么？"

梁墨拒绝回答："你愿意吗？"

江暖暖眨了眨眼，从天而降冒出个人突然说帮她追男神，实在是太费解了，尤其是这个人前几天还对她冷嘲热讽。

"你不说清楚原因，我是不会答应的。"

梁墨面无表情地望着她："你不想追他吗？"

江暖暖摇摇头，又点点头："不是，不是，这事实在太奇怪……"她突然心念一转，"我明白了！你喜欢苏月！"

梁墨凌厉的目光掠过江暖暖，没有说话。江暖暖却丝毫没感觉到他的眼神，只是恍然大悟地喋喋不休："难怪你这样了，你早说啊，干吗这么害羞？真是的，你要是喜欢她就赶紧说啊，干吗不好意思承认，还说帮我追男神，你是想追女神吧。"

梁墨微微咬紧嘴唇，他有点后悔找这个同盟，话太多了。他忍不住开口说："你以为人人都和你一样，喜欢就说，像个小孩一样。"

"为什么喜欢不能说？"江暖暖反问，"这又不是什么丢人的事。"

梁墨深吸一口气："我懒得和你说。"

"不，不，这很重要。"江暖暖来了劲，"喜欢一个人一定要说出来。"

"为什么？"梁墨忍不住又问。

"不然你怎么知道对方喜不喜欢你呢？"江暖暖一本正经地说，"如果对方也喜欢你，但是和你一样也忍着不说，你们两个人就会一直在猜测对方的感情，说不定就会彼此错过啊。"

"如果对方不喜欢你呢？"梁墨冷冷地问。

"不喜欢也不要紧啊，至少将自己的心意传达给对方了啊。"江暖暖说。

"如果对方因此讨厌你呢？"梁墨又问道。

江暖暖没有说话，梁墨冷笑一声："人不是东西，你的喜欢对方未必一定要接受，甚至可能因此厌恶你。喜欢原本就是一个人的事情，何况对方如果喜欢你，你说不说出来根本没什么区别。"

"有区别。"江暖暖立即反驳，"至少彼此明明白白，总比一直没个答案强。你看过《情书》吗？藤井树一辈子都没说出来，到死，才知道他曾喜欢过那个女孩，他的沉默让他们错失了一段可能。"

梁墨沉默了片刻："不是每段感情都可以随便宣之于口的，感情越轻越易表达，越是深厚越难开口。"

江暖暖似懂非懂地看着梁墨。这一刻，她感觉梁墨的神色里有些不一样的认真，她隐隐觉得梁墨对苏月的感情很深。

梁墨说完话后，转身要走，江暖暖叫住了他："等一下，我们不是说好结盟了吗？"

梁墨转头望着她，她的脸上洋溢着笑容，像阳光下盛开的花朵。他挪开目光，淡淡道："我觉得你可能不行。"

"怎么不行？"江暖暖不服气。

梁墨指着她的嘴，说："话太多，守不住秘密。"

江暖暖气得跳起来："我才不是这样的人！我可是最靠得住的人，好多人都向我说秘密，我都没有告诉过别人。"

梁墨目光微转："是吗？我再考虑考虑吧。"

江暖暖跑快了几步，拦住了他的去路，认真地看着他："我不知道你有多喜欢苏月，但是喜欢一个人就应该争取，你再也找不到像我这样合适的盟友了。想想吧，难道你也想多年以后后悔？我不知道你的想法，但是我知道人的一生遇见什么都不要错过，一旦错过就可能永远不会再有机会，宁可失败也不要错过啊！"

她的神情极认真，一双眼睛亮晶晶，浑身像是散发着光芒。梁墨盯着她好几秒，终于点头："好。"

江暖暖喜笑颜开，向他伸出手："就这么定了！"

梁墨有几分好笑，从口袋里掏出手握住了她的手。她的手很有力，掌心很温暖。江暖暖，这个名字还真适合她。

达成协议后，江暖暖立即向梁墨询问："眼下这种情况该怎么办？"

梁墨淡淡答道："凉拌。"

江暖暖不解："什么，不管了？那怎么行？大家都认为他们是一对。"

梁墨白了她一眼："你越去解释越没人信，反而会给他们炒热度。现在热点换得很快，这事只要没有人提，慢慢就会被人淡忘了。"

江暖暖心悦诚服地连连点头，但心里还是担忧："要是一直没淡下去怎么办？"

"那就制造相反的证据。"梁墨胸有成竹，"发一些其他相反的证据。"

"比如？"江暖暖虚心请教。

"比如贺志野和别的女生在一起的照片。"梁墨答道。

江暖暖感觉很为难："他好像很少和其他女生在一起。"

梁墨似笑非笑地望着她："江暖暖，你到底想不想追他？"

江暖暖恍然大悟："你是说我？"

梁墨点点头："到时候你就会成为绯闻主角，被当成和贺志野一对，开心吗？"

江暖暖想象了下，顿时觉得此计很好："哇，你真是个天才。"

梁墨的嘴角微微上扬："下次你约他见面的时候告诉我，我可以拍照。"

江暖暖连连点头："好的。"她迫不及待地想着和贺志野见面的理由。

接下来是考试周，所有人都放下了手里的其他活动，努力看书，准备考试。

江暖暖不想打扰贺志野学习，她知道学习对于贺志野来说特别重要。从小到大贺志野一直都是第一名，只有一次以一分之差成了第二名，那次就是因为江暖暖在他考试前一天找他补习。贺志野虽然没说什么，她却深觉内疚，自那之后每次考试前夕，她都很自觉地回避贺志野。

他们不在同一系，不在同一个教学楼，平时连见一面都非常困难。他的朋友圈连一条消息都没有，江暖暖只能在校园网里面寻找他的零星信息。

网上的消息令她忧心忡忡，贺志野和苏月的 CP 话题并没有淡下去，相反越来越火，很多同学偷拍到两人在一起的画面。

虽然两人很明显是在路上偶遇，但是在大家的解读下，感觉真的非常像一对情侣。尤其是某些照片里，贺志野和苏月含笑看着彼此的样子，更像是"实锤"的证据。

江暖暖不断地安慰自己，他们两人是一个系的同学，经常见面说话很正常。但她心里也越来越担忧，因为他们两个人真的好般配啊！

贺志野是学霸，苏月也是学霸，两个人都是颜值出众的人，完全是偶像剧里面的主角标配。

她照了照镜子，灰头土脸的，最多算得上邻家小妹。

苏月长着一张高级脸，气质尤其出众，走路的形态也美，真是每根头发丝都美。

哎，难怪梁墨那么喜欢苏月了。她要是个男人，也会喜欢苏月。

啧，不管梁墨，最重要的是贺志野一定不要喜欢苏月！

但是，她找不到任何贺志野不喜欢苏月的理由，越想越心灰。

她不甘心，给梁墨发了消息："现在怎么办？"

发完消息后，她又觉得自己这话没头没脑的，正想解释，没想到梁墨却回了她两个字："等待。"

他居然明白了她的意思……江暖暖一呆，梁墨虽然古怪，但是真的很聪明啊。

江暖暖又发了消息过去："等到什么时候？"

"合适的时机。"江暖暖反复咀嚼梁墨的话，什么时候是合适的时机？她真的等不下去了，她要见贺志野，马上平息这个事件。

考试终于结束了，江暖暖长舒一口气，第一时间给贺志野打电话。

"哥们，考完了，出来轻松一下？"

"好啊，什么时候见？"贺志野答应得痛快。

"我现在就过来找你。"江暖暖不给贺志野反悔的机会，"我已经快到化学系了。"

"这么快？那我马上就出来。"贺志野惊愕不已。

"那是，这么久都没见，你一点都不想兄弟？"江暖暖哈哈大笑。

"是吗？我们很久没见了吗？"贺志野似乎有点意外。

江暖暖神色微僵，对着电话里喊道："好啊，就知道你会忘了兄弟我！哼，你死定了！"

"别生气了，我请你吃饭做补偿。"贺志野好脾气地讨饶，"最近学习真的太忙了，你懂的。你等我一下，我马上就到。"

江暖暖挂了电话。马上要见贺志野了，她的心情却很失落，他真的是因为学习已经忘了她吗？

贺志野从教学楼里小跑着出来，江暖暖正要上前打招呼，还未开口，半路杀出个程咬金——两个身穿汉服的同学抢先一步，一左一右夹住了贺志野。

江暖暖看不明白，眼见着这两个同学拦住了贺志野后，又拦住了后面走出来的苏月。

江暖暖很疑惑，朝几人走去，听到了那两个同学的话——

"我们是汉服社的，想邀请你们加入我们的汉服社。"

"汉服社？"贺志野微微露出惊诧，他知道汉服，但是没有接触过，"我没有穿过汉服。"

"没关系，没穿过汉服不要紧，重要的是你适合！"其中一名同学热情地说，"你的身材太适合汉服了！"

另一名同学继续游说："你可以试试看，就知道什么是'真香'了。"

看贺志野和苏月都没有答应，那两人没有放弃游说，其中一人说："你们先来试试看。真的，如果不穿汉服，你们都不知道什么才是最适合中国人的衣服！"

"要不你们先不加入我们，可以先试试看。"另一人接着说，"我们准备周六的时候搞一场汉服秀，你们一起来吧。"

"你们是想做宣传吗？"贺志野渐渐明白两人的企图。

那两人没想到自己这么快被揭破了目的，互相对望了一眼，老实承认了："我们学校的汉服社没什么人参加，就我们几个人。我们想做宣传，但号召力不够，想要你们帮帮我们。"

贺志野没有说话，倒是一旁的苏月大方说："周六几点？"

两人大喜过望："女神你答应了？"

贺志野看了苏月一眼，对两人说："如果时间允许，我也去帮忙。"

那两人高兴得快跳起来："男神女神，你们真是太好了！"

江暖暖不失时机地在旁边跳出来："我也参加！"

那两人都是一愣，江暖暖忙说："你们不是缺人嘛，我也去帮忙！"

两人迅速地打量了一眼江暖暖，同时点头："可以！"

江暖暖笑容满面地看向了贺志野，却发现贺志野的眼神落在了苏月身上，不由得笑容略有些僵硬。

第三章

给我一首歌的时间

⋮

周六的早晨阳光灿烂，万里无云，天空蓝得像要坠下来，一夜之间，桂花尽开，一树树金黄色的花朵圆滚滚、胖乎乎，细细密密地送着甜蜜的芬芳，每一口呼吸都是甜润的。

江暖暖起了个大早，按照约定好的时间去了汉服社。

所谓的汉服社，其实只拥有一间小得可怜的破旧教室作为活动室，由于他们一共只有五名成员，所以倒也不显得太拥挤。为了今天的活动，从汉服社的社长罗巧到其他的每个成员，都使出了浑身解数到处拉人来参加活动。不过效果甚微，除了江暖暖，只有贺志野和苏月来参加了。

江暖暖一推开门就看到了贺志野和苏月，两人站在窗边正在说话，清晨的阳光透过窗户落在两人的身上，为两人镀了一层浅金色的光芒，两人的脸上都带着浅浅的笑，那画面完全是偶像剧里的画面，江暖暖不禁看得两眼发直。

"你堵在门口干什么？"身后突然传来冷淡的声音。

江暖暖愕然回头："梁墨，你怎么来了？"

梁墨没有回答，倒是一旁的罗巧先向他打起了招呼："梁墨，你终于来了！我正等着你呢！"

江暖暖惊诧莫名："你们认识？"

罗巧笑着说："那当然，我们是一个宿舍的。向你郑重介绍下，美妆大师梁墨！"

"什么？"江暖暖没听明白，"美妆大师？什么意思？"

梁墨白了她一眼，没有说话。倒是苏月走过来，笑着说："梁墨你来了？"

梁墨略有些不自然地挪开了目光，冷冷地点点头。

罗巧更惊讶："你们认识？"

苏月笑着说："嗯，我们认识了二十年。"

"二十年？"几个人都惊叹不已。

"对，我们是一起长大的。"苏月大大方方地向众人介绍，"他是我的发小。"

"天哪，难怪你让我找她……"罗巧的话在看见梁墨凌厉的眼神后自动中断，"挺好，挺好！"

贺志野不动声色地看了一眼梁墨。他本来没留意过梁墨，此时才发现这个人的存在："你好，我是贺志野。"

"我知道。"梁墨无视了他伸过来的手，转身走向了化妆台，"谁第一个来？"

江暖暖张大了嘴巴望着梁墨。这个男生真是太让人惊讶了，居然还

还有三秒
就初恋

会化妆！她身为一个女生都不会化妆，可是他居然会化，不仅会化，而且化得特别好！

"你到底还有什么不会做的？"江暖暖忍不住问道。

梁墨一边给罗巧上底妆，一边淡淡道："这只是现代人应该具备的基础技能。"

江暖暖被噎得一句话说不出，她不会！她不配做现代人！

罗巧笑着说："别这样说，能像你这样懂化妆品护肤品的人不多。江暖暖，你不知道，他还是个美妆主播呢……"他的脸被梁墨狠狠捏紧，他看着梁墨的脸色，立即选择闭嘴。

罗巧的妆很简单，然而整个却好像换了个人，脸都小了一圈，立即由路人甲变成男神，换上一身蓝色直裰，戴上发冠后，立即成了穿越时光而来的锦衣卫。

罗巧很得意，向几人展示："怎么样？想不想试试？我早就告诉你们了，汉服就是最适合中国人的衣服。"

江暖暖跃跃欲试，她看向了衣架。汉服社的同学很慷慨，将自己的汉服都贡献出来，她还是第一次见到这么多漂亮汉服，每一件都超级美。

苏月也走到衣架前，想要挑选一件，然而她一件件看过来也不知道该选什么。她瞥了一眼站在身旁的贺志野，他正在看一件月白色的袍子，不由得脱口说："好像很适合你。"

"是吗？"贺志野正在犹豫，听到苏月这么说便拿下那件衣服在身上比了比，"合适吗？"

苏月认真看了看衣服，对贺志野点头："很合适。"

贺志野拿着衣服去试衣间换，罗巧热心地跟进去帮他穿汉服。梁墨拿起一件浅红色的曲裾递给苏月。苏月有些迟疑："这个颜色太红了吧？"

梁墨却很笃定："适合你。"

苏月有点纠结地放下手里的那件玉色衣袍，拿着梁墨选的衣服进了试衣间。梁墨将她挑的那件玉色曲裾递给了江暖暖，江暖暖很疑惑："这件？"

梁墨有点无奈地指了指贺志野的试衣间，低声说："情侣装。"

江暖暖顿时醒悟过来，抱着衣服高高兴兴地去换。这件汉服很漂亮，绣工精致，然而江暖暖穿起来却很不合适，她一张娃娃脸，看起来不伦不类。

她走出试衣间时，却发现贺志野没有穿之前那件衣服，而是换了件红色的衣袍，和苏月站在一起倒像是一对新婚夫妇。

江暖暖连忙问梁墨："怎么回事？"

梁墨面无表情地说："衣服小了。"

原来贺志野试衣服的时候发现衣服小了，只能换一身，罗巧直接拿了那身红色的衣袍给他，没想到如此合适。

江暖暖撇撇嘴，心里有点失落，本想和贺志野穿情侣装，没想到会是这样的结果。

"哎呀，江暖暖，这身不适合你。"罗巧嚷嚷道，"你的个子矮了，撑不起来。来来，你换这套。"他一边说一边熟练地挑了一件蓝色的披帛和红色齐胸襦裙给她，"你换这个。"

江暖暖虽然不情愿，但是看着是红色的裙子，好歹和贺志野的衣服颜色一样，勉强算得上是情侣色，就接过了衣服。

齐胸襦裙穿起来很不方便，衣带很长，江暖暖穿出了一身汗也没穿好。

就在她为难的时候，门口传来了敲门声。

"需要帮忙吗？"

江暖暖一愣，居然是苏月。她本想拒绝，可是自己已经被衣带和层层叠叠的纱裙埋了起来，根本没办法整理出头绪，只得认输。

苏月进了试衣间，对江暖暖微微一笑："第一次穿这个穿不好很正常，而且齐胸襦裙本来就需要别人帮忙，自己穿起来并不方便。"她一边说一边帮江暖暖整理衣裙。

江暖暖看着镜子里面为她帮忙的苏月，心里有种说不出的滋味。苏月真漂亮，也是个温柔的女孩子，这样的女孩子谁会不喜欢？

苏月帮江暖暖穿好衣服后，对她笑着说："你真的好可爱啊。"

江暖暖一愣，朝着镜子里面看，镜子里面出现了个蓝衣红裙的少女，少女身后站着的是一身红裙的美貌女子。江暖暖的心里陡然矮了几分，苏月真是好美啊。

走出试衣间后，两人都被贺志野吓了一跳，原本那张清秀好看的脸不知道为什么看上去有点怪，但又说不出哪里不对劲。

梁墨面无表情地说："已经化好了，换个人。"

贺志野对着镜子看了半天，有点迟疑："就这样？"

梁墨冷淡地说："要不然你自己来？"

贺志野虽然是学霸，但并没有接触过化妆美容，只是感觉疑惑。罗巧在旁边打哈哈："挺帅的！"

不等贺志野仔细端详，梁墨对苏月扬起了下巴："坐。"

苏月依言坐下后，梁墨将之前给贺志野化妆用的全套化妆棉、化妆刷等工具全部放到了一边，重新拿出了一套新的工具，连粉饼、腮红、口红等都全部拿出了全新的一套。

他熟稔地拿出化妆品为她涂抹，不像给别人化妆时还需要比对试色，他像是为她化过千百次妆一样熟悉她的脸。

在一旁按捺不住的江暖暖拿着化妆棉也学着梁墨的动作往自己脸上招呼。等到梁墨为苏月化出一个完美精致的妆容后，江暖暖也成功把自己的脸变成了调色盘。

梁墨一扭头看见她的脸，忍不住嘴角往上扬："你在干什么？"

江暖暖浑然不觉："化妆啊。"

梁墨越发觉得好笑，指着镜子说："你确定不是毁容？"

江暖暖这才看见苏月的脸，她本来就极美，化完妆梳了个发髻后，仿佛电影里面走出来的绝色佳人，惊艳得让江暖暖连呼吸都停滞了。

江暖暖惊叹不已："苏月，你真是我见过的最漂亮的女孩子，没有之一。"

苏月羞怯地一笑："你也是我见过的最可爱的女孩子。"

江暖暖被她的笑容打动，心里一阵欢喜，一转头发现贺志野在旁边目不转睛地望着苏月，顿时心情又有点低落。

"别再'商业互吹'了。"梁墨收起笑容，满脸嫌弃地对江暖暖说，"赶紧去把你的脸洗了。"

江暖暖忙不迭地转身去水池边，梁墨又叫住了她，塞给她一瓶卸妆水和一沓化妆棉："洗干净点。"

江暖暖坐在椅子上仰着头看向梁墨，乖乖地等他给自己化妆。梁墨

还有三秒
就初恋

没有动手，只是仔细端详她的脸。此前他并未仔细看过她的脸，她的皮肤白皙得接近透明，眼角边有一颗小小的黑痣，显得很俏皮。嘴唇小巧，薄薄一点很红润。最漂亮的当属她的眼睛，仿佛里面有光时刻在闪耀。

梁墨像是欣赏一幅画一样望着江暖暖许久，过了半天才简单地给她涂抹了几下。

"好了。"

"这么快？"江暖暖有点不敢相信，之前给苏月化妆时，他花的时间是给自己的两倍，这也太敷衍了吧。

梁墨没理她，只是迅速将她浓密的长发捞起，给她编了两个小辫，盘了个双丫髻。

江暖暖望着镜子里面的自己，有点恍惚，镜子里面那个俏皮可爱的少女真的是她吗？

罗巧在一旁赞不绝口："梁墨，你这发髻盘得真好！你不是说你不会盘吗？"

梁墨横了他一眼："你不说话没人把你当哑巴。"

罗巧讪讪道："说你好也不行？"

梁墨收了化妆工具，对罗巧说："活干完了，我走了。"

"你别走啊！"罗巧急忙拦住了他，"你也凑个人数！"

梁墨想也不想地拒绝了："我不去。"

罗巧拦着不让他走："都是自己哥们，帮帮忙行不行？我这里你也看到了，就这么几个人，哪里有气势？你好歹也是个衣架子，帮忙出个场子啊！何况拍摄剪辑视频这块舍你其谁啊？"

梁墨没说话，只是眼睛瞥向了苏月。苏月笑着说："你不用担心，他这个人嘴硬心软，既然肯来帮忙，肯定会帮到底的，是不是梁墨？"

梁墨扭过头不语，罗巧立即拿过一套衣服递给他："早就给你准备好了！你穿这套！"

梁墨接过衣服一看，是一身蓝灰色的衣服，嫌弃地丢在了一旁，自己走到衣架前挑选。大家都选了自己心仪的汉服，可供选择的余地不大，他瞥了一眼苏月，悻悻地发现没有一身可以和她搭配。

"行啦，你别挑了，就这身最合适你，我特意给你留的。"罗巧将那身衣服又拿了过来，"魏晋风，你穿上就知道了。"

梁墨接过了衣服怀疑地望着罗巧，罗巧笃定地说："化妆你是专业的，挑汉服我是专业的。"

梁墨走出试衣间时，众人都眼前一亮，他那神秘又略带冷漠的神情，配上那身衣裳，越发显得不羁散淡，仿佛看穿世情的竹林七贤。他的眸色深沉，更叫人瞧不清楚，眸光掠过时，在场的人心跳骤然加速了几分。

罗巧赞了一声："我就知道这身衣服除了你没有人配穿！梁墨，你是穿越来的吧！"

梁墨不理罗巧，只用询问的目光望向苏月。苏月竖起了大拇指，他一颗心总算放了下来。

罗巧忽然喊道："哎呀，你们俩刚好是一对 CP 啊！"说着，他将江暖暖推到梁墨的身旁，啧啧叹道，"太合适了！"

梁墨皱着眉嫌弃地看了一眼江暖暖，对罗巧说："你胡说什么？哪里合适了？"

罗巧笑着说："你们俩啊，简直就是动漫里面那种父女 CP！"

还有三秒
就初恋

"父女？！"江暖暖两只眼睛都快瞪出来了。

罗巧乐得合不拢嘴，其他人也越看越觉得两人像。江暖暖的这身打扮娇俏可爱，像个可爱的小少女，而梁墨不苟言笑的模样仿佛是她严肃的老父亲。

"太好了！"罗巧乐滋滋地说，"有你们四位镇场子，咱们今天这活动一定能锁定本校热搜！"

江暖暖委屈得不行，她不要当梁墨的女儿："有没有其他衣服？"

罗巧笑着说："没有了。再说这身太适合你了，时间也来不及了，咱们要出发了。"说着他又对梁墨挤挤眼，"拜托你照顾好你女儿！"

梁墨的脸微微抽搐，他本来想和苏月穿情侣装，怎么会莫名其妙地多了个"女儿"？他瞥了一眼江暖暖，她揪着头上的丫髻，试图想要改变自己小丫头的形象。

梁墨眉头皱得更紧："不准拆！"

江暖暖一愣，梁墨面无表情地望着她说："我不会给你重新梳了。"

江暖暖悻悻地收回了手，嘟囔道："你为什么要给我梳成这样？"

梁墨冷冷瞥了她一眼："你只适合这个。"

江暖暖本想再辩驳两句，罗巧已经张罗着让大家出门了。她叹了口气，原本幻想自己和电视剧里面演的女主角一样飘飘欲仙，没想到最后还是个做女儿的命，哪里像苏月，一看就是主角。

她心里微微一酸，隐隐觉得自己在贺志野的人生剧目里越来越像个配角。

江暖暖一边想着心事一边往前走，不留神脚下踩到了裙角，整个人往前倾差点摔倒。梁墨眼疾手快拉住了她的手腕，她吓了一跳，结结巴巴道了声谢，梁墨皱着眉头不说话。

走在前面的贺志野和苏月并未发现后面的情况。苏月的衣袍宽大，走起路来衣袂飘飘，与贺志野的长袍总是纠缠在一起。苏月忙不迭地将自己的衣袍收回，贺志野也一边低声道歉一边拢住衣袖，不经意间，两人的指尖碰到了一起。

两人四目相对，苏月的脸微微泛红，急忙躲开了目光，贺志野亦觉得心跳加速，忙不迭移开目光。

罗巧并未发现端倪，只是专心致志地教大家如何走路可以避免踩到衣服，如何将衣袖优雅地收起，还教大家怎么走路才更能体现出汉服之美。

江暖暖一向走路蹦蹦跳跳，穿着汉服走路总是别扭，不是踩到衣角，就是扯到袖口，不一会儿工夫，身上衣裳歪了，怎么看怎么别扭。

她急着追贺志野，拎着衣裳就往队伍最前面蹿："贺志野，贺志野！"

贺志野扭头一看江暖暖的模样忍不住笑了："兄弟，你这是要演打戏吗？"

江暖暖胡乱理了两下衣裳，强行往贺志野身旁走去，刚要塞到他身边，就被罗巧阻拦了："你不能在这里。"

江暖暖怒了："凭什么我不能在这里？"

罗巧振振有词道："你应该和梁墨站一起，演父女 CP，这边是贺志野和苏月两个人的情侣 CP，你不能在这里破坏画面。今天咱们这游行的队伍可不是随便排列的，这可是我经过精心排列组合的，能形成一幅画，懂吗？"

江暖暖瞪了罗巧一眼："你在说什么？"

罗巧以为她没听明白，开始滔滔不绝地讲解起队形设计的苦心，从哪个角度切入像一幅画。

江暖暖不耐烦听罗巧喋喋不休，只知道罗巧一定要拆开她和贺志野，硬要把苏月和贺志野凑在一起。虽然她心里也暗自承认他们两个人站在一起看上去非常般配，但是她绝不认输！

不让她站在贺志野身旁，她就绕到苏月身旁，罗巧还要阻止她，苏月笑着说："我觉得她站在这儿挺好的，我们可以组个姐妹CP。"

罗巧见苏月这么说只能悻悻闭上嘴，心里虽然觉得姐妹CP不如情侣CP好，但也勉强可以吧。

苏月见江暖暖的衣服凌乱，便重新替江暖暖整理衣裳。江暖暖反而不好意思了，她看着苏月的脸，阳光照在苏月的脸上，薄透如凝脂般细腻，长长的睫毛下面仿佛藏着一对星星，亮得让人不敢直视。

"你真好看。"江暖暖不由得感慨。

苏月笑着说："你也很好看啊。"

江暖暖连连摇摇头："不不，我比不上你。"

苏月笑着说："好看又没有标准答案，每个人都有自己不一样的美，没有谁比谁更好看。"

江暖暖想了想说："我说的是从世俗标准。"

"世俗的标准也是会变的，一时流行一样罢了。"苏月望着江暖暖笑，"但是真正的美是不会变的。"

江暖暖说："话虽如此，可大家都是世俗人，都是用世俗标准来区别的。"她瞥了一眼贺志野，心中腹诽，就算是贺志野也是一样。

贺志野一直听着两人说话，这时在旁笑着说："暖暖，你没听过一句话吗？好看的皮囊千篇一律，有趣的灵魂万里挑一。"

江暖暖反驳道："没有好看的皮囊，谁会看见你是不是有趣的灵魂？"

贺志野笑道："那就不要让看不见的人看就是了，何必勉强呢？"

江暖暖还要反驳，突然一个滑板从远处冲着他们飞过来，滑板的主人已经摔倒在地。

眼见那滑板冲着苏月飞来，苏月大惊失色，这时，江暖暖冲到前面，飞起一脚踢到滑板上，一个漂亮的飞旋将滑板控制在脚下。

汉服社的一众人都看傻了，原本着急冲过来的梁墨看见这一幕也愣了。

江暖暖宛如电影里的英雄，一脚踏在滑板上，阳光照在她身上，仿佛天选之子。

贺志野笑着对苏月说："我兄弟厉害吧？从小就是体育全能选手。"

苏月连连点头，她刚才差点以为自己会被砸中。

江暖暖用脚拨了下滑板，站了滑板上面，朝着滑板主人滑去，就在她要将滑板还给那人时，罗巧突然大喊了一声："等一下！"

他几步冲到了他们面前，对滑板主人说："你能把滑板借给我们吗？"

滑板主人愣了好几秒说："可以。"

江暖暖疑惑地望着罗巧："你要滑滑板？"

"你滑。"罗巧两只眼睛放光，"江暖暖，你不知道你踩着滑板的样子多帅多好看！"他舌灿莲花，极尽赞美之词夸江暖暖踩着滑板时衣袂飘飘的模样，说得她如同谪仙降世。

江暖暖纵然脸皮再厚，也脸红了。

"总而言之一句话，你踩滑板在最前头，肯定回头率第一。"罗巧

还有三秒
就初恋

说得口干舌燥，终于闭上了嘴。

江暖暖实在没理由拒绝，便踩着滑板一马当先，站在队伍最前头。

她站在滑板上如履平地，倒比走路更流畅，她一路疾驰而行，果然如罗巧所言吸引了来来往往的人注意。路人纷纷拿出手机拍摄，连梁墨也忍不住悄悄拍了好几段视频。

浩浩荡荡的队伍从汉服社出发，一路蜿蜒曲折而行，吸引了无数路人，好多人当场要求加入汉服社。罗巧心花怒放，本次活动远远超过了他的预期。

他急忙记下所有想要加入汉服社的同学的资料，因为人数太多，他拉着梁墨一起帮忙。梁墨眸色一沉："汉服社的人不都在这里吗？"

罗巧指着面前的长队说："你没看到这么多人吗？我们社的人少，忙不过来，快点帮忙吧，万一一会儿他们排队不耐烦走了，我们就白忙活了。"

梁墨嗤笑一声："如果这些人连这点时间都不愿意等，那也是留不下来的。"

罗巧愣了愣，想要反驳，又觉得梁墨的话有理。他看了一眼梁墨，发现梁墨正在低头刷手机，脸色很不好看，便识趣地闭上了嘴。

今天的校园论坛被汉服社包揽了，苏月和贺志野两人惊艳全校，两人同框的画面直接刷屏，每一条下面都有无数点赞和评论，无数人都在夸赞两人 CP 感十足，有许多女生对苏月"流下了羡慕的泪水"，对贺志野的照片各种大喊："我可以！"

梁墨定了定神，迅速将刚拍的视频简略地剪辑了下，注册了一个小号往论坛上发帖。

很快，穿汉服踩滑板的江暖暖一跃成为论坛的最热话题。视频里面的江暖暖如同闪耀的明星，在阳光下灵巧地跳跃、滑动，灿烂的笑容更像温暖的阳光，打动每个人的心。

评论区都被视频里面的江暖暖惊艳不已，纷纷询问她是谁。还有不少人表示，虽然也在现场拍了江暖暖的视频和照片，但是真的拍得太丑了，没脸发到网上。

江暖暖对自己迅速成为网红这件事无知无觉，只是一心一意地往贺志野身旁凑："贺志野！"

贺志野一抬头，江暖暖一边向他滑一边将饮料扔给他。贺志野熟稔地抬手接住："谢啦！"一转手便将这罐饮料递给了苏月。

苏月微微一怔，正要伸手接，一瓶饮料从旁边先强行塞到了她的手里，是她最喜欢的橙汁。不必回头也知道是梁墨塞过来的，她拿着橙汁对贺志野摇了摇，微微一笑："我有了，你自己喝吧。"

贺志野看了一眼站在苏月身后神色沉郁的梁墨，识趣地收回了饮料。

江暖暖脸上原本失去的笑容又重新回来，她笑嘻嘻地滑到三人旁边，搭住贺志野的肩膀说："来，我们合个影。"

贺志野看了看苏月，邀请道："一起拍？"

苏月点点头，问梁墨："你呢？"

梁墨扫了三人一眼："我帮你们拍。"说着拿出了手机。

江暖暖正要挤到两人当中去，没想到脚下意外一滑，她本能地蹲下去稳住身体，就在那一刻梁墨按下了快门。

她完美地离开了画框，那张照片成了贺志野和苏月两个人的合影。梁墨不动声色地删除了照片："没拍好，重新拍。"

江暖暖这次站稳了，她站在苏月和贺志野当中。贺志野和苏月身形高挑，而她身材娇小，三人站在一起刚好形成了一个"凹"字，加上她今日的打扮偏可爱，照片里面的她仿佛两人的女儿。

江暖暖非常不满意，站到了贺志野身旁，嚷嚷着让梁墨重新拍。梁墨扫了一眼不和谐的画面，还是按下了快门。

照片拍好后，江暖暖第一个冲到梁墨面前要看照片，照片里的她抱着贺志野的胳膊，贺志野的脸上带着笑意，只是他的眼睛分明往苏月那边看去。

江暖暖有点不高兴，便将照片也删了去，嚷嚷道："拍得太丑了！"

梁墨目光微冷，江暖暖的话分明在质疑他的拍照水平，他正要开口反驳，一旁的罗巧凑了过来："这么美的画面，快让我来定格！"

说着，他抬起手便对着苏月和贺志野连拍了好几张，江暖暖连忙凑过去，她只来得及靠近苏月，就被罗巧拍了下来。

罗巧对自己拍的照片格外满意，当即手快地发了朋友圈，立即获得无数点赞。

江暖暖在朋友圈看到了九张照片，八张都是贺志野和苏月的，只有一张里有她，她站在苏月旁边，笑得很甜。

江暖暖很不满意，对罗巧说："我呢？"

罗巧见江暖暖不高兴，要帮她拍照。她再次站在贺志野身旁，罗巧一连拍了几张照片，她才心满意足地反复看每张照片。她用手肘戳了戳贺志野，拿照片给贺志野看："好看吗？"

贺志野扫了一遍笑着点头："和咱们小时候一样。"

江暖暖突然意识到照片里面的他们，和小时候在一起拍照的姿势差不多，连眼神也一样。她心里有几分窃喜，证明贺志野没变，她也没变。

"你们真是活招牌！今天绝对超出预期！大家都辛苦啦，我中午请你们吃饭！"罗巧大声宣布道。

众人顿时高声欢呼。

罗巧说是请吃饭，还是选择了食堂："大家都是穷学生，你们都明白，嘿嘿！"

众人也不嫌弃，浩浩荡荡的队伍往食堂走去。江暖暖踩着滑板一马当先，贺志野兴致来了，也接过滑板滑了一段路。他滑滑板并不像江暖暖那么好，动作也没有很花哨，速度也很缓慢。

大家的目光都聚集在贺志野身上，梁墨像是没看见，只是边走边踢石子，一颗石子飞到了前面，落在了滑板旁边，贺志野吓了一跳，急忙停下，差点摔倒。

站在附近的江暖暖眼疾手快扶住了贺志野，贺志野有点尴尬地看了一眼苏月，自嘲地笑道："果然还是学艺不精。"

苏月脸上满是担忧的神色，见贺志野无碍才放下心来。

"心疼了？"梁墨如同鬼魅般在她身旁轻声问道，两只眼睛牢牢盯着她的脸。

苏月柳眉轻拧望着他说："你是故意的。"

梁墨惊讶地望着她："你怎么会这么想？这只是个意外，我随便踢了一脚，刚好落在那边，谁知道他技术这么差。"

苏月冷冷地望着他："梁墨，我们从小一起长大，你只要撒谎，话就会很多，我肯定刚才你是故意的。"

梁墨一眨不眨地盯着她的脸，突然笑着说："我记得你小时候说过，你喜欢阳光帅气、学习成绩优异的男生，就是他这款的吧？"

苏月的脸色拉了下来："你在东拉西扯什么？"

梁墨笑嘻嘻地说："没事，你如果喜欢他，我可以帮你追他。"

苏月扭头便走，梁墨紧追了两步："江暖暖喜欢他。"

苏月咬了咬嘴唇，看着前面的江暖暖和贺志野，两人亲密无间的模样。

"那又怎么样？和我没关系。"

梁墨笑了笑说："苏月，你最好不要口是心非，否则以后会后悔的。"

苏月冷冷地看了他一眼，走得飞快。梁墨望着她的背影，用力踢了一脚地上的小石子，石子往前滚了滚，停在了地上，他一转身朝着相反的方向走去。

第四章

就温柔点吧

⋮

　　罗巧拍的照片被迅速转发到校园论坛，苏月和贺志野的每张合影都CP感十足，更坐实了情侣的传言。江暖暖在他们两人的照片里格外不显眼，被人当成了小丫鬟。

　　江暖暖并没有留意这些留言，只是反复地看着自己和贺志野的那些合影，想起小时候他们一起出去玩时的情景。那时候她总是带着他到处乱跑，每次都会迷路。

　　每次迷路后，她也不慌，只是笑嘻嘻地问贺志野："怎么回去？"

　　贺志野早已料定会是这样的结局，领着她往回走，她每次都会惊呼："你到底是怎么记住路的？"

　　贺志野有些好笑："这有什么难记的？明明就隔得不远啊，朝前走左转第二个红绿灯再右转，然后再往左转就到了。"

　　她连连咂舌："我的天哪，这么复杂！贺志野，以后我们都要一起出去啊，不然我迷路怎么办？"

还有三秒
就初恋

贺志野笑着说："放心吧，我一定会把你全须全尾地领回家。"

她伸出手指说："我们拉钩！"

两根手指钩在了一起。

那时贺志野的眼睛像发着光，照进江暖暖的心里。

做了这么多年的朋友，他们亲密得像亲兄妹一样，两家之间也处得非常融洽，她时常去贺家蹭饭抄作业，他也常去江家翻看她的书架，和她一起打游戏。

可是随着年纪渐长，江暖暖发现，他们之间渐渐有了距离，说不清楚，道不明白。表面看一切如旧，可是贺志野的眼里有了她看不懂的情绪，而贺志野也常常笑她还是和小时候一样。

指尖掠过照片里面笑得灿烂的贺志野，江暖暖轻轻笑了："你也和小时候一样。"

周一的早晨，江暖暖去食堂买早餐。除了她自己喜欢的包子豆浆外，她还顺便给贺志野买了火腿三明治。她拎着一大堆早餐去找贺志野时，却意外看见了梁墨。

梁墨面无表情地在吃早餐。他没有表情的时候，整个人看起来十分严肃，仿佛面前的那碗粥是一道难解的数学题。

江暖暖忍不住笑了起来："这么难吃吗？"

梁墨抬头看了她一眼，没有说话，继续埋头喝粥。

江暖暖正要取笑梁墨两句，就看到贺志野走了过来，连忙抛下梁墨兴冲冲地迎向了贺志野，将早餐递给了他。贺志野讶异地挑挑眉，接过早餐："今天怎么这么早？"

江暖暖嘿嘿一笑: "今天天气好,当然要早起拥抱阳光了。"

贺志野笑着说: "你还真是天气症候群患者,天气好就早起,天气不好就不早起。"他指着不远处的量贩机问江暖暖,"喝什么?"

"都可以。"江暖暖笑眯眯地答道。

"那还是椰汁了。"贺志野说着就往量贩机走去。

江暖暖的心情很好,贺志野一直都了解她的喜好。

贺志野买了三罐饮料,一罐是给江暖暖的椰子汁,一罐是他自己爱喝的咖啡,还有一罐是橙汁。

江暖暖有些好奇: "你买橙汁给谁?"

贺志野笑而不答,只是对江暖暖说: "快要上课了,赶紧去教室吧,我先走一步了。"说完急匆匆地往食堂外面走去。

江暖暖抱着饮料和早餐,正待要走,就听到梁墨在身后低声说了句: "这不是明摆着的吗?"

江暖暖疑惑地望着他: "什么?"

"橙汁是给谁的。"梁墨冷冷丢下了一句话。

江暖暖突然明白过来: "你是说给苏月的?"

梁墨低头看她: "我突然觉得和你联手是个错误,你实在是有够迟钝的。"

江暖暖气鼓鼓地说: "你怎么知道一定是给苏月的?"

梁墨白了她一眼。

江暖暖忽然觉得自己这个问题太蠢了,他多了解苏月。

江暖暖还是不服气: "难道贺志野的朋友里面就没有喜欢喝橙汁的?"

梁墨用古怪的神色看着她，突然笑了："江暖暖，想不到你自我欺骗的能力还挺强。"

江暖暖不肯信梁墨的话，梁墨扫了她一眼说："要不我们打个赌？"

江暖暖毫不犹豫地答应了："赌什么？"

梁墨嘴角微微往下弯："你答应我一个要求。"

江暖暖伸出了手："一言为定。"

几分钟后，江暖暖亲眼看见贺志野将那罐橙汁递给苏月的全过程。贺志野看起来和平常一样，然而江暖暖却感觉到他和平时不一样。

她心里有些失落，梁墨瞅了眼她失落的神情说："走吧，要迟到了。"说着他站在了玻璃窗前，挡住了她的视线。

江暖暖心里难受，低着头转身离开。梁墨始终走在玻璃窗那一侧，和她保持同样的速度，挡住了她的视线。

窗户的那侧，贺志野和苏月相视而笑，他们没有说一句话，但是彼此的眼睛里都映照出对方的身影。

一整天，江暖暖像被霜打了一样，早上的好心情都没了。

她不断地给自己打气，可是心里始终记得贺志野的眼神，他从未用那种眼神看过她，她没办法忽略那个眼神。

今天的课程是电影赏析课，屏幕上播放经典影片《廊桥遗梦》，江暖暖却一直心不在焉，脑海中不断闪过苏月和贺志野的身影。

好不容易熬到中午下课，她又习惯性地往化学系那边跑去，只刚走到半路就遇见了梁墨。

梁墨戴着耳机，双手插在裤兜里，神情漠然地往前走。

江暖暖想了想，决定假装没有看见梁墨，正要绕开的时候，梁墨却叫住了她："江暖暖——"

江暖暖硬着头皮站住了："什么事？"

"请我吃饭。"梁墨的语气再平静不过，好像这是理所应当的。

江暖暖惊诧莫名："凭什么？我为什么要请你吃饭？"

"如果你的记性没有那么差的话，你应该记得早上和我打过一个赌，你输了。"梁墨平静地说。

江暖暖这才想起，因为她心情太差了，把这件事都忘了。

"那个啊，我都忘了……要不下次？"

"不行。"梁墨的眼神莫名坚决，"就现在。"

江暖暖望向了化学系教学楼，试图和梁墨再讨价还价，梁墨却说："你不会想赖账吧？"

江暖暖跳了起来："我江暖暖从来说话算话，绝不会赖账！"

"那就好。"梁墨冷冰冰地说，"走吧。"

江暖暖想了想又问："要不我们叫上他们吧？"

梁墨望了她一眼："你是不想请我吃饭吧？"

江暖暖连忙摇头："怎么可能？我只是说叫上他们两个人一起啊。"

梁墨冷笑一声："到时候吃那么多'狗粮'，你还吃得下饭？"

江暖暖一时哑口无言，过了一会儿说："梁墨，我怎么觉得你现在有点打退堂鼓的意思了？"

梁墨冷冷瞥了她一眼没说话。

江暖暖接着说："我们不是说好了，要拆散他们吗？如果我们不努力、

还有三秒
就初恋

不积极，他们可能真的会在一起了，到时候我们怎么办啊？"

梁墨淡淡说："在一起就在一起，强扭的瓜不甜。"

"我就知道你肯定有问题。来来，告诉我，到底是发生了什么事，让你突然改主意了。"江暖暖一派知心大姐的模样，"我帮你。"

梁墨看着她的模样有些好笑："你懂什么？"

"我当然懂啦。年轻人，不要害怕挫折，人生就是这样，一路坎坎坷坷不断，不要因为一时的打击就丧失了信心和希望。他们还没有在一起嘛，很多事都是我们局外人的揣测，不要就这样轻易放弃。"江暖暖语重心长地说。

梁墨越听越觉得好笑："还人生？江暖暖，你懂人生吗？"

"我懂啊。"江暖暖答得飞快。

"那你说人生是什么？"梁墨问道。

"人生啊就是尽情享受，好好地过这一辈子，饿了就吃，困了就睡，做自己想做的事。"江暖暖答道。

梁墨嗤笑一声："你说的那不是人生，那是猪生。"

"我说的有什么问题？"江暖暖跳了起来。

"当然有问题，问题大了。"梁墨懒得和她辩解，"你到底请不请我吃饭？"

"请，请！"江暖暖连忙跟在梁墨身后，恋恋不舍地看了一眼化学系的教学楼，也不知道贺志野有没有下课？

江暖暖看着桌子上那几样饭菜，有点怀疑地看着梁墨："这些够吗？"

梁墨漫不经心地看了她一眼，反问道："你不够吗？"

江暖暖还是有点怀疑，嘀咕道："一个大男生就吃这么点吗？"

梁墨白了她一眼说："你是不是觉得钱花得太少？那我再加十个菜好了。"

江暖暖连忙笑嘻嘻地说："不会，不会！这样刚刚好，正好我这个月的生活费也不够了……"

梁墨一边吃饭一边问道："这才月中，你生活费怎么没了？"

江暖暖尴尬地笑了笑没有回答。梁墨又扫了她一眼，隐约猜到了七八分，对她说："你是买汉服了吗？"

江暖暖大吃一惊："你是怎么知道的？"

梁墨嘴角微微上扬，故作高深地掐手指："我能掐会算，掐指一算就知道了。"

江暖暖将信将疑："你真的会算？"

梁墨见她呆萌的神情，不由得笑出了声："江暖暖，你真的假的？是不是别人说什么话你都信？"

"当然信啊，为什么不信？"江暖暖答道。

"没人骗过你吗？"梁墨好奇地问。

"骗过啊。"江暖暖说着也坐了下来，一起吃饭。

"那你还这么轻信别人？"梁墨的眼眸里满是好奇。

"要是都不信的话多累啊？别人说什么，你都要想想到底是不是真的，那一天不用做别的了，就光想这些了。"江暖暖一边吃东西一边说，"反正我觉得吧，这个世上的好人挺多的，谁没事老骗我？骗我有什么好处？我与其花那么多时间去想他们说的话是真的假的，还不如好好吃饭呢。"

梁墨不置可否："那你从来不骗人吗？"

The First Love

江暖暖想了想说："基本上来说，没骗过人。骗人太累了，一个谎言要好多个谎言去圆，还不如别说谎。我这人记性不好，逻辑也差，撒个谎肯定会被人看出来，还不如不撒谎，做人简单，心中无挂碍。"

　　梁墨没说话。他并不赞成江暖暖这样的人生态度，他更喜欢把自己深藏起来，让谁都猜不透。不像江暖暖，像一眼见底的湖水，喜怒哀乐都放在脸上，一眼就能看得穿。不过和这样的人做朋友倒是让人放心，她们不会用心机算计谁，因此和她们相处时也没那么累。

　　"梁墨，你还没说呢，你怎么了？为什么会突然改主意了？"江暖暖想起什么似的问道。

　　梁墨眯起了眼睛，继续吃饭。

　　江暖暖见他没回答，自顾自地说："她和你说什么了吗？还是你看到什么了？我和你说，千万不要随便揣测别人的想法，什么事情都要问清楚，不要自己乱做决定……"

　　"江暖暖！"梁墨打断她的话，冷冷看了她一眼，"不用你教我怎么做。"

　　江暖暖不以为意："你们这类人啊，老是这样，什么都放在心里，自己瞎琢磨，以为自己想的都是对的。其实好多事都压根不是这么回事，你没看电视剧里面都是这样演的吗？男女主角，因为误会而以为对方不爱自己了，然后发生好多悲剧，这就是自己琢磨的坏处！"

　　梁墨有些好笑："那如果是你，你会去问吗？"

　　"当然会问！"江暖暖放下了筷子，"这是多么重要的事，怎么能仅凭自己想象来做决定呢？"

　　"你不会觉得没有面子伤自尊吗？"梁墨望着她笑了笑。

"面子和自尊有爱情重要吗？"江暖暖反问道，"如果因为自尊和面子，没问清楚情况就自己乱做决定，失去了自己最爱的人，那不是更后悔吗？"

梁墨望着她没说话，她又说："总之，收起廉价的自尊和面子，努力追求自己的真爱，这才是爱情的正确打开方式。"

梁墨笑了笑说："那你为什么不直接和贺志野说？"

江暖暖顿时像泄了气的皮球嘟囔着说："我说了……"

"他怎么说？"梁墨有几分意外。

江暖暖很苦恼："他以为我是在开玩笑，不相信我的话。"

"你是怎么说的？"梁墨好奇地问。

江暖暖叹了口气，更加烦恼了。从小到大她无数次向贺志野说过喜欢他，可是不知道是她表达的问题，还是贺志野迟钝，总之贺志野一直都认为她是在和他开玩笑或者是为了帮他塑造男神形象。他们两个人始终都像一对兄弟相处，时间久了，她也放弃了，当兄弟就当兄弟吧。

梁墨听完江暖暖悲惨的告白史后笑出了声。江暖暖白了他一眼，说："这有什么好笑的？这是很严肃悲惨的事好吗？"

梁墨连连摇头："没什么，我只是想起了开学那天你当众告白的那次。"

江暖暖急了，拍了一下桌子问道："那件事有什么好笑的？"

"不好笑，但如果我是贺志野，也会以为你是在开玩笑。"梁墨说。

"为什么？"江暖暖不解地问。

"因为太戏剧化了，显得不真实。"梁墨说，"本来很私密的感情，变成在公众面前表演，加上你们本来关系就很熟，当然很容易被理解为开玩笑。我猜你以前每次告白的时候都差不多是这样的形式。"

江暖暖一时语塞。她有浪漫情结，非常喜欢在大庭广众下表达心意，总觉得会像电视剧电影里面演得一样，男女主角喜极而泣，可是没有一次按照她想象的剧本来演。

"你是说我错了？"江暖暖若有所思，如梦初醒。

"江暖暖，你要是喜欢他，就不要按照你喜欢的方式去喜欢他，要用他喜欢的方式。"梁墨说。

"他喜欢的方式？"江暖暖疑惑地望着梁墨，"什么意思？"

"你们不是很熟吗？你应该知道他的性格，他喜欢什么样的，按照他喜欢的方式来表达，这样他才会信。"梁墨耐心地解释。

江暖暖想了想说："可是这样不是骗子吗？"

梁墨刚吃了一口菜，听到江暖暖的话惊愕不已："骗子？"

"对啊，为了追求到某个人，故意伪装成他喜欢的样子，这种行为就是欺骗。因为你本身不是那个样子的，只是伪装的。"江暖暖说道。

梁墨咽下了饭菜，放下了筷子，用纸巾擦了擦嘴，对她说："江暖暖，我们的结盟正式结束吧。"

江暖暖大吃一惊："为什么？"

梁墨淡淡地丢下一句："你不行。"说完起身离开了。

江暖暖愣了半天想不明白，她怎么不行了？喜欢一个人不应该用欺骗的方式，难道不对吗？

下午是高数课，江暖暖的数学一向不好，老师讲得飞快，她的头脑里面像有一万个陀螺在转，等到下课时已经彻底晕了。

她连吃饭的胃口都没了，带着满脑子的数学符号晃晃悠悠地往宿舍走。

　　"江暖暖快让开！"江暖暖魂游在外的时候，突然有人推了她一把。

　　江暖暖还没来得及反应，就听到东西摔碎的声音，只见她刚站的地方掉下来一个盆栽。

　　"你没事吧？"推她的人关切地问道。

　　江暖暖这才发现那个免于她遭到灾难的人居然是苏月。苏月的眼里满是关心："你怎么了？我刚叫了你两声你都没有反应，只好推了你一把，没弄疼你吧？"

　　江暖暖摇了摇头："谢谢你。"

　　"不客气。"苏月嘴角微微上扬。她的笑容让江暖暖不由得暗自叹了口气，二次元里面绝美的漫画女主角的笑容也不过如此吧。

　　"江暖暖，"苏月双目凝视着她，"你今天怎么了？好像有什么心事。"

　　江暖暖摇摇头："我没事啊，好得很。刚才我在想今天上的高数课，没听得太明白。"

　　苏月问道："你需要笔记吗？我的笔记可以借给你。"说着从怀中拿出了一本笔记递给了江暖暖。

　　江暖暖接过来一看，苏月的笔记本干净整洁，笔迹优美，简直是范本。想想自己那本笔记，根本不能称之为笔记，那就是道士下山画的符，谁都看不懂。

　　"你有看不明白的可以问我。"苏月说，"我的高数还可以。"

　　岂止是还可以，苏月是学霸，刚出来的高数考试成绩，她是第一。江暖暖心里更加郁闷了，这世上怎么会有这么完美的人？这根本不科学！

还有三秒
就初恋

她怀疑苏月根本就是从别的时空穿越过来的人，或者是某个电脑 AI 设计出来的。

"对了，你吃晚饭了吗？我这里多买一份鸡翅，味道很不错，你要不要试试？"苏月说着递给她一盒鸡翅。

江暖暖望着苏月的笑容，心里感动得一塌糊涂，如果不是因为贺志野，她肯定会喜欢苏月。

"你……你为什么对我这么好？"

苏月愣了愣："朋友之间难道不应该吗？"

若是平时江暖暖肯定会拍着苏月的肩膀，拉着她各种拍胸保证要和她桃园结义。可是一想到贺志野，江暖暖克制住自己的冲动，拼命地提醒自己，这是情敌的假象，于是她只是对苏月笑了笑没有说话。

十几天后，江暖暖从书堆里拔出了懵懂的脑袋，她终于把那些符号、公式搞明白了。

今天是周五，天空阴沉沉的，到了下午放学时，浓墨般地覆在天空上，压得人透不过气来。

江暖暖按照收到的通知去了视频社所在的教学楼。早上收到视频社的通知时，她有点蒙，都忘记自己是视频社的人了，自从加入视频社以来，从来没有参加过他们的正式活动，今天还是第一次来。

视频社的活动室里有七八个人，他们三三两两站在一起，讨论视频的制作。

江暖暖进来后，众人停顿了片刻，其中一名瘦高戴着黑框眼镜、穿着蓝色衬衫的男生冲她打招呼道："你是江暖暖吗？"

江暖暖点点头。

男生微笑着说："我是罗子辰，是视频社的社长，今年大三。"

江暖暖乖巧地打了个招呼："学长你好。"

站在罗子辰身旁的另外一个男生笑着说："今年的新人是这么可爱的学妹啊，实在太好了。本来听说今年就只招募到两个新人，我还在担心呢，还有一个新人呢？"

"应该快来了吧，他没回复说来不来。"罗子辰看向门外。

"另外一个是谁？"男生好奇地问，"听说是大佬？"

"对，超级大佬，好不容易才游说他加入的。"罗子辰说，"他的水平已经非常专业了。"

江暖暖听着两人的对话，问道："你们说的不会是梁墨吧？"

就在此时，门被推开了，穿着一身黑色休闲帽衫的梁墨站在了门边。

"梁墨！"罗子辰高兴地迎了过来，"终于等到你了。"

梁墨面无表情地走了进来："通知的时间是四点半，现在是四点二十九分，我没有迟到。"

罗子辰并不介意梁墨的冷漠，只是热情地向大家介绍梁墨："这位就是梁墨，你们刚才看的几个视频都是他做的。可以算得上是超级大佬了！"

视频社的众人都齐齐看向了梁墨。梁墨眼神淡淡的，并没有任何反应，也没向大家打招呼。

罗子辰接着向众人介绍江暖暖："这位是江暖暖，咱们学校最近比较火的宣传视频是她做的，也是非常优秀的视频制作者！大家欢迎！"

零零散散的掌声响起，众人对两位新人似乎并不很热络。罗子辰解释道："我们做视频的人，都喜欢做幕后工作，性格偏内向点，不是很热情，你们别介意啊。"

梁墨不置可否，江暖暖笑容满满地说："没关系。"

罗子辰接着说："今天叫你们来呢，第一是为了让大家认识下，办个欢迎会，也交流下制作视频的心得。江暖暖，你先说吧。"

江暖暖正要说话，突然其中一个男生嚷道："啊，我知道你。"

江暖暖很意外："你是？"

"新生开学的时候，你是不是向贺志野当众告白来着？"男生很兴奋地打开手机，"我刚好路过，还拍了视频！"

江暖暖更加意外，她万万没想到居然会被人拍到自己告白的视频。男生说完后，众人都来了兴趣，一起围到他身旁看他拍的视频。

短短几秒的视频，被他剪辑成了多个版本，其中还有"鬼畜"版。视频里面的江暖暖显得可笑至极，众人都忍不住捂着嘴偷笑起来。

江暖暖尴尬地笑了笑，解释道："那就是个玩笑……"

罗子辰瞪了那个男生一眼："你别闹了！"

男生嬉皮笑脸地说："就是个视频而已。咱们做视频的人，什么样的视频都做过……"他的话没说完，梁墨忽然走到他面前夺下了他的手机，飞快地删除了手机里面的视频。

男生惊愕不已："你凭什么删我的视频？"

梁墨冷冷地看了他一眼，将他的手机扔回桌上，转身便往门外走去。

罗子辰忙追上他："梁墨，你去哪里？"

"如果视频社都是这样的人，没什么好加入的。"梁墨丢下话走了出去。

男生收起手机，气得跳脚："他狂什么狂？"

罗子辰瞪了男生一眼，骂道："李焱，你够了！"又低头向江暖暖道歉，"江暖暖，对不起，我替他向你道歉。"

江暖暖勉强一笑："没事，我明白。学长，我还有事，就先走一步了。"说着她向众人鞠了一躬，冲出了教室。

江暖暖一路追着梁墨，连喊了十几声，梁墨的脚步也不曾停下，直到她抓住了梁墨的胳膊，梁墨甩开她的胳膊，往后退了一步，这才停了下来。

"梁墨，你去哪里？"江暖暖跑得太快，满脸泛着红晕。

梁墨的目光掠过她，只向前方看，淡淡地吐出几个字："与你无关。"

江暖暖盯着他的脸问道："你生气了？"

梁墨的目光冷冷地扫了她一眼，并没有回答。江暖暖自问自答："你为什么生气？应该是我生气吧。"

梁墨嘴角微微抽动，忍住了没有说话。江暖暖接着说："谢谢你刚才帮我，其实刚才蛮尴尬的……"她想起刚才的情形，不由得绞起双手，说话的声音也微微轻颤。她再大大咧咧，到底也是个女孩子，被人当面嘲讽，脸皮再厚也承受不了。

梁墨终于蹦出了几个字："那你还留在那儿干什么？"

"什么？"江暖暖愣了愣，"那不是不礼貌吗？"

"人家都这样对你了，你还在担心礼仪问题？江暖暖，你还真是个奇怪的人。"梁墨啼笑皆非。

"所以你突然出来，是想让我一起出来？"江暖暖终于醒过味来。

梁墨的脸上还是没有表情，让人猜不透他到底在想什么。江暖暖看了半天，确认信息接收失败，不由得埋怨道："梁墨，你的脸上能有点表情吗？你这个样子，到底想什么人家都猜不到。"

"我为什么要人家猜到？"梁墨反问道。

"你这样和人交流起来有障碍啊。你就算做好事，这样人家也未必能明白，很容易发生误会的。"江暖暖说。

"明白的人自然会明白，何必强行去让不明白的人明白？"梁墨的话像绕口令一样，江暖暖听得发愣。

梁墨也懒得和她解释，只是说道："退出吧。"

"退出？退出视频社吗？"江暖暖努力跟上梁墨的思维。

"嗯。"梁墨终于点点头。

江暖暖正要说话，罗子辰追了过来："江暖暖！梁墨！你们等下。"

罗子辰朝着江暖暖鞠了一躬："刚才的事实在抱歉，我替李焱向你道歉，他其实不是故意的，他就是有点喜欢开玩笑，所以喜欢做搞笑类型的视频，不是故意针对你的。"

江暖暖刚想说没关系，梁墨就先开口说："哦？你的意思是，他就是没心没肺的那种人？"

罗子辰连连点头："对对，所以我们老说他缺根筋，'注孤生'。"

"你说他喜欢做搞笑视频，那他会拿自己当素材做搞笑视频吗？"梁墨的目光变得犀利起来。

罗子辰一愣，梁墨又接着说："他都知道要维护自己的尊严，为什么把别人的尊严放在脚下碾压？这和喜欢搞笑无关，这是一个人的底线问题。还有，既然要道歉，应该是他来道歉，为什么是你替他道歉？你是他什么人？"

罗子辰顿时哑口无言，只是讪讪地望着江暖暖，语无伦次地道歉："真的抱歉，江暖暖，这件事是我没处理好。希望你、你别介意……"

"罗师兄，我们要退出视频社。"梁墨突然打断了罗子辰的道歉。

罗子辰大吃一惊："退社？"

"对，我们不想和那样的人在一起。"梁墨冷冷丢下一句话就往前走。

"梁墨，你别冲动！"罗子辰忙拦住他，"你这样的视频高手，不加入视频社，对你来说也是损失。"

"什么损失？"梁墨嗤笑一声，"我本来就不想加入什么社团，现在也不想和那样的人为伍。"

"这事就是个误会……"罗子辰用求助的目光看向了江暖暖，"再说，江暖暖也不生气对吗？"

江暖暖刚要回答，就看到了梁墨威胁的目光，赶紧捂住嘴巴，生怕自己一不小心说出梁墨不愿意听的话。

"要不然，我让李焱向江暖暖道歉行不行？"罗子辰用商量的口吻问梁墨。他实在不想让梁墨就此退社，他花了好大的精力，磨了许多嘴皮子，找了很多人，才让梁墨进了视频社，后面的视频大赛还等着梁墨来拿名次呢。

"你问我干什么？要问她。"梁墨望向了江暖暖。

江暖暖这才明白，梁墨绕了半天就是为了让李焱向她道歉，便对罗子辰说："既然是道歉，本人来才比较有诚意吧？"

"那就这么说定了，我一定让他本人向你道歉。"罗子辰松了口气，"你们不退社了吧？"

还有三秒
就初恋

梁墨没说话，江暖暖跟着故作高深。罗子辰揣测不出两人的心意："那我就当你们答应了，我这就去找他。"

罗子辰离开后，江暖暖忍不住笑了起来，梁墨扫了她一眼："你也笑得出来？"

"为什么笑不出来？"江暖暖笑着说，"我觉得挺好玩的。"

梁墨瞪了她一眼："没心没肺。"

江暖暖笑嘻嘻地说："这个词我原来觉得应该形容你的。"

梁墨眉头一拧："你就这样形容你的救命恩人？"

"救命恩人？算不上吧。"江暖暖惊愕不已。

梁墨冷冷地看着她："原来你除了没心没肺，还忘恩负义。"

"哇，我哪有这么夸张？"江暖暖嚷嚷道。

梁墨挑起眉头冷冷看着她。

江暖暖闭上嘴仔细想想之前发生的事，不管是之前帮她做视频，还是刚才帮她"挽尊"，忽然觉得欠他情分颇多，她有点不好意思。

"那个，其实吧，我觉得你这人面冷心热，算是个不错的好人。"江暖暖讪讪地说。

"算是？"梁墨的脸上明明白白写着不高兴。

江暖暖连忙纠正错误："我说错了，你是个好人，大大的好人！"

梁墨的嘴角稍稍上扬，顿了顿，问江暖暖："你带伞了吗？"

江暖暖朝着窗外一看，只见外面不知几时下起了雨。她一拍脑门，哭丧着脸说："我把伞忘在教室了。"

梁墨毫不意外，他从包里抽出一把伞，江暖暖以为是给她的，感动得快哭出来：“梁墨，你真的是超级大好人！”

梁墨却没有将伞递给她，而是径自走了。江暖暖一愣，连忙追着他过去，拉住他的衣袖：“喂，喂，你怎么走啦？带我一个啊。”

梁墨冷冷地看了她一眼：“不带。”

江暖暖傻了眼：“不带？”

“嗯，我不是没心没肺吗？”梁墨的语调平静，江暖暖却感觉不对。

“我不是道歉了吗？”江暖暖可怜巴巴地望着他。

“你那是道歉？”梁墨发出一声冷哼。

江暖暖看了一眼外面银亮的雨丝，郑重其事地对梁墨说：“我江暖暖向梁墨郑重地道歉，你不是没心没肺的人，我才是没心没肺的那个，请你原谅。”

梁墨没有说话，只将雨伞倾斜，大半遮住了江暖暖。江暖暖咧开嘴一笑：“谢谢你，梁墨。”

两人撑着雨伞，在雨幕里走。校园里灯火通明，照着雨水如银丝般，此时正是深秋，软烟千丈，细雨万枝，润染秋色，平添了几分凉意。

梁墨将大半雨伞遮住了她，自己的身体有大半被雨水打湿。

江暖暖的手机不断地响起，江暖暖一看顿时急了：“哎呀，不好了，要开组了。”

梁墨有些意外：“你玩游戏？”

江暖暖答得飞快：“当然啊，我可是我们工会主力 DPS（秒伤害），晚上要打团本，我得赶紧回去，不然来不及了。”

梁墨问道：“贺志野也玩吗？”

江暖暖点头：“当然啊，要不然我也不会玩这个游戏的。你不玩吗？”

还有三秒
就初恋

梁墨微微摇摇头："我没玩过游戏。"

江暖暖惊愕不已："现在居然还有没玩过游戏的人？"

梁墨目光微微一冷："我很忙，没时间。"

江暖暖好奇地问："能八卦下，你晚上干什么？"

梁墨白了她一眼说："我事情多着呢，没有这种做无聊事的时间。"

江暖暖振振有词地说："你这话就错了，现在玩游戏可不算什么无聊打发时间的事，电竞知道吧？已经是一种正当的职业了，还有国家比赛呢。玩游戏只要玩得好，将来可以做游戏策划、做游戏职业选手等等。"

梁墨没有说话，江暖暖又问："你要不要玩玩试试？可好玩了，保证会给你打开一个新世界。"

梁墨没有回答，抬起手腕看了下，皱起眉头催她："快点走吧。"

江暖暖见他脚步加快，也跟着小跑起来："你怎么突然这么急？"

"我有事。"梁墨答道。

梁墨将江暖暖送到了宿舍楼下，就急匆匆地往自己宿舍赶去。江暖暖见他这么着急，心里一阵嘀咕，不知道他忙什么呢？

未等她好奇心得到满足，手机再次响起，她急忙冲回宿舍打开电脑，上线打游戏。

第五章
先努力让自己发光
...

　　这款游戏是江暖暖无意间发现贺志野在玩的，二话不说立即建号就进了游戏，本想和贺志野在游戏里面一起玩，没想到贺志野很少上线，倒是她天天在游戏里面忙活，渐渐成了游戏里面的主力，现在还当上了公会里面的会长。

　　她喜欢在游戏里面的感觉。不知道怎么回事，她在游戏里面的天赋极高，一学就会，悟性很强，不像她念书，念得总是乱七八糟。

　　今天晚上她照例上线开组，带着团里四十人打团本，淡定地指挥着大家杀 boss（老大），一边看着好友列表里面灰色的名字，贺志野的账号已经很久没上线了。

　　"你又在玩游戏啊？"同宿舍的李雅然敷着面膜踱着步子过来，"游戏有那么好玩吗？"

　　"当然好玩啊。"江暖暖手中不停，一边还在游戏里面指挥其他人，"把 boss 的头拉到十二点方向，防止喷到其他人！"

李雅然啧啧叹道："你这完全是抠脚大叔的做派，拜托你做个人吧。"

"我怎么就抠脚大叔了？难道和你们一样天天关注化妆视频才不是吗？"江暖暖不服气。

"女孩子当然要关注化妆美容啊，哪有天天关注游戏的啊。"李雅然将手机举到她面前晃了晃，"看看人家这化妆术多好！"

江暖暖瞥了一眼她手机里面正在直播的画面，一个女子正在化妆，一边化妆一边用简略的语言说出技巧和要领。

江暖暖听了两句就摇头："不行，和天书一样，根本听不懂。"

"这还听不懂？"李雅然惊叫一声，"拜托，这个主播是我关注过的讲得最清楚明确的人了！而且技术超级好，比人家花好多钱上的化妆技巧班教得还好。"

江暖暖自嘲地笑道："那是你觉得，像我这种没天赋的人，就是学不会。"

"你不是学不会，你就是压根没走心。"李雅然白了江暖暖一眼。

只见江暖暖的双手在键盘上上下翻飞，一边还对着耳麦不停地下命令："左边站位，猎人不要用多重，单点！所有人不要上墙！"

李雅然不禁摇摇头，根本没得救了，自己还是去继续学习化妆大法。

一夜风雨后，阳光灿烂，穿过云层照在树叶上，雨珠折射出璀璨的光芒，像是披着一层碎钻。

江暖暖一大清早就碰到了梁墨，他站在树下举着手机不知又在拍什么。江暖暖兴冲冲跑到他身后，拍了他的肩膀一下。

梁墨吓了一跳，手机微微一抖。他满面怒容地回头看是哪个不长眼的，就一眼看到了身穿姜黄色衣服的江暖暖，她像一朵盛开的向日葵，露出大大的笑容："早啊！"

梁墨冷冷地瞥了她一眼，并未说话。江暖暖不以为意："一大清早就这么阴郁，今天阳光这么好，笑一笑嘛。"

梁墨看了一眼手机里面拍摄的视频，并没有理她。

江暖暖像发现新大陆一样："哇，你刚拍的吗？好梦幻啊！好像动画片里面一样，你在哪里拍的？"

她东张西望想要找到梁墨刚拍出梦幻大片的地方，可惜她肉眼凡胎，实在没有梁墨那双慧眼，怎么都看不出来。

梁墨懒得理她，径自往前走。

江暖暖蹦蹦跳跳跟在他身后："梁墨，你走慢点，我跟不上。"

梁墨冷冷地说："你跟着我干吗？"他突然顿住了脚步，朝着一旁的树丛里面看去，"出来。"

江暖暖顺着梁墨的眼神方向望去。这片树丛很正常，和其他树丛一样，老老实实待在地上，所有枝丫都温顺乖巧地在该生长的地方生长，并没有任何不寻常。

梁墨却认定了这片树丛有毛病，他又对着树丛发出了威胁："你最好自己出来，要是我动手的话，就不好看了。"

他话音刚落，树丛后面传来脚步声，一个人影从树丛后面窜了出来，朝着远方跑去。梁墨刚要起步追，江暖暖已如闪电一般冲了过去，她一个跨步跃过高高的树丛，追着人影而去。

梁墨看得一愣，下意识地举起了手机拍摄，只见镜头里面的江暖暖如同女侠一般，一路风驰电掣追击，将那名躲在树丛里的人一击拿下。

梁墨忙收起手机，跟着追了过去。只见那个人蹲在地上，不肯抬头，江暖暖揪着他的胳膊，一直问他："你是谁？躲在树后面干什么？"

那人突然用力推了江暖暖一把，江暖暖一个趔趄，差点摔倒。梁墨眼神一冷，上前一把抓住了那个人："是你？"

这人正是视频社剪辑嘲弄江暖暖视频的李焱，他没想到被梁墨抓住，想要挣脱，奈何他根本不是梁墨的对手，只得认命，口中嚷嚷道："干吗？你想干吗？"

"应该是我问你想干吗吧？你鬼鬼祟祟躲在树后干什么？"江暖暖怒道。

"我站那里怎么了？那棵树是你家的？我站在那里犯法吗？"李焱瞪着江暖暖，"真有意思。"

梁墨伸出了手："把手机交出来。"

李焱一愣："你凭什么要我交手机？"

"你最好自觉点，不要等我动手。"梁墨的眼神冷得和冰一样。

"你学黑社会啊？这种台词现在都老套了。"李焱嗤笑一声，"一个新生居然这么嚣张……"

梁墨懒得和他啰唆，径自在他口袋里翻。

李焱大怒："梁墨！你干什么？"

手机被翻了出来，梁墨娴熟地打开照片夹，果然看到了里面录下的视频，角度很刁钻，看起来江暖暖和梁墨的关系异常亲密，而且李焱故意屏蔽了录音功能，两人的对话完全听不到。

梁墨冷冷地问："你还有什么话说？"

"这有什么？我不过拍个视频罢了，你不也拍视频吗？"李焱辩解道。

"我拍的视频光明正大，不像你躲在树丛后面鬼鬼祟祟，而且专门选择特别的角度，特意不录音，就是怕人听到原声，这样一段无声的视频你想怎么剪辑就怎么剪辑了。"梁墨丝毫不留情，"你这种行径和八卦小报的狗仔队有什么区别？哦，不对，比他们更恶劣，你是想怎么编故事就怎么编。"

　　李焱被梁墨戳到痛处，嚷嚷道："你凭什么这么说！"

　　"我查过你做过的所有视频。你做的视频大多都是些恶搞视频，把所有的素材故意剪辑成让人产生误会的视频，你这行为真的有辱这个行业。我看你最好别再做视频了。"

　　梁墨的话如同一桶冰水浇在李焱头上，他的脸色变得更加难看，嘴唇微微轻颤，过了一会儿从牙缝里挤出话来："梁墨，我劝你做人别太嚣张，这个世界可不是你能为所欲为的。"

　　"这话应该说给你自己听，别为了一时搏出位，就连良心都卖了。"梁墨毫不留情地反驳。

　　"就是！你这么做实在太过分了！"江暖暖附和道，"制作视频是为了锦上添花，不是为了歪曲事实，你的心都歪了！"

　　梁墨意外地看了一眼江暖暖，他没想到她会说出这样的话，一直都觉得她傻乎乎的，只是孩子气的天真和热情，没想到对视频制作居然有点见解。

　　李焱的脸色更难看："你们两个人少在这里自以为是地教训人，天真幼稚！"他瞪着梁墨说，"视频你已经删了，可以放开我了吧？"

　　梁墨拿过他的手机，仔细查看里面的视频后，这才将他放开。

　　李焱夺回手机，狠狠地瞪了两人一眼，扬长而去。

江暖暖不无遗憾地问："就这么放他走了？"

"不然呢？"梁墨反问道。

"他这是偷拍和故意乱剪辑，一定要好好惩治他才对。"江暖暖撇撇嘴说道。

"他没有违反法律法规条文。有些人确实讨厌，没有下限，但是在法律的许可范围内，确实没办法。"梁墨的语气一如既往的平静。

"那难道没有别的办法了？就只能任他这样为所欲为？"江暖暖很是不甘心。

"也不是不可能，只不过需要费些功夫……"梁墨说完后，又停了下来。

"什么办法？"江暖暖满脸期待地望着梁墨。

梁墨的嘴角微微下垂："没什么。"

"你怎么话说一半？"江暖暖急吼吼地问，"到底要怎么做？"

梁墨的目光投向了远处，淡淡地说："我这个人不喜欢麻烦，与我无关的事，我不想管。"说完他转身往教学楼方向走去。

江暖暖愣了半晌，与他无关？他这个人还真是奇怪。

一整天课程多得要命，江暖暖忙得头昏脑涨，脑子里面塞满了英文单词、数学公式、话剧剧本。

到了晚上去食堂吃饭的时候，忽然间感到有些不对劲，她的回头率突然暴涨，这些人看她的眼神都有些怪异，还挤在一起窃窃私语。

江暖暖心里有种不好的预感，不知道又出了什么意外。

"暖暖！"李雅然从一旁跑了过来，拉着她就跑。

江暖暖莫名其妙："跑什么？"

李雅然跺着脚说："你还不知道？你已经成名人了！快点看论坛的视频！"

"论坛？你是说上次汉服社的视频？"江暖暖有点莫名其妙。

"不是那个！"李雅然一边说一边催她。

江暖暖打开校园论坛一看，只见她的名字挂在了论坛的头条上，标题相当正常——"向江暖暖道歉！"

可是内容却不是那么回事了，里面的视频依然是那天江暖暖告白的鬼畜视频，表面上一本正经地为这个视频道歉，但实际上是为这个视频做宣传。

这条视频做成了滑稽搞笑鬼畜风格，传播的速度非常快，很多人回帖爆笑，只有几个人斥责李焱的行为，李焱在下面假模假式地回帖：我知道错了，所以才向她道歉啊。

江暖暖的头嗡地炸了，那时候不过是大一的新生在场，这下全校都知道了。

"江暖暖！"罗子辰看见了她，急忙走了过来，"对不起啊，我真不知道他会这么做，他之前答应说要给你道歉，我没想到……我已经让他删除帖子了，还有，我决定将他开除视频社。"

江暖暖满腹委屈不知该从何说起，罗子辰的态度很好，也不是他的错，只能说是她运气不好，碰见了李焱这种卑鄙小人。

"这是你们视频社的人干的？"李雅然愤然道，"你们也太欺负人了吧？怎么能这样对女孩子？"

"我已经决定开除他了，刚打电话给他，让他删帖子了。"罗子辰

还有三秒
就初恋

急忙说道。

"删帖子有什么用啊？这么多人都看见了，你看到那播放量了吗？"李雅然愤愤不平地说，"而且还特意点了暖暖的名字！她不要面子啊！"

罗子辰一时无言，讪讪地望着江暖暖："真是抱歉。"

"算了，这事其实与你无关，谢谢你学长。"江暖暖的心情恶劣极了，"我没什么胃口，先回去了。"

"江暖暖，这事我一定会想办法处置的。"罗子辰抱歉地说。

"算了，学长，他都被开除出视频社了，也算是得到他的教训了。"江暖暖缓缓摇头。

"你还是赶紧让他把帖子删了吧！"李雅然白了他一眼。

罗子辰拿出电话，再次拨通了李焱的电话："你赶紧把帖子删了吧，你这根本不是道歉，你这是在宣发啊……"

这时，江暖暖的手机响了，是贺志野打来的。她连忙接通电话，电话那头传来贺志野熟悉的声音："暖暖，你没事吧？"

"我没事。"江暖暖的心里有了暖意。

"这个发帖的人是什么人？哪个系的？"贺志野问道，"我去找他谈谈。"

"你怎么找他谈啊？"江暖暖不同意，"这人很坏的，没办法谈。"

"那也要试试，实在不行，我和他'插旗'，总不能眼睁睁地看他欺负我家兄弟。"贺志野打定主意。

江暖暖笑了起来："你和他'插旗'？还不如我去呢。"

"看不起我啊？我就是在游戏里面 PK 不过你，现实可不比你差哦。

再说了，我肯定不会动手揍他，最多和他斗牛。"贺志野笑着说。

"你要比篮球？"江暖暖的眼睛顿时一亮。

"当然。"贺志野答道，"现在我就去找他。"

"我跟你一起去！"江暖暖连忙说道。

江暖暖和贺志野约在了图书馆前见面。江暖暖兴冲冲地跑到了图书馆门口，只见贺志野换了一身白色的运动服正在等她。

"走！"贺志野很有气势地说，"咱们去好好教训教训他，让他知道咱们兄弟不能被随便欺负。"

江暖暖拍着他的肩膀说："没错！"

两人嘻嘻哈哈笑了一阵，便往李焱的宿舍楼走去。

贺志野很惹眼，加上视频的缘故，不少人都好奇地看着两人，有人小声猜测："他们是在一起了吗？"

江暖暖拿眼偷偷看贺志野，贺志野似乎没听见，她干咳了一声问道："兄弟，问你个问题呗。"

"说。"贺志野笑着看她一眼，"你什么时候变得这么奇怪？"

"我怎么奇怪了？"江暖暖不解地问。

"你以前从来不这样说话，都是直接问，而且每个问题之间都脱跳得很，根本不挨着。"贺志野笑道。

"我是这样的人吗？"江暖暖很不服气。

"是，你一直都是这样，想一出是一出。要不阿姨怎么老说你没长性呢。"贺志野的脸上笑意更浓。

"这样很不好吗？"江暖暖有些惴惴不安。

"也不是，只能说明你的思维很活跃，挺好的。"贺志野安慰她。

江暖暖的心情有些低落："那你这次为我出头是为什么？"

"当然是因为不能看着别人欺负你啊。"贺志野察觉她的情绪有些变化，"怎么了？"

"不是因为别人看见不高兴吗？"江暖暖抬头望着贺志野。

"什么意思？"贺志野有点迷惑。

"没什么。"江暖暖摇了摇头。她本想问是不是因为贺志野担心苏月看到这个视频不高兴，可是话到了嘴边又咽了回去。她突然理解了之前梁墨的话，有些话真的很难说出口，越是在意越难开口。

"是不是那个人？"贺志野指着前面的人影问道。

江暖暖顺着贺志野指的方向看去，只见一个鬼鬼祟祟的人影从暗处一路小跑过来，举着手机边走边拍。

"对，就是他！"

贺志野立即上前拦住李焱："你是李焱吗？"

李焱被贺志野吓了一跳，下意识地收起手机，警惕地看向贺志野："你是贺志野？"

贺志野点点头，李焱立即往后退了好几步："你想干吗？我可警告你，打人是违法的，咱们这里四周都是摄像头，你只要动手，都会被拍下来的。"

贺志野看他惧怕的模样，不由得有几分好笑："我不是来打你的。"

"那你是来干吗的？我先声明，这个视频我本来没打算发到论坛的，是他们让我向江暖暖道歉，我既然要道歉，当然要把内容发出来，也让大家了解下，我该不该道歉。"李焱振振有词道，"贺志野，算你倒霉，被那么个女的喜欢上……"

"什么叫那个女的？"贺志野打断了他的话。

李焱愣了愣："你不会喜欢她吧？"

"她是我从小一起长大的发小，她那天是在和我开玩笑，你做这样的视频，对她很不公平。请你尽快删除帖子，消除影响。"贺志野说。

李焱很意外："发小？开玩笑？"他这才看见江暖暖，"你们在骗人吧。"

"我们干吗要骗你？"贺志野反问道。

"不是，那为什么要开这种玩笑，又不是愚人节。"李焱还是不解。

"这与你无关。"江暖暖说，"重点是你做的这个视频误导大家。"

"你都当众告白了，还说我误导？"李焱嗤笑一声，"江暖暖，你怕不是借着开玩笑真的告白吧？"

江暖暖被戳中心思，有点慌："那也与你无关！"

李焱饶有兴致地盯着江暖暖："我想问你个问题，你到底是喜欢梁墨，还是喜欢贺志野？还是两个人都喜欢？"

江暖暖大怒："你怎么这样说话？"

"我怎么了？难道不能问？"李焱理直气壮地说。

贺志野突然说道："我们斗牛吧。你赢了，这视频保留；输了的话，你不但要把视频删除，还得认真向暖暖道歉。"

李焱却不肯答应："你当我傻啊？你打篮球的照片校园论坛不知道发了多少了，我才不会和你打篮球。"

"那你想比什么？"贺志野问道。

李焱悻悻地问："我为什么要和你比？我不比不可以吗？"

"不比的话就删视频。"贺志野说。

"我也不愿意,你们一个个都以为自己是谁?都跑来教训我?笑话!我告诉你,老子不删!你们只管想法子,要是敢来威胁我,我就报警。"李焱举起手机拍向了两人,"就是这两个人来威胁我。"

贺志野还要说话,江暖暖拉住了他:"算了,和这种流氓没什么好说的,我们走吧。"

贺志野冷冷扫了一眼李焱:"你这是把自己后路都堵上了。"

李焱嚣张地对两人喊道:"有什么招数你赶紧使出来,看我到底删不删帖!"

回去的路上,贺志野沉吟了片刻后说:"我去收集下这个人的资料,回头我们再想个法子。"

江暖暖摇摇头说:"算了,不用理他,这种帖子过两天就会没有热度的,很快大家都会忘记了。"

"那怎么行?"贺志野说,"我不能看着你名誉受损。"

江暖暖不由得嘴角浮起了轻笑:"真仗义!"

"那当然,自家兄弟,不能让人随便欺负了去。"贺志野说道。

突然,他停下脚步,朝着路的另一边看去。

江暖暖也跟着看过去,只见那边有两个人影。

"那不是梁墨和……苏月吗?"

梁墨和苏月两人似乎起了点争执,都冷着脸没有说话。

"你们在干什么呢?"江暖暖好奇地看着两人。

"暖暖。"苏月向江暖暖打了个招呼,又看向了贺志野,微微颔首示意。

贺志野微微一笑，看着苏月："你们吃饭了吗？"

"正准备去吃饭，你们吃过了吗？"苏月问道。

"没有，正好也要去吃饭，不如一起去吧？"贺志野提议。

"好的，梁墨，去吃饭吧。"苏月道。

梁墨冷着脸没有回答，但是跟在苏月的身后朝着食堂的方向走。

"你们去干什么了？"苏月问。

"去找李焱了。"贺志野将刚才发生的事竹筒倒豆子似的说给了苏月听。

苏月气愤至极："怎么会有这样的人？暖暖，你不用理他，你越理他他越得意。"

江暖暖看苏月同仇敌忾的模样，心里又多了几分好感。真讨厌，为什么她就没办法讨厌苏月呢？

四个人一起来到了食堂，吃饭的人少了很多，可挑选的不多。

四个人各自在食堂转了一圈回来，看了一眼各自手里的菜都有点意外，江暖暖点的菜和梁墨一样，苏月和贺志野的一模一样。

"真有意思。"贺志野笑着说，"没想到我们两个人的口味一样，你们两个人的口味也一样。"

苏月亦笑："这可真是太巧了。"

江暖暖心里觉得怪怪的，看了一眼梁墨，梁墨跟无事人一样。

四个人坐在一起吃饭，贺志野习惯性地去拿醋浇在菜里，苏月也伸手拿醋瓶，两人的手碰到了一起，贺志野先放开了醋瓶，苏月将醋倒在了菜里，又将醋瓶推给了贺志野。

贺志野微微一笑，也拿起醋瓶倒进了菜里："你也喜欢加醋？"

苏月点头笑着说："我从小就喜欢在饭菜里面加醋，最夸张的时候在稀饭里都加过。"

贺志野惊讶地看着她："我也是。"

两人就着往什么里面加过醋聊得热火朝天，浑然不觉得身旁两人沉默似金。

江暖暖难以下咽，随手取过辣椒酱和酱油混在一旁做了个蘸碟，蘸着菜吃。

苏月像发现新大陆一样笑着对梁墨说："我还以为没有人和你一样的吃法了，没想到暖暖和你一样。"

梁墨看了一眼江暖暖的蘸碟："这不是很正常吗？"

苏月望着他笑："吃火锅这样吃很正常，可是吃炒菜这样吃的就不多见。你们两个还真挺像的……"

"不像！"

"哪里像？"

梁墨和江暖暖齐齐开口。

江暖暖望着梁墨，梁墨也盯着江暖暖，两人交换了下眼神，都觉得此时的情况不对。应该是他们联手拆散贺志野和苏月的，怎么现在变成了他们想要撮合他们？

"你们都在这里啊！"刚进食堂的罗巧看见了他们，仿佛发现了新大陆，"哎呀，真是太好了，我正在到处找你们呢！"

"你又有什么事？"梁墨满脸警惕地望着他。

"哎呀，我还能有什么事？当然是为了汉服社的事了！"罗巧笑得眼睛眯成了一条缝，"上次的活动实在太成功了，加入我们的新人很多，我们决定拍个视频来扩大我们的影响力。我想着一事不烦二主，上次都已经请你们帮过忙了，这次还要请你们继续再帮个忙。"

贺志野看了看苏月，苏月笑了笑说："只要时间许可，当然没问题。"

贺志野亦含笑点头："我也没问题。"

"太好了！有了你们两个人这次视频就已经成功一大半了！"罗巧的目光再次落在梁墨身上，"另外一半就靠你了。"

"我没时间。"梁墨想也不想拒绝道。

"咱们自家兄弟，再帮我一次好不好？"罗巧勾住梁墨的肩膀，"你以后的早饭我都包了。"

梁墨没有松口，罗巧又看向了江暖暖："江暖暖，我听说你也是视频社的？"

江暖暖点点头："是、是啊。"

"那这样行不行？视频拍摄和剪辑就拜托你帮忙了。梁墨，你就只帮忙化妆行不行？"罗巧再次哀求道。

"梁墨，你就帮帮他吧。"苏月开口。

梁墨没说话，瞅了一眼贺志野，又看了看江暖暖："我考虑考虑。"

"太好了。江暖暖，你没问题吧？"罗巧将梁墨的话理解为同意。

江暖暖有点心虚，梁墨不做视频，让她来做？这不是开玩笑吗？

她犹豫了半天没点头，一旁的贺志野以为她没自信，鼓励她说："你视频做得那么好，肯定没问题的。"

江暖暖心一横，对罗巧点点头："好。"

罗巧高兴极了："你们还要吃点什么，喝点什么饮料吗？我请客！"

还有三秒
就初恋

第六章

失 眠 夜

罗巧定的拍摄视频的日子是周末，天气晴朗，暖暖的阳光照耀，一朵野云在蓝得沁心的天空中懒洋洋地飘，鸟鸣啁啁，桂花的甜香更是沁人心脾。

江暖暖换上自己新买的汉服，去参加汉服社的活动。李雅然看着她随便扎个辫子就要出门，急忙叫住了她："你怎么能这样出去？"

江暖暖摸着辫子尴尬地笑："我不会梳那么复杂的发型。"

"我来帮你。"李雅然不由分说将江暖暖拉到镜子前，帮她重新梳头，然而梳了三个发型后依然感觉不伦不类的。

李雅然有点尴尬："我看视频里面教得挺简单的，怎么会这么难？"

"就是那个脑子说你会了，手说你不会吗？"江暖暖看着脑袋上面隆起的三个小鬏鬏，感觉像自己脑袋上面长出了三个角。

"我先看下视频，你等会儿。"李雅然摸出手机打算重温学习。

"算了，来不及了，就这样吧。"江暖暖将小鬏鬏拆开，随手拿过一根发带将头发束紧，"这样就可以了，古代不也有这样的发型吗？"

"可以是可以，但是和你这衣服不怎么配。"李雅然仔细打量了一番，"还是应该梳成发髻，插一根步摇才好看。"

"你先学，下次再帮我梳！"江暖暖看着时间，火急火燎地往宿舍外奔去。

李雅然跟在后面追着喊道："你还没化妆呢！"

"下次吧！"江暖暖拎着裙子跑得飞快。

一出宿舍楼，江暖暖就后悔了，她的回头率比那天还高，她不由得低下头做贼一样快走，心里后悔得要命，早知道这样应该过去后再换衣服，为了节省时间，结果变成这样。

"你在干吗？"梁墨的声音在身后响起。

江暖暖吓了一跳："梁墨？你怎么在这里？"

"我找你有事。"梁墨的目光飞快地在江暖暖身上打量了一遍，"衣服穿错了。"

"什么？"江暖暖吃了一惊，急忙低头看，"哪里错了？"

"襦裙应该系在外面，而不是里面。"梁墨说。

江暖暖讪讪地笑了笑："我一会儿重新穿。"

梁墨又瞄了一眼她的裙子，对她说："一会儿衣服再重新改下就好了。"

江暖暖憨笑点头，反正她也明白，在他面前，这些她都没有发言权的，倒不如乖乖听话就好。

"你找我什么事？"

还有三秒
就初恋

梁墨正色道："我决定了，还和你联手。"

江暖暖的头上冒出了三个问号，之前他还嫌弃她呢，怎么一夜之间改主意了？

"我仔细想过了，你虽然不够聪明，但是目前也没有更合适的人选了。"梁墨一本正经地说。

江暖暖气得跳脚："什么叫不够聪明？你既然嫌弃我，就不要找我。"

"你还想不想追贺志野了？"梁墨的一句话堵住了江暖暖的嘴。

江暖暖悻悻地望着梁墨："你想怎么样？"

"很好，你终于问到重点了。"梁墨脸上还是没有任何表情，"一会儿去拍视频的时候，我有个计划……"

"什么计划？"江暖暖很兴奋，打断了梁墨的话，看见梁墨皱了皱眉头，连忙改口，"你说，我洗耳恭听。"

罗巧很重视这次视频拍摄，精挑细选了几套汉服和穿汉服的人，力求拍摄出最完美的宣传片。拍摄视频的地方是他精挑细选的，在校园风景最美的湖边，绿树成荫，假山环绕，还有一座古色古香的亭子，有种时光穿越的感觉。

众人都陆陆续续到齐了，江暖暖按照梁墨的说法重新将衣服穿好后，走到众人面前一看，只见面前诸人衣袂飘飘，一个个打扮得异常精致好看，尤其是贺志野和苏月。

罗巧给他们两人选的还是情侣汉服，各自一身素白，站在落叶之上，如同一对神仙眷侣。

梁墨已经替苏月化好妆，还为她梳了个好看的发髻，发髻上插着一朵素银的曼珠沙华簪子，更衬托得她超凡脱俗。贺志野的妆容略显得僵硬，然而他的颜值耐打，就算梁墨费尽心机想让他显得丑点，还是遮不住，尤其是他的一双眼睛仿佛会说话一样，让人忍不住追着他的眼睛走。

其他几人虽然不如他们两人那么出众，可是一个个也打扮得体好看，相比之下，她显得太随意了。虽然她只是个摄影师，可是在众人的衬托下显得很不堪，心里都有些隐隐不安。

"江暖暖，你过来。"梁墨叫了她。

她忙走到梁墨面前，以为他有什么要叮嘱的，没想到他居然一弯腰拎起了她的裙角，她吓了一跳，只见他蹲在地上三两下将她的裙角重新系了一下，整个裙子显得完全不同了。之前她的裙子显得略为老气呆板，他动手改了之后，整个裙子显得活泼又不失汉服原本味道，特别适合她。

"坐下。"梁墨替她改好裙子后命令道。

江暖暖急忙坐了下来，梁墨拿起了化妆品正要替她化妆。罗巧在旁凑了过来："她不是模特，不用化的……"

梁墨冷冷看了他一眼："我觉得需要。"

罗巧悻悻地不说话，反正是梁墨化，又不用他费劲，只是拍摄的时间要延后了。

梁墨很精心地替江暖暖化了一个妆，又重新替她梳了头发，还在她的额心画了一朵花。

罗巧看了半天，忍不住嘟囔："我说梁墨，你到底搞清楚谁是模特了吗？你给她化的这个妆比别人的都好看！"

梁墨不以为意："我化每个人的妆都是最适合他们的。"

罗巧撇撇嘴，瞎子都看得出，明明给江暖暖化得最好。他只敢在心

还有三秒
就初恋

中腹诽，看着梁墨一双修长无骨的手灵巧地在江暖暖的脸上做最后的修饰。

　　罗巧又看了一眼自己的手，有点自惭形秽，同样都是手，梁墨的手这么巧，而他的手却是猪蹄子一样笨拙？

　　"暖暖，你真好看！"苏月由衷地赞美。贺志野也笑着对她比起了大拇指，众人都觉得眼前一亮，夸赞之声不绝于耳。

　　江暖暖的脸上露出了笑容，腰板也挺直了。刚才她还很不自信，现在她觉得她就是这里最靓的仔。

　　"来吧，我们拍摄吧。"江暖暖举起相机，摆出摄影师的架势，指挥着大家开始录视频。

　　罗巧写了一个剧本，让大家扮演其中的角色，剧情的内容相当狗血。

　　贺志野和苏月是一对一见钟情的恋人，两人心心相印，然而苏月有个姐妹也喜欢贺志野。为了争夺贺志野，姐妹暗算起苏月——她拿着信物约见贺志野，假装被他侮辱，逼他娶她，又欺骗苏月，说贺志野答应了娶她。苏月得知了此事后，因为伤心过度跳河了，贺志野得知后，也追随她的脚步，两人一起化成了蝴蝶双飞。

　　"这剧本太烂了！"众人纷纷吐槽，"这是什么年代了，还化蝶双飞？"

　　罗巧却很坚持："你们不懂！剧情不重要，重要的是展示你们的美，知道吗？要好看！"

　　众人都很无语，悻悻地按照罗巧说的拍摄，按照罗巧的说法，只要够美就行了。

　　江暖暖很尽责地拍摄，每拍一段还会拿给罗巧看一看，确认没问题了再继续。梁墨看着她前后忙活，也拿出了手机跟着拍摄，他特意选了和江暖暖不一样的角度，万一后面做视频的时候，她的素材不能用，还有他拍的。

虽然都没有演过戏，但大家都有"戏精"附体，演得都有模有样的，很快就拍到了苏月跳河这段。按照设计，苏月不用真的跳河，只要从高处往低处跳一下，后期剪辑就行。

江暖暖放下相机，回头看了一眼梁墨，两人眼神交错，心领神会。按照梁墨之前的设计，这段江暖暖可以先行去跳一次，假装受伤，按照贺志野对她的关心程度，他一定会带她离开的。她可以借着这个机会扮弱，让贺志野意识到她是个女孩子，而不是他兄弟。

"记住，重点是扮弱，如果他一直都当你是自己兄弟，那么你永远都不会有机会。"梁墨叮嘱道。

江暖暖深吸了一口气，跑到那块石头面前，拉住了打算跳的苏月："我先跳跳看，你等一会儿。"

苏月吃了一惊："你？"

"嗯，我先跳着试试，万一不好跳，就换块石头。"江暖暖说完径直往石头下一跳，一个完美的半蹲落在了下面，引得众人一阵阵喝彩声。

江暖暖站起身，刚要向四周致意，看到梁墨的眼神，才想起自己应该摔倒的，可是眼下这样怎么摔倒？根本没办法"尬演"。

她讪讪地想，总不能再跳一次吧？

"暖暖，谢谢你，我可以自己来试试了。"苏月很感动。

江暖暖心下惭愧，讪讪地说："没事……"

苏月站在了石头边颤颤巍巍地往下看，裙子宽大，拖到了脚边。为了保持美的形象，她不能提裙子，也不能弯腰，只能直直站在石头边往下坠。

罗巧假模假式地喊了一声："开始！"

苏月便开始往下跳。她往下坠落的动作很美，像仙女跳落凡尘一样，裙裾高高地飞起，落在了一旁的树枝上，接着卡紧了，她的身体被猛然一拉，她顿时有些发慌，脚下没站稳，跌倒在地。

贺志野第一个冲了过来，上前扶住苏月："苏月，你没事吧？"

苏月捂着脚踝，脸色苍白："没事，撞到了。"

梁墨紧跟着冲过来，二话不说蹲在苏月面前，掀开她的裙子，露出了她的脚踝，伤势并不重，只是有点乌青。

"我带你去医务室。"梁墨上前拉苏月。

苏月却拒绝了："哪有那么夸张？就青了一点而已，不用去医务室，我休息一会儿就好了。"

贺志野仔细看着苏月的瘀青："疼不疼？"

苏月摇头："没事了，刚才那一阵有点疼。"

"我带你去休息吧。"贺志野说着要将苏月扶起来。

梁墨的目光冷冷剜过贺志野，先抓住了苏月的手腕："我来就行了。"

"梁墨，你不是还有事吗？"贺志野说，"我来照顾苏月就好，反正我们的镜头都拍完了。"

"我没事了。"梁墨硬邦邦地答，"我和苏月打小就在一起，她要是有什么事，她爸妈也不能饶过我。"

"梁墨，我真的没事，你别管我了。刚才罗巧不还让你去给他们补妆吗？"苏月说。

梁墨的双眸紧紧盯着苏月，从前她出任何问题都会第一时间向他求助，他曾觉得自己是她永远的依靠，可是贺志野出现了，她选择了贺志野。

他的心像被什么刺了一样，眼睁睁地看着贺志野扶着苏月远去，一动不动地站在原地，像是被施了定身法。

"梁墨，你没事吧？"江暖暖见梁墨脸色很难看，悄声问道。

"没事。"梁墨迅速收敛表情，又变成面无表情的样子，看也不看江暖暖，走到需要补妆的人面前开始给人补妆。

江暖暖更加懊恼了，就是因为她够笨，连假装摔伤都不会，现在弄成这样，真是蠢透了。

剩下需要拍摄的部分并不多，很快他们就拍摄完了。罗巧凑到梁墨面前问道："我们要不要去看看苏月？"

"不用。"梁墨硬邦邦地答道，目光都不曾移开。

罗巧很担忧："这样不大好吧……"

"要看你去看。"梁墨收拾完化妆箱便要离开。

罗巧见梁墨如此，只得放弃和他沟通，和其他人商量着去看苏月。

江暖暖跟着梁墨一路小跑："梁墨，梁墨！"

梁墨的脚步迈得更快，江暖暖追得急，脚下的裙子一绊，差点摔倒在地，她急忙稳住身体，可是手机却飞了。

"啊，我的手机！"江暖暖眼睁睁地看着手机好巧不巧地飞向了下水道，从缝隙里掉了下去。

江暖暖急忙奔了过去，趴在地上一看，心塞得要命，伸出手指想要从缝隙里捞手机，根本就是做梦。

"让开。"就在江暖暖急火攻心之时，梁墨走了过来，他朝着缝隙里看了看，转身去找了两根树枝，插入缝隙里，努力想要将手机夹起来。

可惜努力了数次后，手机都没有被夹起来，江暖暖可怜巴巴地望着梁墨，苦着脸说："我手机里面还有很多重要的东西，怎么办啊？"

梁墨瞪了她一眼："知道手机里面的东西重要，为什么不拿好？"

江暖暖哑口无言，要不是为了追他，她怎么会摔呢？

梁墨虽然口中骂她，却还是想办法帮她捡手机，忙活了一阵后，试了试下水道上面的铁盖，便找东西撬起了铁盖。

江暖暖看傻了眼，梁墨望她一眼："还不帮忙？"

江暖暖连忙跟着梁墨一起用力使劲，两人费了九牛二虎之力终于将那个铁盖撬了起来。

江暖暖高呼万岁，伸着脏污的小手想要和梁墨击掌，梁墨嫌弃地避开了："脏死了！"

"你的手也没比我干净啊。"江暖暖笑嘻嘻地说。

"赶紧拿你的手机吧。"梁墨说着站了起来，拿出湿纸巾使劲擦自己的手，掸掉身上的泥土。

江暖暖伏在地上伸手去掏手机，可是掏了半天都没掏出来。她拿过树枝继续努力夹手机，然而再次失败。

"让开！"梁墨看不过眼，再次蹲在了下水道面前，嫌弃地看着江暖暖，伸手进去将手机拿了出来。

江暖暖顾不得手机脏，连忙试了试手机："还好没事！还能用！谢谢你，梁墨！"

梁墨嫌弃地望着她，丢给她一包湿纸巾："离我远点。"

江暖暖并不介意梁墨的态度，她拿过纸巾一边擦手机一边笑嘻嘻地问梁墨："你是不是有洁癖啊？"

　　梁墨没回答她，只是默默地往前走。

　　江暖暖连忙跟了过去："梁墨，你要去哪里？"

　　梁墨皱着眉头说："不关你的事。"

　　江暖暖却笑："我请你吃饭吧，谢谢你帮我捡手机。"

　　梁墨并不领情："你还有钱请吃饭吗？"

　　江暖暖尴尬地笑："那请你喝杯奶茶吧。"

　　"我不喜欢甜食。"梁墨断然拒绝，他瞄了一眼江暖暖，她提着裙子努力追他，样子有点狼狈。他不由得放慢了脚步，"你跟着我干什么？"

　　"向你道谢和道歉啊。"江暖暖答道。

　　"都不必了。"梁墨的态度依然冰冷。

　　"那怎么能行，这样我晚上睡不着啊。"江暖暖跳到梁墨面前张开双臂拦住了他的去路。他之前帮她梳的头发已经凌乱，被风一吹，有些蓬乱，她像一头小兽，双目闪着光芒，倔强地拦在前面。

　　梁墨冷冷地问："你到底要怎么样？"

　　"我说了啊，我要感谢和道歉。"江暖暖振振有词地答道。

　　"那我要是不接受呢？"梁墨将了江暖暖一军。

　　江暖暖一愣，梁墨收敛笑意望着她："谁规定一定要接受别人的道歉和道谢呢？"

　　江暖暖愣了半天，蹦出几个字："那、那就道歉和道谢到你接受为止。"

　　"如果我一直不接受呢？"梁墨又问，"你做的事只是从你的角度

104
♥

还有三秒
就初恋

出发，你只是想着自己心里舒服了，晚上可以睡个好觉了，可是你想过被道歉的人他要是不能接受呢？这世上不是所有的事一句对不起就可以没事了。你有道歉的权利，别人也有不接受的权利。"

江暖暖从未想过会有这种事，讪讪地说："那要怎么办？"

梁墨眉头斜挑："你自己想。"说完他便离开了。

一整晚江暖暖心不在焉，在游戏里面也不断犯错，导致团扑了好几次。大家都觉得她情绪不对，纷纷询问她情况。

江暖暖想来想去便将自己的烦恼说给他们听："假如你们犯了错，向对方道歉，可是对方不肯接受怎么办？"

"会长，你干什么了？犯了什么错误？"

"对方不肯原谅你？哇，这么不给面子？像我们会长这么可爱的女生犯什么错都应该可以原谅吧！"

"这个人是谁啊？你这么介意，是不是你喜欢的人？"

公会的人七嘴八舌地议论起来，江暖暖忙打断众人的话，"我是认真的，你们到底有没有办法？"

"那要看这个错误到底是什么，想办法弥补错误了。只要不是没办法弥补的，对方应该都可以接受。"

"对啊，你如果是弄坏了别人的东西就重新赔一个好了。不过如果是伤了人家心就难办了。"

大家又七嘴八舌地八卦起来，追问江暖暖到底干了什么。

江暖暖懒得理他们，关了电脑开始伤脑筋，自己这个错误该怎么弥补。总不能重新再拍一次视频，她再假摔一次吧？

重点不是她，而是苏月！要怎么才能让苏月和梁墨很自然地在一起呢？

"咦，太阳从西边出来了？你今天居然不打游戏了？"李雅然正在跟着直播学化妆，看江暖暖闷闷不乐地躺在床上，不由得笑着说，"来，来，跟我一起学。"

"我不想学。"江暖暖扭过头表示拒绝。

"我还没问你呢，你今天的妆是谁给你化的？化得这么好，这么久还不脱妆。"李雅然啧啧叹道，"这技术完全可以开直播了。"

江暖暖想起梁墨给自己化妆，顿时心里更觉得内疚了。他今天本不用给她化妆，却还是给她精心化了个妆，让她不输给其他人。而她连最简单的事都做不好，她都开始怀疑自己的智商了。

宿舍门传来了敲门声，李雅然一边画眉一边催江暖暖开门。江暖暖不情愿地从床上爬起来开门，意外地发现苏月站在门外。

江暖暖吃惊地望着她："你怎么来了？"

"你没吃晚饭吧？我给你带了晚饭。"苏月笑眯眯地递给她一个袋子，里面装着好几样食物，还有一杯热奶茶。

"谢谢。"江暖暖期期艾艾地不想接东西。

苏月硬将袋子塞到了她的手里："奶茶还是热的。应该是我谢谢你，谢谢你替我试跳石头，可惜我太笨了。"

"没……没事。你的伤怎么样了？"江暖暖有点心虚。

"没什么大碍，小事情。"苏月不在意地摇了摇头。

"那就好。"江暖暖连连点头，一时间无话，想了想又问，"对了，你怎么知道我没吃晚饭的？"

"梁墨告诉我的。"苏月答道。

"你和梁墨见面了？"江暖暖试探地问。

"没有，他给我打了个电话。"苏月笑着说，"说是问我的伤势，其实是提醒我，你没吃晚饭的。"

江暖暖吃了一惊，连忙摆手："不，不，这不可能，他才不管我呢。"

苏月笑着说："他这个人呢，我很了解。脸上写着生人勿近，对谁都冷冰冰的，嘴巴也毒，可是面冷心热，他很聪明，很多事你即便不说，他都能猜得到；还很细心，嘴上不说但是会做关心人的事，而且他一旦认定你，就会对你特别好。"

江暖暖想了想和梁墨之间发生的这么多事，真的像苏月说的那样，就像他明明有洁癖，还生她的气，居然会帮她去下水道捡手机。

"说实话，我们认识了这么多年，我很少见他对哪个女生像对你这样呢。"苏月笑着说。

江暖暖以为自己听错了，这句台词苏月说不合适吧？糟糕，莫非苏月误会了？她急得一身汗，连忙向苏月解释："我们真的没有什么！你别乱想！而且我们一点也不配！你们……你们才比较般配！"

苏月却误解了江暖暖的意思："我和他的关系就像你和贺志野一样，像姐弟一样，我当他是弟弟，你别误会。"

"我没误会啊！"江暖暖越发觉得百口莫辩，"事情不是你想的……"她想解释，可是突然发现根本没办法解释，总不能把她和梁墨的计划告诉苏月吧，尤其是看着苏月那么真诚的脸，她觉得自己简直就是个浑蛋。

苏月没等到江暖暖的解释，好意提醒她："快点去吃饭吧，一会儿凉了不好吃。"

江暖暖拎着那包吃的，看了看远去的苏月，心事重重地放在桌上，她该怎么办呢？

一向睡眠质量超高的"觉主"江暖暖失眠了，在床上翻来覆去了一夜，直至天光微明艰难地做了个决定，她要继续和苏月做朋友。

理由充足且充分，这样更方便刺探军情，也可以更方便执行她和梁墨的拆散计划。

她说服自己后，就迅速地睡着了，一直睡到李雅然叫她起床，她才恍惚地揉着眼睛问李雅然："怎么了，今天不是周末吗？"

"都中午了，你还打算睡到什么时候？"李雅然拉开窗帘，"赶紧起床了。"

明亮的阳光瞬间占领了宿舍，江暖暖一时睁不开眼，就听到李雅然说："对了，你和梁墨是不是很熟？你知不知道他就是超级大佬无颜？"

江暖暖被问得发蒙："你说什么？"

"你别和我说你们不认识啊。"李雅然很兴奋，"我早就应该发现了，上次你的妆那么好，一看就不是普通人化的，想不到大佬就在我们身边！"

江暖暖的头上飘过好几个问号："你慢点说，我头脑刚重启，消息输入暂缓。"

李雅然还没开口，宿舍门开了，同宿舍的另外两个女生柳思和张锦冲了进来。她们两人平时和江暖暖的话不多，今天一反常态径直冲到江暖暖面前，兴奋地问："梁墨就是无颜？你和无颜认识？"

江暖暖愣了半天问道："无颜是谁？"

"无颜你都不知道？我的天哪！"柳思一脸不敢置信。

"无颜就是当下网上最火最红的化妆师，他经常直播教人化妆的。"张锦解释道。

"她不知道很正常，她就没看过任何和化妆有关的东西。"李雅然替江暖暖解围。

"你们等一会儿，先让我消化消化。"江暖暖大概听明白了她们的话，"梁墨是化妆师，这事我知道啊，我只是不知道他在网上很有名而已，怎么了？"

"看来你是真不知道啊。"柳思打断了她的话，"无颜的身份一直很神秘，时男时女，妆容多变，能驾驭多种风格，近半年来更是引领化妆潮流，很多人一直猜测他的身份，但是他一直保密。"

"等一下，你们不是看直播的吗？怎么会保密？"江暖暖很疑惑。

张锦说："你是不知道他的化妆术有多出神入化，我们就没看过他素颜的样子，每次都是不同的造型，而且他女装出现的时候，连声音都是女声，搞得我们一直都怀疑是两个人！"

"女声？"江暖暖惊愕不已，想象梁墨说女声的样子不由得浑身起鸡皮疙瘩，连连摇头。

"不只是女声，他的声音特别多变，各种风格的声音都有！有时候像霸道总裁，有时候像那个古代的书生，还有低音炮，许多人就冲着他的声音都要看他直播！"柳思激动不已。

江暖暖错愕不已，她根本想不出来扑克脸的梁墨居然还有这么多面。

"现在想想也很正常啦，他是播音系的嘛，会那么多种声音很正常啦。"李雅然在旁说，"我真是万万没想到啊，他就在我们身边。"

"对啊！还和暖暖很熟！"柳思兴奋得两眼放光，"江暖暖，你能不能介绍我们认识，我有好多问题要问他！"

"对啊，对啊！"张锦也是一脸期待地看着她。

江暖暖很为难，若是之前可能还能厚着脸皮找梁墨说一说，现在这种情况她怎么开口？她想了想问道："你们是怎么知道的？"

"校园论坛发出来的啊！你不知道吗？"柳思拿过手机给她看。

江暖暖一看，校园论坛都炸开了锅，好几条飘红的帖子都和梁墨有关。

"播音系梁墨的真实身份之谜——他究竟是男是女？"

"梁墨的前世今生大扒皮——来自他从前的同学的采访。"

……

江暖暖骂道："这是什么标题党？到底是谁发的？"

"不知道，不过这个人肯定研究过梁墨，找了许多秘密的资料。"张锦说道，"对了，帖子里面说他从小和贾宝玉一样喜欢吃胭脂是不是真的？"

"我哪知道？"江暖暖哭笑不得，她急忙跳下床出门。

"等一下，你去哪里？"李雅然叫住她，"你这个样子就去见人？"

"对啊，你是不是去见梁墨？那你一定要梳洗打扮下！就算你不在乎形象，我们宿舍也在意形象！"柳思不由分说地将江暖暖按住，强行给她梳头，李雅然给她化妆，张锦则在她为数不多的衣裳里面挑挑选选，帮她选一身合适衣服。

一会儿工夫后，江暖暖的头上扎起了一个丸子头，身上穿上长袖波点衬衫和牛仔背带裤，脚上套着小白鞋，在三位舍友满意的目光中奔出了宿舍。

第七章

我仍记得心怦怦跳那天

......

江暖暖径直奔到梁墨的男生宿舍楼下，却发现那边人山人海，许多人围着在楼下看热闹，还有人举着应援牌的。大家在一起议论纷纷，都在讨论梁墨，江暖暖这才恍然知道梁墨在网上这么有名。

她瞅了个空，给梁墨打电话，但是梁墨没接，给梁墨发了个消息，梁墨也没回。看着这阵势，她估计也见不到梁墨，想来想去发了个消息给罗巧："罗巧，梁墨在宿舍吗？"

罗巧很快回了消息："不在。"

江暖暖有点吃惊，这么多人在这里围堵，他怎么混出去的？

正在这时，她看见苏月从一旁走过，她连忙追了过去。因为人特别多，她在人群里挤了半天，苏月越走越远。她追了好久，快要追上的时候，突然看苏月往旁边的树丛里面一拐。

江暖暖很诧异，那边树丛分明是死胡同一样的角落，到那里干什么？她一向不是个好奇心很重的人，但因为是苏月，犹豫了片刻，还是跟了过去。

苏月的人影消失在树丛后面，江暖暖心跳加速，仿佛发现了什么秘密。她内心很挣扎，跟踪是不道德的，还是赶紧离开吧。

就在江暖暖准备撤退的时候，突然听到了树丛后面传来了梁墨的声音："谢谢。"

江暖暖的脚步像被粘住了，呆站在原地。她听到苏月说："现在大家都知道了，你有什么打算？"

梁墨淡淡地说："我能有什么打算？"

"你不打算结束吗？"苏月问，"你爸妈要是知道的话估计会……"

"不要再说那些话了！"梁墨打断了苏月的话，"他们知道就知道，反正已经不是第一次了。再说我以后还是会继续做的，他们迟早都要知道。"

"梁墨，你可以换个办法实现梦想，为什么一定要这么做呢？"苏月苦口婆心地劝说。

"我还能怎么做？"梁墨反问，"何况这不是什么丢人的事，男人做化妆师、做护肤品就是不正经，这是偏见。"

"但是你爸妈……"苏月的话再次被梁墨打断。

"他们是他们，我是我！苏月，你不要再劝我了，我不想再听这些话，别人走的路不一定合适我，我要走我的路。"梁墨的声音变大了些，"这是我的事，与任何人无关。"

江暖暖不敢吭声，她正打算轻手轻脚地离开，脚下却发出了"咔嚓"一声响。几乎同时，树丛后面传来两声询问："谁？"

"是我……"江暖暖弱弱地举手，尴尬地看着两人从树丛后面走出来。

"暖暖，怎么是你？"苏月很惊讶。

"我看到了你，本来想叫你，后来不小心追到这里。我不是故意偷听的……"江暖暖弱弱地解释道。

"偷听就是偷听，还分什么故意不故意？"梁墨冷哼一声。

江暖暖偷眼看他，越看越觉得好笑。

梁墨现在打扮得像个中年妇女，头戴着假发，身体佝偻，穿着破旧的工作服，他的脸也大了一圈，还有双下巴和皱纹。

江暖暖扑哧笑出了声，梁墨皱着眉头说："有什么好笑的？"

江暖暖指着他笑得直不起腰。这时，梁墨忽然用女声说："我一会儿就过去打扫。"

江暖暖吓了一跳，只见从他们身旁走过几个人，都用好奇的目光打量江暖暖。江暖暖不敢再笑了，他们现在三个人在这里已经够奇怪了，不能再做更惹人注目的事了。

"你要干什么？"梁墨瞪着江暖暖问道。

江暖暖一时无话，苏月打了个圆场："暖暖是来找我的，你凶什么？"

梁墨很不爽，看了看她两人："我先走了。"

"等一下！"江暖暖忙叫住他，"那个，你有事吗？"

"什么？"梁墨微微一怔，旋即明白了江暖暖的意思，反问道，"我能有什么事？"

江暖暖愣了一秒，举起了大拇指："心态真好，强大！"

梁墨轻蔑地一笑："这都不算什么，只不过有点烦人。"

江暖暖好奇地问："你真是那什么无颜？"

梁墨睨了她一眼："不像吗？"

"无颜是什么意思？"江暖暖好奇地问。

"化妆术最高境界就是化什么像什么，人本身原来的样子是什么根本不重要，一个人可以有一千种面貌，人原本的容颜是什么没有人会记住，也就是无颜。"梁墨少见地有耐心。

"原来如此。"江暖暖用崇拜的眼神看着他，想不到梁墨居然这么有想法。

"我先走了。"梁墨看了看四周，学着中年妇女的模样向远处走去。

江暖暖惊奇地看着他的背影："他是学过表演吧？怎么这么像？"

"他本来就很聪明，学什么都很快。"苏月在旁边笑着说，"只是从小到大都不肯用在学习上，所以他爸爸妈妈都气死了。"

江暖暖缓缓点头："果然头脑清奇。"

苏月告诉江暖暖，梁墨这个人从小就有主张，天生脑生反骨，不管父母长辈让他做什么，他都不肯老实照办，每次都要对着干，为此从小就没少挨打。因为他特别聪明，所以学业方面虽然不怎么用心，但是每次都能混过去，家里人很生气却也很无奈。

不知道从什么时候开始，梁墨突然对化妆有了兴趣，开始买各种各样的化妆品回来尝试，他爸妈发现这件事后勃然大怒。他爸爸气得扔掉了他所有的化妆品，还狠狠揍了他一顿。从那以后，他就离开了家，在外面自己单独住了。

江暖暖瞠目结舌："他没有回家？"

"对啊，他很有骨气的，家里的钱都不要，生活费和学费都是自己赚的。"苏月说，"他的爸爸妈妈是很保守的人，接受不了这种事。他慢慢在网上红了，被他爸妈同事发现了，就告诉了他们，他们更接受不了，前段时间他爸爸都气病了。他妈妈就给我打电话，想让我劝他回去，不再搞这些东西了。"

江暖暖想了半晌后说："我觉得你不该劝他。"

"为什么？"苏月问道。

"他肯定是已经下定了决心要做这件事，是认真的，绝不会轻易放弃的。"江暖暖说。

"我知道他是个认定了就不会回头的人，但是他爸爸怎么办？"苏月很为难，"为人子女，总有些事不能只考虑自己。"

"可是父母也不能因为仗着自己是父母就否定子女啊！"江暖暖振振有词道，"他也不是个物件，是活生生的人，有自己的理想和自己的人生啊！"

苏月望着她许久后笑了笑说："暖暖，你和他认识这么短的时间，才刚知道他的身份，居然就这么支持他？"

"对自己的朋友难道不该如此吗？"江暖暖的眼睛里闪着光。

苏月笑了起来："我和他认识的时间虽然久，但是也许未必有你这么了解他。"

江暖暖觉得一点不饿，虽然没有吃早饭和中饭，可是脑子里塞满了关于梁墨的事。

这个人和她想象的一点也不一样，他表面上冷冰冰的，心却很好；好像对什么都不在乎，可是比谁都在乎，比谁都认真。

他刻意和人保持距离，也许是因为害怕和人靠近，被人发现他真实温暖的一面。他看着对父母毫不在意，可是故意化妆成各种样子去直播、拍视频，害怕被人发现身份，和网红的行为背道而驰，正是为了保护父母。

她越想越觉得梁墨不是个冷漠的人，恰恰相反，他是个外冷内热的人，他的心里应该有一团火。

就在她胡思乱想之时，收到了罗巧的消息："宣传视频开始做了吗？"

江暖暖狂拍头，她把这事给忘了。

"我尽快吧。"

"那个，不好意思啊，不是我催你，刚好这边有个网站活动，我想着如果能参加的话，对我们汉服社有很好的影响。"罗巧不好意思地说，"本来我想找梁墨的，但是他那性格你也知道，我不好意思再麻烦他了。"

"什么时候要？"江暖暖问道。

"明天。"罗巧答道。

"明天？"江暖暖瞪大了眼睛，"你开玩笑吧？"

"拜托拜托！我保证这是最后一次麻烦你了。"罗巧恳求道，"真是非常重要，我请你吃大餐，超级大餐那种！"

"臣妾做不到啊！"江暖暖高呼道。

"帮帮忙吧，我再也找不到其他像你这样热情能干仗义，能救人于水火的英雄了，你简直就是女侠本侠！"罗巧丝毫没有脸红。

江暖暖被哄得飘飘然："那我试试吧。"

罗巧欢呼一声："我就知道你最棒！"

做视频这件事只要多试几次，似乎就可以驾轻就熟，可是真正做起来的时候，又似乎不是那么回事。江暖暖决定不在宿舍忙碌，省得那几个女人还要缠着她问梁墨的事。

还是在图书馆安静些，可是她打开了软件按照剧本剪辑后，越看越觉得难看，呆板得像上个世纪八十年代的电视剧。她这才发现自己拍的素材相当单一，拍摄的角度几乎都一样。她沮丧极了，就算勉强剪辑出来，也不怎么样。

思来想去，她还是发了个消息给梁墨："上次你拍摄视频了吗？"

梁墨很快回了消息："你的素材不行？"

江暖暖简直怀疑他在自己身上装了个监视器。

"能把你拍摄的素材发我吗？"

梁墨半天没有回消息，江暖暖叹了口气，硬着头皮继续剪辑视频。就在她努力试着将贺志野的脸修得更好看时，身后传来了一个声音："他有这么好看吗？"

江暖暖回头一看，只见梁墨一身墨黑，打扮得像《黑客帝国》里面的黑衣人，看起来和他本人差距很大。

"你……"她连忙压低声音，"你怎么变成这样了？这样不是更引人注目吗？"

"这样更安全，灯下黑懂吗？何况我一天都佝偻着背，腰受不了。"梁墨坐在了她身旁，将U盘递给她。

江暖暖一愣，旋即明白："你是给我送素材来吗？"

梁墨用看白痴的眼神看着她。

江暖暖连忙接过U盘，将素材尽数拷下。

梁墨拍摄的素材果然更好，不管是整个画面的构图，还是光影，都非常好。即便是相同的角度拍摄，也看上去更好。

江暖暖啧啧称奇："这到底是为什么？"

"天才和笨蛋的区别。"梁墨吐出几个字。

"还有这么夸自己的？"江暖暖不服气。

"不然是什么原因？"梁墨反问。

"最多是手残和手巧的区别。"江暖暖才不承认自己是笨蛋呢。

"这两者有什么区别吗？"梁墨有些好笑。

"当然有区别。手残嘛，是脑子会了，手不会而已；笨蛋是头脑也不会啊。"江暖暖答得理所当然。

梁墨的嘴角微微上扬："行吧，就算你脑子会了，那你剪辑吧。"他说着站起身要走。

"等等，我手残，剪辑也手残……"江暖暖急忙抓住了他的衣袖讪讪笑道。

梁墨冷冷扫了她一眼，她又说："这个视频对罗巧非常重要，他明天要参加网站比赛……你总不希望我把苏月剪辑得很丑吧？"

梁墨望着她不说话。

几秒后，江暖暖顿悟，立即起身让座："你来，你来！"

梁墨坐到了电脑前开始娴熟地挑选素材，江暖暖松了口气，刚想去倒杯水就听到梁墨说："别想偷懒，这是你应承的事，不是我的。"

"我没想偷懒，我只是去倒杯水。"江暖暖摇了摇手里的水杯，可怜巴巴地说，"我都一天没吃东西了，连水都不让喝吗？"

梁墨扫了她一眼，从口袋里掏出饭卡给她："牛肉饭。"

江暖暖一愣："怎么好意思老让你请我吃饭？"

"我的。"梁墨的嘴里蹦出两个字。

江暖暖暗自骂自己自作多情："好的，我这就去跑腿，你还要什么？"

还有三秒
就初恋

118 ♥

"还要一份干炒牛河，外加两份饮料。"梁墨头也不抬，手在电脑上来回忙碌。

江暖暖很惊奇："你一个人要吃这么多？"

"这个视频明天要出来，肯定要熬夜。"梁墨答道。

他居然连夜宵都想好了！江暖暖心里又是一阵感慨，拿着梁墨的饭卡去买饭和饮料。

江暖暖买完饮料和吃的回来时，梁墨已经整理完素材开始剪辑。

江暖暖瞠目结舌："你这效率也太高了吧。赶紧吃饭吧，一会儿冷了。"

"你先吃。"梁墨头也不抬。

"我吃？这不是你的晚饭和夜宵吗？"江暖暖愣了。

梁墨没理她，她这才渐渐回过神："你给我买的？"

梁墨终于抬起头看她："这不是你自己买的吗？你要不吃就算了。"

"吃，吃！"江暖暖想了想问梁墨，"你要吃哪个？"

"随意。"梁墨说，"我都可以。"

江暖暖看了看两个饭盒里的分量，选了一份分量少的牛肉饭，将炒河粉往梁墨那边推了推，又拿出了吸管插进了其中一杯饮料递给梁墨。

梁墨瞥了一眼饮料说："我不喜欢甜。"

"这是黑咖啡没加糖。"江暖暖答道。

梁墨这才接过咖啡和河粉，迅速扒完，继续做视频。

江暖暖收拾完吃完的东西后，老实地坐在他身旁看着他做视频。她目不转睛地盯着他做视频，起初他还有些不习惯："你干吗老盯着看？"

"我想学，不能老麻烦你吧。"江暖暖说。

梁墨轻笑一声："你已经麻烦过我很多回了。"

江暖暖认真地说："那不是我还没学会吗？等我学会了，就不麻烦你了。"

梁墨嘴角微微上扬不说话，江暖暖盯着屏幕一阵，看着他娴熟的操作手法叹了口气："你怎么这么厉害？"

梁墨淡淡说："这算不上什么，很简单的。"

江暖暖用夸张的语气说："我发现了，大佬和凡人看待这个世界的方式都不一样，你和小野还真挺像的。"

梁墨的手微微一顿，看了一眼江暖暖，不动声色地问："哪里像？"

"怎么说呢？你们性格差很多，但是都很聪明，学东西很快，还都一样会照顾人。我妈说我之所以这也不会那也不会，全是因为小野惯的。"江暖暖歪着头想了想。

梁墨嗤笑一声："你弄错了吧？我没照顾人的习惯。"

"你虽然嘴硬，但是心很细；你知道别人的需要，就算不说也会帮忙……"江暖暖的话还没说完就被梁墨打断。

"你别以为说这些话就想让我一直帮你做事。"梁墨满脸警惕地看着她。

"我没有这么想！"江暖暖嘟囔，"我是没办法了，只好找你帮忙的。"

"话说江暖暖，我从前还没见过像你这样厚脸皮的女孩子到处求人。"梁墨说。

"脸皮厚也是一种本事。像我这种什么都不会的，如果脸皮太薄的话根本没办法生存下去。"江暖暖振振有词道。

梁墨的手一抖，以为自己听错了："你没有自尊心吗？"

"无用的自尊不但无益还有害，何况像我这样什么都不会的人，捧着自尊心没什么用，还不如老老实实承认自己不会，起码可以把该做的事做好，该学的东西学会。何况孔子都说过，要不耻下问嘛。"江暖暖笑嘻嘻地说。

梁墨瞪了她一眼："你说谁是'下'？"

"我是'下'，我是！"江暖暖觍着脸笑，看梁墨似乎还有气，急忙转移话题，"话说你为什么会对化妆感兴趣？"

梁墨顿了顿问："你也觉得男人不该弄化妆品？"

"谁说的？那么多化妆大师不都是男人吗？毛戈平、吉米，对吧？"江暖暖忙道。

"你居然知道化妆师的名字？"梁墨很意外。

"他们的名声太响亮了，我都听说过。"江暖暖说，"你是想和他们一样成为化妆大师吗？"

"不是。"梁墨的语气很平静，"我想做彩妆和护肤品，化妆只是手段而已。"

江暖暖化身好奇宝宝："你怎么会想要做这个呢？是不是和苏月有关？"

梁墨半晌没说话，过了一会儿才开口："你以为人人都是你，做什么都和别人有关，难道就没自己的理想吗？"

"我的理想就是贺志野啊。"江暖暖答得理所当然。

"小姐，现在是什么年代了，你居然还说上个世纪的言情剧台词。"梁墨颇为不屑，"还指望男人养你？"

"不，我没想让他养我，我只是想和他一起奋斗，他想做什么，我就帮他。"江暖暖说。

"你能帮他做什么？给他洗衣做饭打扫？现在这些都不是什么重要的事了，关键是你能否成为他的不可替代。"梁墨说。

江暖暖没说话，过了一会儿问道："那苏月是你的不可替代吗？"

梁墨深深看了她一眼，没有回答："你觉得苏月聪明吗？"

江暖暖连连点头："她是学霸，超级聪明。"

梁墨的眼神变得温柔起来："她其实不算特别聪明，只是她特别努力，从小到大都活得特别认真。她没有逃过一天课，也从来没有迟到过一次，她做任何事都会全力以赴。学不会的东西，她会一直努力学会为止。我记得有次，她和几个女生在一起玩的时候，女生们在一起聊化妆品，她不明白，就多问了几句，被其他几个女生嘲笑了半天。她很难过，回去后就拼命去研究化妆品，很快就弄明白她们在说什么。可是化妆品的潮流不断改变，她又只具备理论知识，并不会化……"

"所以你就努力学化妆帮她？"江暖暖顿时明白了。

梁墨顿了顿说："苏月不是你。"

"什么意思？"江暖暖茫然地问。

"她很快就学会了自己化妆。"梁墨望向了电脑屏幕，苏月对着他嫣然巧笑。

"但是你的化妆术一直比她高明，就是为了让你成为她的不可替代！"江暖暖答道。

"你呢？对于贺志野来说，你是他的什么不可替代？"梁墨问道。

江暖暖想了一阵说："我的体育比较好，所以如果每次打架都是我先出头……"

还有三秒
就初恋

梁墨正在喝咖啡，听到江暖暖的话连连咳嗽："我想起来了，上次你抓那个李焱时跑得真快。"

"对了，这次论坛里面那些帖子是不是李焱搞的鬼？"江暖暖想了起来。

"你现在才知道吗？"梁墨丝毫没有意外。

"你不生气？"江暖暖很惊讶。

"他说的大部分是事实，我没什么可气的。我本来就是无颜，这事迟早大家都会知道的。"梁墨很平静地回答。

江暖暖愣了半天没说话，事情出乎她的意料："我还以为你……"

"以为我化妆跑出来是不好意思见人？"梁墨猜到她的想法，嘴角微微上扬一个好看的弧度，"我只是怕麻烦而已。学校里面看过我视频的人太多了，我懒得和他们啰唆，耽误我的时间。"

"那你打算就这么算了？他们恐怕不会那么轻易放过这个八卦的吧。"江暖暖担心地说。

"我会在下次直播的时候说清楚，让他们别来烦我，否则我就不再直播。"梁墨语气不容置疑。

"居然还有这样威胁粉丝的网红……"江暖暖惊诧莫名，"你真是太有个性了。"

梁墨傲然道："谁规定做网红一定要讨好粉丝和观众？只要做好你自己，喜欢你的人自然会找你，不喜欢你的人，你再怎么努力都没用。"

江暖暖怅然道："你这么一说，我突然感觉好伤感啊。我这么努力，贺志野还是不喜欢我。"

梁墨望了她一眼，沉默片刻后问道："你除了会打架闯祸外，还有什么比他强的？"

江暖暖绞尽脑汁想了半天说："我玩游戏比他好。"

梁墨的手一歪："游戏？"

江暖暖点头："对，我不知道怎么搞的，念书不怎么样，但是玩游戏特别擅长，什么游戏一上手都会。网游、手游、xbox、switch、PS4上的游戏，我都玩得特别好。我爸妈就老念叨说我生错了性别，和男孩子一样……但这也不算什么不可替代吧？"

梁墨沉默了片刻问道："你们在一起玩游戏吗？"

"玩啊，我在游戏里面一直虐他虐得很惨的。"江暖暖得意扬扬地笑了起来，"直到现在他和我还一起玩一个网游，我还是他会长呢！"

梁墨挑了挑眉头问道："你们在一起玩游戏，就没发生点什么？"

"发生点什么？"江暖暖并未领悟到梁墨的意思。

"我听说很多人会在游戏里面网恋。"梁墨单刀直入。

江暖暖愣了好几秒没说话，梁墨歪着头看她："你不会在游戏里面除了虐他没做过别的吧？"

"不完全是……"江暖暖心虚地解释，"我带他做任务，下副本的……反正全公会都知道他是跟我混的。"

"跟你混的？"梁墨忍不住笑出了声，"我终于明白他为什么只把你当兄弟了，你在游戏和现实里面做的事都不像是喜欢他。"

"那是什么？"江暖暖急忙问道。

"是他兄弟啊，他完全没有理解错，我开始还以为他是故意装傻，看来真怪不得别人。人家女孩子撒娇卖萌，你和人家称兄道弟，在游戏里面还当他大哥……"梁墨笑得越发厉害了。

江暖暖被笑得发窘："别笑了，我又不是故意的，我本来就是这样的性格啊。"

她看梁墨还一直笑，又羞又窘，情急之下推了梁墨一把，梁墨一时没坐稳，整个人往后面倒去，她一看梁墨要摔倒，连忙伸手拉他。

梁墨的脚跷了起来，勾到了江暖暖的脚，江暖暖一时没站稳，向梁墨扑去。电光石火之后，梁墨躺在了地上，江暖暖则趴在了他的胸口。两人都有点发蒙，四目相对都有点不知所措。

因为动静太大，吸引了旁边人的目光。梁墨先清醒过来，小声提醒江暖暖："你还想趴到什么时候？"

江暖暖这才清醒过来，像个兔子一样跳起来，因为跳得太高太快又撞到了电脑桌上，她痛到脸都变形，可怜兮兮地捂着头上的包，眼泪汪汪地望着梁墨。

梁墨从容地站起来，本来想骂她，看她可怜的样子，话到嘴边又咽了回去，只是重新扶好椅子坐下，继续处理视频。

四周又恢复了平静，江暖暖捂着脑袋坐在旁边生闷气，梁墨的手在键盘上上下翻飞，并没再和她说话。

气氛有一点尴尬，等头上没有那么痛后，江暖暖偷偷看了一眼梁墨，他很平静，像刚才的事没有发生一样。她暗自深吸了一口气，冷静，不要乱想，什么都没发生，心跳加速肯定是因为跌倒，不是因为其他。

她又偷偷瞄了一眼梁墨，这家伙居然长得有点好看？和贺志野那种迷倒众生的偶像剧男主角长相不同，他的脸棱角分明，有点古典雕塑的感觉，最特别的当属他的一双眼睛。他长着一双深邃的眼睛，深不见底。当他的眼睛看向你的时候，就会被牢牢吸引。

江暖暖愣愣地望了梁墨好久，直到梁墨看了她一眼，她急忙躲开视线。过了一会儿，她又偷偷看向了梁墨的眼睛，梁墨扭过头问道："我脸上有什么？"

江暖暖摇摇头，梁墨皱着眉问道："那你为什么一直盯着我脸上看？"

"有没有人说过你的眼睛有毒？"

江暖暖没头没脑的问题让梁墨愣住了，他怀疑地望着江暖暖，这家伙不会撞傻了吧？

"什么叫我的眼睛有毒？"梁墨问道。

"就是看你眼睛的时候，会不由自主地陷进去，好像里面有个沼泽一样。"江暖暖呆呆地盯着他的眼睛看。

梁墨的眉头都快要皱断了，这都是什么话？沼泽？从来没听说过有人形容别人的眼睛像沼泽，难道不是深海吗？他看着江暖暖犯痴的脸问道："你在撩我？"

江暖暖回过神来，急忙否认三连："没有！我不是！别瞎说！"说着将椅子往后挪了好远，"肯定是你的眼睛下的毒，我现在中毒了！"

梁墨望着江暖暖，只见江暖暖像个和人置气的洋娃娃，扭过头望着别处，脸上红红的。他突然笑了起来，转过头继续做视频。

江暖暖在旁边的电脑上帮忙剪辑起一些小素材，选择背景音乐。她很认真，每一帧画面都仔细反复对比研究，多次比较选择素材，时不时还询问梁墨的意见。

夜渐渐深了，图书馆里的人渐渐少了，江暖暖的眼皮上下打架，看屏幕也是一片模糊。她实在支撑不住，趴在桌子上睡着了。

第一缕阳光透过光洁明亮的玻璃窗照进图书馆时，江暖暖终于醒了，她的身体早就睡麻了，好不容易站起来活络筋骨，这才发现电脑旁边就她一个人，梁墨没了踪迹。

电脑屏幕上有一个视频，江暖暖点开了视频，伴随着优美的琵琶声缓缓进入了片头，原本土味狗血的视频经过梁墨的剪辑，居然生生变成了唯美伤感的古言大片。

江暖暖看到最后居然潸然泪下，盯着画面半晌没动，直到察觉身后有个身影，这才惊醒过来。

梁墨一夜未睡，眼睛红红的，他手里拿着两份早餐和饮料。

"你没走吗？"江暖暖吃了一惊。

"片尾还没做好。"梁墨放下了早餐，坐在电脑前准备继续开工。

"我来做吧。"江暖暖主动请缨。

"你？"梁墨怀疑地看着她。

"对啊，你不也用我做的素材吗？"江暖暖自信满满地说，"再说了，你昨天已经做了一通宵了，剩下的我来，你先回去休息吧。"

梁墨沉默了片刻坐在旁边的椅子上："你做吧。"

"你不回去休息？"江暖暖有些迟疑。

"万一做得太差，我还可以弥补，省得我来回跑。"梁墨丝毫不客气。

江暖暖本想拍着胸脯信誓旦旦地表示这种小事自己肯定没问题，可是转念一想，还是不要在梁墨面前班门弄斧了，以免后面被打脸得更厉害。

她默默坐在电脑前接着做片尾，根据梁墨制作的中国风的风格来制作片尾。为了挣回颜面，她特别仔细投入。

梁墨吃了两口早餐，又盯了一会儿电脑屏幕，本想纠正她的错误，可是她在他开口之前已经发现了错误，并重新修正。

她使用软件并不熟练，有种笨拙的感觉，可是梁墨不知为何居然没有嘲笑她，而是慢慢看向了她。她没有苏月那样惊为天人的美貌，却也是俏皮可爱的。

他给她化过两次妆，仔细看过她的脸，她有一双明亮的眼睛，清澈见底，闪耀着光芒。她藏不住心思，喜怒哀乐都在脸上，笑起来格外灿烂，像暖暖的阳光。

他不想给她化浓妆，觉得她原本的样子就很好，不需要遮去她本来的面目。她不是无颜者，她是闪闪发亮的江暖暖，虽然有点厚脸皮，很缠人，也很笨，不够独立，还有点烦人……

梁墨不禁皱了皱眉头，她的缺点真是一言难尽啊。

"我做完了，你看怎么样？"江暖暖有点惴惴不安。

梁墨打开了她做的片尾看了一遍，半晌没说话。

江暖暖更加紧张："不行？哪里不行？我重新做好了。"

"挺好的。"梁墨终于开口。

"真的吗？"江暖暖悬着的心终于落了下来。

梁墨点点头："这种程度去参加比赛已经绰绰有余了，你把视频发给罗巧吧，记得让他请你吃顿大餐。"

江暖暖笑了起来，两个眼睛弯弯的，像两弯月亮，露出一排整齐洁白的牙齿："放心，一定不会漏了你。"

"我就不必了。"梁墨站起来准备离开前又停住了，"你玩的游戏叫什么？"

江暖暖一愣："你问这个干什么？难道你也要玩游戏？"

"你不是说贺志野也和你在一起玩这游戏吗？我想了下，你们在游戏里面先成为一对，在现实里面也更容易些。"梁墨的语气很平淡，"但是凭你自己，估计很难实现这个目标了，我帮你想办法。"

江暖暖又惊又喜："你……你不怪我啦？"

梁墨嫌弃地看着她："你这么笨，肯定搞不定贺志野。"

江暖暖不服气："我怎么笨了？"

梁墨坏笑一声问道："你会撩人吗？"

"撩人？"江暖暖有点茫然，这题超纲了，"你是说那个土味情话吗？我去网上查下。"

梁墨差点笑出了声："你真是个天才！"他突然凑到江暖暖面前，两只手将她圈在椅子里，和她四目相对。

江暖暖的心跳骤然加快，脸上微微发烫，梁墨那双深邃的眼眸盯紧了她，他伏低了身体在她耳畔用有磁性的声音说："撩人不是学会的，是天生的。"

江暖暖的心跳骤停，梁墨的声音像魔音直击心底，让她许久回不了神。等她回过神来，急忙推开梁墨，从电脑椅跳出来，面红耳赤地瞪着梁墨："你……你干什么？"

"做个示范。"梁墨挑了挑眉，若无其事地说，"游戏名字，服务器，你的 ID。"

江暖暖沉默了几秒，飞快地报出了游戏相关内容。

梁墨这才转身离开，江暖暖一个人站在原地发愣了好久，才让飞快的心跳慢慢恢复平静。

第八章

愿 我 如 星 君 如 月

视频风波过去几天后，一切都恢复了平静，再也没有人围在梁墨宿舍楼下。据李雅然说，梁墨当真在直播里面表示如果大家继续围堵他，他不但会结束直播，而且会删除所有之前的视频。

那些视频都是满满的干货，除了教大家如何化妆外，还有海量护肤品测评报告等，完全是避免采坑"拔草"的宝典。谁也不想失去这些宝典，一个个在他直播间赌咒发誓绝不再骚扰他，他才继续做直播。

"我的天哪，我这辈子没看过还有这样操作的网红。"李雅然感慨万分。

江暖暖取笑道："你们也可以不看他的视频啊，难道没有其他人做同类的？"

"这就是你不懂了，其他做同类的人很多，但是像他这么公正公平的太少了，大多数都夹带私货，有的直接卖广告。"柳思在旁边说，"只要名气做起来了，都不管产品质量了，什么产品都代言。"

"对对，打广告就算了，最可气的就是那些教化妆的博主，好像每个视频都很牛，但是教的时候，一点真东西都没有，全是炫技！要么就是教的东西根本不接地气，完全不好上手。我上次看了好久视频学化眼影，但是没有一个视频是教到底怎么拿刷子怎么化，全是含糊其词的，而且过程特别快，具体内容都没说。"张锦愤愤地说，"完全浪费时间。还是人家无颜教得具体，过程完全写实，注意要点都说得清楚明白。"

"对啊，无颜的视频整理起来才是真的化妆课程，太宝贵了，绝对不能随便删除。"李雅然连连点头。

江暖暖有点震惊："他这么厉害啊？"

"你居然不知道？网红也不是那么容易当的，全网那么多人想当网红，没点本事能当吗？何况他能从那么多人中脱颖而出，不仅仅要有本事，还要花很大精力的。他坚持每天直播，需要准备很多的，像化妆品的成分分析，试用报告，有的试用体验要一天才能做完。"柳思啧啧地叹道，"当初我也想去试试，结果没几天就坚持不下来了。他能坚持这么久，真是太厉害了！"

"他要做那么多事？"江暖暖吃了一惊，想想那天他通宵一夜帮她做视频，岂不是耽误他很多时间？

"是啊。像他做的那些细致的调查，可能有的要准备一星期呢。"柳思点头。

江暖暖有些惴惴不安，她没想到梁墨这么忙，早知道如此就不该找他帮忙的。她很后悔，自己为什么老是麻烦耽误别人？从小到大她习惯了依赖贺志野，现在又麻烦了梁墨，自己难道真是个没用的人？

她想起梁墨问她的话，陷入了深思。她的理想是什么呢？她以后想做点什么？她能做点什么呢？

又是一个周五的晚上，江暖暖把作业都清干净后，习惯地进入了游戏。

梁墨发来消息时，江暖暖正在游戏里挂着发呆。

"此间无墨？谁啊？"江暖暖自言自语打了个问号过去。

对方回了两个字："笨蛋。"

江暖暖突然打了个激灵，连忙发消息问道："你是梁墨？"

"总算还可以挽救下。"梁墨回了消息。

"你居然真的来玩游戏啦？你不是特别忙吗？"江暖暖很吃惊。

"之前不是说好了吗？"梁墨答道。

江暖暖一时无话，他这么忙了，还要帮自己追贺志野，简直感天动地。她急忙发出组队邀请："你在哪里？我给你送包过去，带你做任务！"

梁墨愣了一下，他本来只想进来体验一下游戏氛围，并没想过要玩游戏。可是江暖暖这么说，他又有点好奇，游戏到底有什么好玩的？

他此前没玩过游戏，第一次进游戏，对一切都感觉很新鲜。江暖暖像个导游一样，比系统还仔细地教他如何接任务、如何做任务、如何打怪。

他从未想过游戏的世界有这么大、这么有趣，仿佛平行时空的另外一个世界。在游戏里面的人可以做各种现实中无法做的事。

小怪偷袭他时，他吓了一跳，手忙脚乱地按照江暖暖的指点杀怪，但是半天都没杀死，眼看血就要掉光之时，江暖暖秒了那个偷袭他的怪，顺手还给他加满了血。

梁墨看着游戏中自己身旁站着的那个金光闪闪的小人，心里有一种怪异的感觉。

"你不会把我当你小弟吧？"

"当然，你进游戏肯定跟我混了。"江暖暖大包大揽，"我可是公会会长，下面有几十号人呢！你以后升级、做任务、下副本、和人 PK，遇见任何麻烦都可以叫我。"

梁墨有些好笑："好啊，会长大人。"

江暖暖陪着梁墨完成了新手村任务，一路带着他东奔西跑。

他初玩游戏，又是这么一款大型端游，玩得很不娴熟，江暖暖则一直在旁保护他："你等下啊，我回城换套装备带你去下副本，你在这里等我，路上的怪很多，我护送你过去，不然你会被怪打死的。"

梁墨悻悻地说："不用，我一个大男人，不用你保护，我自己过去。"说着他不顾江暖暖反对，独自前往去副本的道路上。

果然如同江暖暖所言，只刚走出村子就遇见高等级的怪，所幸他还记得之前的操作，拼命一路逃跑，一路跌跌撞撞地跑到了副本所在的位置，只剩下几滴残血。

他原地回血等待江暖暖的时候，来了几个玩家，见到他在这里问道："能帮忙做个任务吗？"

梁墨有点蒙，迟疑了片刻问道："怎么做？"

"我们去下副本，不过人有点少，又没大号带，做不了，如果你能帮忙就好了。"对方很高兴。

梁墨决定和他们一起去试试，他不信没了江暖暖他就玩不了这游戏。

十分钟后，已经团扑了两次的他们面面相觑，小队里的人问梁墨："你会玩吗？"

梁墨歉然："我才刚刚玩游戏，不太会……"

"你早说啊，浪费我们时间。"队里的人抱怨道，"真是的，还有这么笨的。"

"你们说谁笨？"江暖暖从天而降吓了他们一跳，气势汹汹地质问对方。

对方看江暖暖来也不怕："哟，大号就能欺负小号啦？信不信我们去世界频道刷你！"

"随便。我在这个服务器时间长了，就没人不认识我，不知道我的人品。就凭你们几个小号就可以污蔑我吗？"江暖暖丝毫不惧怕，"我告诉你，他是我会里的人，你们骂他就是骂我！你们不服气就去骂，看到时候谁丢脸！"

梁墨在旁边说："我要是你们，就不会去刷她，你们不是要做任务吗？"

小队的人不说话了，过了一会儿其中一个人问道："那你们能带我们下这个副本吗？"

江暖暖密语梁墨："你要带他们？"

梁墨回话："与其和他们为敌，倒不如收了他们。"

江暖暖想了想梁墨的话也不无道理，虽然她不在乎他们几个人刷她，但是众口铄金，解释起来也很麻烦。

"行吧，带你们下副本，不过先说清楚，除了任务物品，你们不能弯腰。"

"没问题！"几个人连声答应。

从游戏退出来后，梁墨还有些恍惚。江暖暖在游戏里的身姿不断浮现在他眼前，她操作一流，那几个玩家一直对她行云流水般的操作赞不绝口。她一直保护他，以至于几个无聊的玩家在讨论他们到底是什么关系。

"他是你男朋友吗？"其中一个人悄悄问他。

梁墨差点一口水喷到电脑屏幕上，他急忙打字回复："我是男的！"

"啊？那你们不会是那种关系吧……"对方很八卦。

梁墨很无语："你们在胡说什么？"

"除了男女朋友，就是自己亲弟兄也不可能这么照顾的，我哥就塞了我金币和包，让我自生自灭了。"

"就是，我朋友还说带我呢，结果到现在我都没见到他人呢。"

几个人热情的议论终于引起了醉心打怪的江暖暖的注意："你们在说什么？"

"没事，没事，你继续。放心，我们很开明的，不会歧视你们。"

江暖暖满头问号："什么意思？为什么要歧视我们？"

"别理他们。"梁墨说，"都是无用的话。"

"对了，明天晚上我要带团打本，不能带你，你先升级，做不了的任务喊我。"江暖暖说，"还有，我刚回城给你寄了点装备，一小时后就会收到，你看着穿。"

"好。"梁墨打了一个字，片刻之后又问，"带团打本？"

"就是带公会里面的人打四十人的团本，等你满级了就能参加了。"江暖暖答道。

"四十人？"梁墨很惊诧，打个游戏副本居然要四十个人一起。

"嗯，是的，我是指挥，所以不能请假。"江暖暖说。

"我能去看下吗？"梁墨问道。

江暖暖有些为难："你等级太低进不了本……"

"我能看你玩吗？"梁墨又问。

"当然可以，明天晚上七点半我们网吧见吧。"江暖暖答得飞快。

"好。"梁墨点头。

每天晚上七点半是梁墨直播的时间，他今天突然不想直播了，上传了之前制作的视频，又向大家请了假，准备去网吧看江暖暖玩游戏。他很想知道江暖暖是如何指挥人打团本的，一想到她居然能指挥这么多人，就觉得很有趣。

网吧里人并不多，江暖暖比梁墨先到，在网吧里巡了一圈，选了一个角落的位置。梁墨看这位置很偏僻，问她："为什么选这里？"

"一会儿你就知道了。"江暖暖的笑容里有一丝尴尬。

梁墨看着江暖暖娴熟地登入游戏，戴上耳机，对他说："你可以手机下载一个语音软件登录进来，就可以听到我们说话了。"

梁墨一切照办，登入语音软件后发现里面已经有很多人，他们在里面聊天，互相之间很熟悉。

江暖暖上线后，立即有人喊道："会长，你怎么才来，悠然都念叨你半天了。"

江暖暖笑道："念叨我干什么？怕我一会儿骂他吗？开组了，今天必须一个半小时打完啊，别拖拉了。"说着开始组团队。

眨眼的工夫，四十个人就已经组满，众人都到了团本里。

江暖暖说："职业队长分好 buff（增益效果），起 buff，准备开打了。"

还有三秒
就初恋

所有人都按照她的吩咐有条不紊地进行，而后在她的指挥下开始清怪。她指挥时简洁明确，众人都按照她的指挥打。打 boss 时，她更是异常有节奏地提醒每个职业该做什么："法师羊，猎人宁神，很好。左边的小怪还有五秒结束放逐，水牛你去接下怪。"

梁墨起初望着电脑屏幕，慢慢看向了江暖暖，她令他意外。原本觉得她说游戏玩得好只是吹牛，没想到她真的如此厉害，不仅自己的操作行云流水，还会指挥这么多人。

她在玩游戏时格外专注，连眼神和表情都不一样，整个人像是发着光。

她指挥得很好，团本打得很顺畅，团里的人开始聊天："会长，你上次的问题解决了吗？"

"什么问题？"江暖暖一时没反应过来。

"就是你犯了错，对方不肯原谅你啊。"语音软件里面传出声音。

江暖暖一时大惊，下意识地看了一眼梁墨，梁墨的眼睛也刚好看着她。

"那个人到底是谁啊？怎么这么不给你面子？要不要我们去帮你削他？"另外一个人八卦地问。

"不用，不用……"江暖暖慌忙打断他们。

梁墨对着麦说："我就在这里，等你们来削我。"

频道里面一片安静，几秒钟之后炸开了锅，一向很少开麦说话的人都喊了起来，团队的聊天频道更是刷起了屏。

"会长！刚才那人是谁？"

"他是不是欺负你了？别怕！我们来帮你！"

……

江暖暖只觉得一个头两个大，她对着麦吼了一声："还打不打本了？"

"不打了！打 boss 怎么比得上打欺负你的人重要？"频道里面传来一声吼。

"他没有欺负我！"江暖暖急了，"是我……"

"你欺负他了？"频道里传来问话。

江暖暖翻起了白眼："也不是……反正这事很复杂，和你们说不明白，赶紧开怪打 boss ！"

大家一边按照江暖暖的指挥打团本，一边和梁墨聊上了："你是谁？是我们会长的男朋友吗？"

梁墨有些好笑："不是。"

"那我们会长怎么你了？"另外一个人问道。

"没有怎么。"梁墨答道。

"那她那天还说什么犯了错，你不肯接受道歉，是怎么回事？"吃瓜群众不肯放过被八卦的本尊。

江暖暖的眼珠子都快翻掉了，连声让大家认真打本，奈何所有人对这件事都充满了好奇，一个接一个问不停。梁墨也居然好耐心，依次回答他们的问题。

"我问你个问题，我们会长好看吗？"频道里突然传来问话。

江暖暖气得牙根痒痒："我不是告诉过你们，我是用了变声器的抠脚大叔吗？你们问这个干什么？"

梁墨笑了笑对着麦说："好看。"

江暖暖一愣，看向了梁墨，他笑盈盈地望着："我拿人格担保，非常好看。"

江暖暖望着梁墨的眼睛，心跳突然加速。她急忙扭过头看向屏幕，

还有三秒
就初恋

继续指挥：“点杀火焰之王，T 把狗拉住！”

打完团本已经是九点，江暖暖在一片询问声中飞快地下线，火速在众目睽睽中逃出了网吧。

“你为什么要骗他们？”江暖暖气呼呼地问梁墨。

“我骗他们了？”梁墨望了她一眼。

“你说我长得好看……”江暖暖有点底气不足。

“你是长得挺好看的，我没说谎。是你自己说谎，骗他们是抠脚大叔。”梁墨忍不住想笑。

“我……我那不是随口一说嘛。”江暖暖期期艾艾地说。

“那天我说的话，让你很烦恼吗？”梁墨问道。

“也不是啦……”江暖暖尴尬地笑。

“如果我一直不原谅你，你打算怎么办？”梁墨又问道。

“我在想办法啊，想着怎么能让你和苏月相处……”江暖暖一拍脑门，“有了，让她也一起来玩游戏好了！”

梁墨一怔：“什么？”

江暖暖很兴奋：“你们可以在游戏里面培养感情啊！游戏里面可以做的事很多，还有很多风景很漂亮的地方。你想象下，你们一起坐在角鹰身上，飞向天空的月亮；或者一起坐在荒野看日落，要么一起去海边放烟火！超级浪漫的！”

梁墨被打动了，他考虑了几秒后说：“我和她说一声试试。”

几天后，苏月在游戏里面建了个角色。她和梁墨一样此前也没有接触过游戏，对一切都感到新鲜有趣。梁墨之前恶补了一番，兴冲冲地带着苏月在游戏里大展拳脚。

他拒绝了江暖暖在旁边当外援的提议，独自一人带着苏月在里面做任务。苏月玩得很开心，一直问东问西，梁墨的心情也极好，好几年了，苏月已经不再像小时候那样依赖他。

小时候，他就是她的百科全书，她有什么问题就会问他，他都能回答。她用崇拜的眼神看着他的时候，他觉得自己偷偷背完那些难看的科普读物都是值得的。

为了随手给她做一个漂亮的花环，他反复查看花环的多种制作方法。为了给她化最漂亮的妆容，他不仅看完了化妆教程，还不断在自己的脸上练习，卸妆卸到皮肤红肿。

他一直在她面前表现得毫不费力，希望能一直做她的依靠，可是她却渐渐不需要他了。她懂得越来越多，手也越来越巧。他不得不承认，她一直都非常优秀，而今她像是一道光，无人可以忽视她的光芒，不再只属于他一人。

而今在游戏里，他又找到了小时候的感觉，她天真地发问，他云淡风轻地解答，接受她的夸赞，心里乐开了花。直到下线的时候，他的嘴角都挂着笑，游戏真是个好东西。

周五晚上做直播的时候，梁墨的心情特别好，多说了几句话，还应粉丝们的要求，破天荒用几种声音回答他们的问题，引得整个直播间里尖叫声连连，许多人疯狂给他刷礼物。

梁墨并没有因此延长直播时间，他等着直播结束继续上游戏陪苏月。他关闭直播后第一时间登录了游戏，一看苏月在线，兴冲冲地联系她："你在哪里？我来带你做任务。"

"你来了？我已经做完精英任务了。"苏月回答他。

"你自己做完的？"梁墨有点惊讶，没想到苏月这么厉害，那个精英任务，最少要五个人才能做完。

"不是，有人帮我做的。"苏月的消息发了过来。

"谁啊？"梁墨很意外。

"一个路过的人，我们等级差不多，他和我有一样的任务，就一起做了。"苏月很兴奋，"这游戏里面的人都很友好，路过的人都会给别人加一个增益魔法，我不管问什么问题，都有人回答。尤其那个人，他和我组队后，他做过的任务都帮我一起做了，还教我怎么操作打怪更快。"

笑容凝结在嘴角，梁墨没想到这游戏里的玩家居然会这么多事。他不动声色地回复道："是吗？我现在过来带你下副本吧？"

"不用了，我们队伍组满了，可以自强下副本。"苏月说，"你自己做任务升级吧。"

她居然这么短时间就学会了自强，真不愧是苏月。梁墨想了许久打了两个字："好的。"

他独自去做任务，任务的难度很大，他连续死了两回都没打死怪。就在这时候，江暖暖突然出现了："这个任务一个人做不了的，我帮你做。"

"不用了，我自己做。"梁墨拒绝。

"这个游戏不是单机游戏，没有一个人可以单独完成所有的任务，它需要朋友的帮助。"江暖暖说，"有人帮忙不丢人。"

梁墨沉默了一会儿说："我想自己试试。"

他连续失败了几回，想起苏月的话，打算找几个同级的玩家一起做任务。这时，一个人密语他："玫瑰披风的任务一起做吗？"

"好。"梁墨很高兴，立即和密语他的人一起组队。密语他的人叫暖光，是个猎人。

玫瑰披风的任务很烦琐，接了任务后要去雪洞里面打 boss，拿到 boss 的皮后，再去山上的一个小屋子里找女人拿一朵玫瑰，回去后要拿着珍珠、孔雀石找制皮的师傅制作成披风。珍珠和孔雀石都需要另外打，或者去拍卖行买。

梁墨跟暖光一起杀进了雪洞，雪人的等级比他们高，很远就能看到他们，常常一个没杀完，另外一个又跟着来了。梁墨的手心里都渗出了汗，本以为肯定没戏了，可是暖光总是能化险为夷。

"你真牛！"梁墨由衷感慨道。

"嘿嘿，不算什么。马上打 boss 了，你小心点，一会儿 boss 会发个冰冻技能，你记得躲，如果被冻住就走不了。"暖光叮嘱完后，就先冲到前面开怪，梁墨紧随其后，一起杀向了 boss。boss 比起一般的小怪血厚，攻击伤害高，非常难杀。

梁墨杀得起劲的时候，暖光突然喊："快躲！"

梁墨想要避开已经来不及了，一道白光后，他被冻在了原地。他心里大叫糟糕，果然见 boss 朝着他走来砍了一刀，伤害加倍，他就剩一半血了。

"喝血瓶，打绷带！"暖光一边打字提醒他，一边朝着 boss 放起大招。几个回合之后，boss 对暖光的仇恨值更高，不再打他，向着暖光打去。暖光一边引着怪往洞外跑，一边对他喊："快走！"

梁墨看冰冻消失了，追着怪杀了过去，两人一边杀一边跑，跑到一块石头边的时候，暖光没有继续往外跑了，而是往石头上跑，怪物不能直接上石头，从旁边绕着追他，他等着怪上来的时候，又跳了下去。

如此反复不断几次后，竟然活活将那个 boss 磨死了。梁墨佩服得五体投地："太强了。"

暖光发了个哈哈大笑的表情后说："这算是卡 bug（漏洞）了，本来这个任务要五个人才能做，咱们只有两个人，只好卡 bug 打了。"

两个人捡了任务物品后，又去了小屋那里找女人要了玫瑰，然后回去找制皮师。梁墨正准备去买其他材料时，暖光交易给他几样东西，他一看正是任务需要的东西，便问道："这些多少钱？我给你钱。"

"不用了，本来就不值几个钱，都是我做任务打到的。"暖光说。

"那怎么行？"梁墨坚持要付钱。

暖光有些不高兴："干吗算得这么清楚？咱们不是朋友吗？"

梁墨愣了愣："好，我交你这个朋友。你有什么需要都告诉我，只要我能帮忙一定帮。"

暖光这才高兴起来："这才对嘛。"

梁墨的好友列表里多了一个名字，他对这游戏多了几分好感。他和暖光一起做完了任务后，已经很晚了，暖光先下线了。他这才想起苏月，结果发现她不知什么时候也下线了。

接下来的几天里，梁墨每天在游戏里面都会看到苏月，可是每次去问苏月时，苏月都答队伍已经满了。

他有点生气："你和谁一起组队？"

"朋友。"苏月答道。

"你这么快就交了这么多朋友？"梁墨有点酸。

苏月笑着说："不是我的朋友，是朋友的朋友。"

"什么意思？"梁墨不解地问道。

"我组队的那个人的好友。"苏月告诉梁墨，她那天在做任务的时候遇见一个叫"木本植物"的玩家，帮着她一起组队做任务，后来他们就经常一起组队，他在这游戏里面朋友很多，每次都组满了朋友一起做任务。

梁墨皱眉不语，原本打算在这游戏里面和苏月培养下感情，没想到这游戏的玩家太友好成了他的障碍。

"我们等级差不多了，我有任务一个人做不了，你帮我做？"

"好啊。"苏月一口答应，"你等我问下。"

过了一会儿，苏月发来了小队邀请，梁墨意外地发现暖光也在队伍里面："真巧啊，你也在。"

暖光答道："植物叫我来帮忙下个副本。"

梁墨这才看了那个叫木本植物的人物，是个法师，看上去威风凛凛。对方和苏月显然很熟悉，一见到苏月立即交易给她东西。

苏月很意外："烟花？"

"对。"木本植物说，"你放放看。"

苏月依言放起烟火，霎时，他们的头顶上出现了一道蓝色光芒，一道蓝色烟花在他们头顶上绽放。苏月又惊又喜："真好看！"

木本植物笑着说："我会做烟花，这是蓝色烟火，还有其他几个颜色，等我们出副本后给你做。"

苏月很高兴："好！"

梁墨有点不舒服："进本了！"

这个副本比野外的任务难多了，怪物多、攻击强，地图也很复杂。梁墨发现木本植物对地图也不是很熟，全靠暖光在前面带路。

暖光对地图很熟悉，清楚各条近道，带着他们一路少走了许多弯路，所有人都很有默契地听暖光指挥，分配打法。

木本植物一直站在苏月旁边保护她，每次怪物打她时，他都立即放下手里正在打的怪，先去杀那个攻击苏月的怪。

梁墨很不高兴："你到底听不听指挥？"

木本植物振振有词："保护治疗是第一要义，何况有暖光在，肯定没问题。"一句话让两个人都很高兴。

暖光笑着说："放心吧，这种小副本没问题的，有我在呢，不会扑的。"

梁墨没说话，接下来全程他故意不怎么打怪，在旁边划水。木本植物问他："你怎么不打？"

"我不会。"梁墨冷笑一声。做漂亮事谁不会？他也可以专门保护苏月。

另外一名玩家急了："咱们就五个人打本，你们两个人要都划水可没办法打。"

暖光亦说："植物，你过来打。"

木本植物终于没有守在苏月旁边，而是跟着暖光一起输出。梁墨正暗自高兴，却发现苏月一直在给木本植物加血。

他冲到前头，吸引了怪的注意，被怪物打得掉血，苏月也没有给他加血，他有点恼火："我快死了！"

苏月如梦方醒，手忙脚乱地给他加血，眼见来不及了，正在打 boss

的暖光居然抽出空来给他迅速打了个绷带，又把打他的怪拉住了。

手忙脚乱的一通操作下，终于把 boss 打死了，谁也没死。梁墨的心却凉了，苏月居然不管他？

苏月似乎也知道梁墨生气了，解释道："对不起啊，我刚有点紧张，忘了怎么切换加血了。"

"没事没事。"暖光在旁打圆场，"新手不会很正常的，何况法师皮脆，本来就要多加点血，大家不都没死吗？"

木本植物笑着说："暖光，还是你最厉害！刚才那么乱都能镇得住。"

暖光笑着说："这不算什么乱，出问题很正常，别慌就行。"

苏月亦对暖光夸奖个不停："你真是太厉害了！"

暖光很高兴，带着他们继续往前，一路清掉八个小 boss，杀到了最后的 boss。

"兄弟，这个怪不好打。"木本植物对暖光说，"boss 旁边还有两个小怪。"

"我先把 boss'风筝'走，你们先杀那两个小怪。"暖光胸有成竹。

"问题是我们的攻击力不够。"木本植物说，"估计杀不死。"

"我来风筝吧。"梁墨主动请缨。

暖光吃了一惊："你可以吗？"

"我试试吧。"梁墨说，"你的攻击比我强。"

"那你记得和 boss 保持距离，不要让他打到你，否则你很容易挂掉。出了房间往左边跑，有一条岔路，你跑到楼梯那就可以往回绕了。"暖光说。

"到楼梯那里你们打得完吗？"梁墨问。

"应该可以。"暖光也不是很有信心。

"你们让我跑我再跑吧。"梁墨说。

"那你很危险，拖的时间越久，boss打到你的概率越高。"暖光塞给他几个血瓶和绷带，"一旦被打就立即喝药或者绷带，你的血量boss最多两刀就可以秒了你。"

"好。"梁墨上前射了boss一箭，立即撒脚往外面跑去。暖光和木本植物立即上前拦住了小怪，开始杀敌。

梁墨冲出了门外，按照暖光说的往左边跑。他跑得飞快，身后的boss对他紧追不舍，他的心跳加速，手却更稳了，朝着楼梯奔去。他不知道里面的情况怎么样了，但是既然没有通知他回头，他就不能回头。

短短两分钟的时间，他却觉得像过了两个小时，他像是电影里面穷途末路的主角，除了逃跑无能为力。就在他已经无处可跑的时候，暖光终于发来了消息："带回来！"

梁墨急忙转弯，生生挨了boss一刀，又开始生死大逃亡，一路使出所有技能，终于只剩下一丝血的时候回到了boss房。

苏月急忙给梁墨加血，暖光上前拉过boss，众人一起上来狂殴boss，梁墨也跟着一起上前。经过一番厮杀后，终于将boss推倒，所有人一起高声欢呼起来。

木本植物对着暖光比了个大拇指，苏月也对暖光连连称赞，暖光却对梁墨说："主要功劳在你。"

"我？"梁墨很意外。

"对，你风筝得很好。"暖光笑着说，"否则的话，我们杀不了。"

"风筝的技术很难的，你确实很厉害。"木本植物也对他不吝赞美。

梁墨很高兴："小事一桩。"

"我们一起去放烟花庆祝下吧。"苏月提议道。

"好!"木本植物立即赞同,"我知道有个地方放烟花最合适了。"

夜幕低垂,天空上星光点点,草丛里有萤火虫在飞舞,妙曼的音乐更平添了浪漫的气氛。

苏月被这里的一切吸引了:"好美啊,居然有这么美的地方。"

"这个游戏里面有很多很美的地方,只是现在我们等级低去不了,等级高了我带你去看。"木本植物对苏月说。

"好!"苏月陶醉地望着天空。

一簇簇红色蓝色绿色的烟火升至夜空散开一朵朵花,美得让人舍不得挪开眼。

"真好啊。"苏月喃喃道。

"愿我如星君如月,夜夜流光相皎洁。"木本植物打出了一行字。

梁墨如临大敌,这摆明是要告白啊!他急忙对苏月说:"月月,明天中午我来找你,有东西给你。"

苏月很疑惑:"什么东西?"

"你看到就知道了。"梁墨露出阴谋得逞的笑容,他要让他们知道,他和苏月的关系可不一般。

可是木本植物并未如他所期待的那样询问他们两人的关系,倒是暖光密语他:"你和月溅长河认识?"

梁墨答道:"她是我的发小。"

暖光半晌没有回话,过了会儿对木本植物说:"明天晚上打本,你来吗?"

木本植物说:"算啦,你们人都满了,没我的位置。"

"有我在难道还会没你的位置？"暖光说。

"不必了，我本来就不喜欢打团本，再说我装备也差，不稳定，不要占用他们的位置了，我还是和他们一起升级好了。"木本植物答道。

"你们都有大号啊？"苏月醒悟过来。

"嗯。"木本植物点头，"都满级了，不过没什么意思，我还是觉得小号好玩，明天晚上我们一起做任务？"

苏月同意了，梁墨连忙说："我也一起。"

木本植物表示欢迎："好的，那我们明天见。"

下线之前，梁墨密语暖光："怎么做烟火？"

暖光答道："学锻造，你回主城找 NPC 学习就可以，不过做烟火需要更高的等级，烟火也需要卷轴，我回头给你邮寄点材料让你冲下锻造。"

"谢谢，多少钱？"梁墨急忙问道。

"不值什么钱的。"暖光答道，"你赶紧学会，做烟花送给月溅长河啊。"

梁墨脸上微微一红，对方居然猜到自己的心意。

"谢谢。"

暖光说给梁墨邮寄"一点"材料，这"一点"差点挤爆了信箱。不仅如此，暖光还很细心地将所有的物品都精心地分好类，将升每一级所需要的材料都列清楚，并准备了足够的数量。此外还有做烟火需要的不同卷轴通通都邮寄给他，他只需要练习就行。

梁墨很吃惊，没想到暖光居然这么细心。虽然暖光说不值钱，梁墨还是将身上所有的金币都邮寄给暖光，还将每种烟花都送给暖光一组，他将剩下的烟花都邮寄给苏月后才下线。

第二天中午，梁墨见到了苏月，他随手抓了一包零食递给她。

苏月很疑惑："你特意来找我就为了拿这个给我？"

梁墨点头："嗯。"

苏月接过零食："谢谢了。"

"对了，晚上我可能要迟点上线。"梁墨说。

"没关系，你先忙。"苏月答道，"我可以的。"

梁墨心里一沉，她没有说等他一起上线。他问："你和木本植物约好了？"

苏月笑着点点头，梁墨心里觉得有些不对劲："你是不是认识木本植物？"

"你也认识啊。"苏月答道。

"我？"

梁墨吃了一惊，他心里掠过一丝不妙的预感，果然听到身后不远传来贺志野的声音："你好，此间无墨，我是木本植物。"

梁墨的脸顿时阴沉下来："原来是你。"

"嗯，听苏月说你也是第一次玩游戏，表现非常不错。"贺志野笑着说。

梁墨笑了笑："你玩得也不错。"他突然想起什么，"对了，暖光不会是……"

"看来你已经猜到了，她不让我告诉你。"贺志野笑着点头。

梁墨的心情很复杂："她为什么不让你告诉我？"

"你为什么不自己问她？"贺志野说。

梁墨看了他一眼，一言不发地转身离开。

第九章

不过竹马而已

:

周六晚间结束直播后，梁墨再次进入游戏里，邮箱里面有暖光退回来的金币还有其他做烟花的材料，还给他写了封信表示感谢，让他把烟花都送给苏月，祝他早日追到自己喜欢的女孩，并且表示自己不需要这些金币。暖光的号不在线，她的大号"阳光万里"在线带团打本。

梁墨站在城里一边做烟花，一边在想江暖暖为什么不告诉他呢？

苏月给他发来消息："谢谢你的烟花。"

梁墨的心里一时间有些不是滋味，她又对他说谢谢。不知道什么时候开始，他们之间越来越礼貌，礼貌得让他觉得他们之间的距离越来越疏远。

"不要说谢谢。"梁墨发了消息过去。

苏月笑着回道："那说不用谢吧。"过了一会儿又补了一句，"不用再给我邮寄烟花了。"

梁墨笑了笑，看看好友栏里，苏月和贺志野在同一张地图，很明显他们又在一起做任务。他有种搬起石头砸自己脚的感觉，本想借着游戏和苏月培养下感情，不承想倒成全了贺志野和她。

他有点意兴阑珊，连任务都不想做，站在城里放烟花。各色烟花在他上空依次绽放，来来往往的人都纷纷抬头看烟花。他的心里却觉得很寂寞，从未如此寂寞过。

"哥们，你怎么站在城里发呆？"暖光出现在他面前。

梁墨望着对面的小人，居然是个男性玩家的形象，还是个秃头，身上的装备都很一般，没有自己身上的好。

他身上的装备都是江暖暖给他寄的，他起初也没在意，后面遇见别的玩家时，都问他大号是谁。

他很不解，说："我就这一个号。"

"我去！那你可真舍得啊！你身上这些装备虽然等级低，但都是极品啊！"对方惊叹不已，"这一身装备都价值千金。"

梁墨以为他骗自己，结果去拍卖行一看，果然自己身上的每件装备都卖得很贵。他问江暖暖："你干吗给我这么贵的装备？"

"难道给你差的吗？"江暖暖反问，"你是我朋友啊。"

"我不喜欢欠人太多。"他答道，"就算游戏里面也一样。"

江暖暖愣了愣说："这有什么欠不欠的？你想得太多了吧。我还经常麻烦你呢。"

"那不一样。"梁墨说，"总之我拒绝，还有我不是小孩子，我不需要别人照顾，我可以自己做任务下副本。"

江暖暖愣了半天说："好。"

后来"阳光万里"很少出现了，换成了暖光。

"走啊，去做任务。"暖光对他说。

梁墨问："团本打完了？"

暖光说："嗯，打完了。"

"你为什么会玩小号？"梁墨问。

"嘿嘿，无聊呗。"暖光说。

"你大号叫什么？"梁墨又问。

暖光愣了愣问："问这个干什么？"

梁墨本想直接点破，打了字又删除："没什么，就很好奇。"

暖光答非所问："哈哈，我大号平时很少上的。"

梁墨想了想又问："你是男的？"

"当然，你见哪个妹子会玩个秃头男号？"暖光答得毫不犹豫。

梁墨不禁莞尔，没想到这家伙扯起谎来真是眼睛都不眨。

"也对，毕竟这么丑。"

暖光发了个生气的表情："你才丑！"

梁墨哈哈大笑："我怎么丑了？我明明玉树临风！不信的话找人问问。"

两个人当真在城里挨个找路过的人评比到底谁更好看。路人都以为他们两人疯了，还有人认真点评两人的长相，得出的结论是：还是自己更帅，你们都丑！

梁墨在电脑前笑个不停，惊呆了一旁的罗巧："梁墨，你吃错药了？"

梁墨收敛了笑容，淡淡瞥了一眼罗巧："怎么了？"

罗巧摆了摆手赔着笑脸说："没事，没事，你老人家继续玩。"他偷偷看着梁墨，心里一直惊叹不已，住在一间宿舍几个月了，第一次看到梁墨笑，而且笑得这么开心。

宇宙的磁场怕是改变了吧！罗巧忧心忡忡地想，会不会外星人要入侵地球了？

梁墨没有拆穿江暖暖的身份："走吧，一起做任务。"

"你问问月溅长河任务做了吗？如果没做的话一起做啊。"江暖暖说。

"不必了。"梁墨的好心情顿时消失，"她肯定已经和木本植物做过了。"

"那我们一起去下副本吧。"江暖暖提议，"我们五个人一起去。"

梁墨沉默了片刻说："她不一定想去。"

"先问问嘛。"江暖暖说，"大家一起玩多好。"

"万一她不想和我一起玩呢？"梁墨问。

江暖暖迅速回道："怎么可能？她不是你发小吗？"

"如果她想和我玩，为什么不等我一起做任务？"梁墨说。

江暖暖半天没有回话，就在梁墨想要下线时，江暖暖突然邀请他组队，他进入队伍一看，又是一个五人小组，贺志野和苏月也在组内。

"干什么？"梁墨莫名有点烦躁。

"去下副本，刚好做个任务。"江暖暖说。

"昨天不是下过了吗？"梁墨问道。

"游戏里面有很多副本，那只是其中一个而已。"江暖暖说，"刚好植物和月溅长河也没做，把任务共享一下，我们一起去做。"

"太好了，刚才我们还在说这个任务做不了呢。暖光，你真是及时雨。"苏月欢呼道。

还有三秒
就初恋

"那是，我兄弟可是本服最牛的。"贺志野发出一串笑脸。

"你兄弟？"梁墨冷笑一声问道。

"嗯，我最好的兄弟！"贺志野说，"在游戏里面都是她罩着我的。"

梁墨本想出言讽刺贺志野，突然想起自己最初来这游戏的目的是为了撮合江暖暖和贺志野，便改了主意："暖光真的不错，是个很靠谱、很细心的人。"

"对。"贺志野也不吝赞美，"非常厉害。"

"虽然被你们夸奖我很开心，但是再夸下去今天晚上副本都来不及下了。"江暖暖说，"你们可以一边下副本一边夸我。"

"我在路上刚捡了一张脸，是不是你的？"贺志野嘲笑道。

"哎呀，太好了，原来被你捡到了，我还以为找不到，正打算找你借一张脸呢。"江暖暖毫不客气。

"借一张脸？"苏月没听明白。

"对啊，脸皮厚嘛，可以分成两张脸。"江暖暖答得飞快。

几个人放声大笑，贺志野则笑骂道："你才脸皮厚呢！"

说说笑笑到了副本门口，江暖暖理所当然是指挥："这个本人形怪多，我一会儿打好标记，植物你变羊开怪。"

"没问题，指挥官大人。"贺志野发出了敬礼的表情。

"此间无墨，你和牙刷两个人打我标记的怪，千万不要打错了。这里面的怪比我们等级高五级，很容易引到的。"江暖暖叮嘱了一番后，带着他们进了本。

牙刷是江暖暖临时组进来的小号，也是个新手，他还没下过副本，兴奋得很，一路问东问西。

江暖暖一边指挥他们，一边打怪，还抽空腾出手来耐心解答他的问题。

梁墨看她忙得一刻不停，对牙刷说："正在打本呢，你不能一会儿再问吗？"

牙刷嘿嘿一笑："我怕我出去忘记了。"

"那说明你的问题不重要。"梁墨说。

牙刷说："我的问题怎么就不重要？"

"重要的话你不会忘记。"梁墨说，"何况现在他这么忙你没看见吗？"

牙刷气呼呼地说："我们打到现在不都好好的吗？"

梁墨冷哼一声："一心二用的人不是你。"

正说着话，突然一队怪物发现了他们，江暖暖赶紧删了自己打的字，迅速发出指令，然而已经来不及了，缺乏经验的牙刷跑错了地方，引来了更多的怪。

集体团扑，气氛一时间降到了冰点。牙刷有点尴尬，贺志野打了个圆场："你有什么问题我来回答，让暖光专心指挥吧。"

梁墨抽了抽嘴角："打本的时候难道不能专心点？"

牙刷打了一行字："要我说，还是应该开小队语音指挥，打字实在太慢了。"

江暖暖飞快地打了几个字："我没有麦。"

牙刷悻悻地说："居然现在还有没有麦的人。"

梁墨越发看他不顺眼："没有麦的人多着呢，有什么奇怪的？没见识还要说出来。"

"你怎么这样说话？"牙刷急了眼，"你有见识，你干吗不指挥？"

"大家都别吵了。"苏月劝道，"好好打本吧。"

牙刷又骂骂咧咧了两句，半天没说话的江暖暖忽然在小队里打了一行字："牙刷，你退组吧。"

牙刷很震惊："为什么？"

"我不带骂我朋友的人下副本。"江暖暖的态度很坚决。

牙刷愣了愣，终于还是退出了小组。

"要不要再叫个人？"贺志野问。

"这么晚了，肯定叫不到人了，就我们四个人打吧。"江暖暖答道。

"四个人不是很好打吧。"贺志野说，"难度有点大哦，你知道我的操作不如你，他们两个都是新手。"

"先试试吧。"江暖暖说，"配合好点应该可以过。"

再次进入副本后，江暖暖带领他们一步步往前推进。她打得很小心，指挥得也很仔细，说清楚后还要反复询问苏月和梁墨是否明白。

就这样一路小心翼翼地往前进，梁墨打起精神，紧紧跟在江暖暖身后，向两边观察。这个副本的地图是一个城堡，里面比较黑，视线也很狭窄。耳机里面传来诡异的背景音乐，混杂着狼人走动和喘息声，完全是恐怖片现场。

梁墨看了一眼苏月，她走在他身后，贺志野在她后面断后。梁墨本想问她怕不怕，贺志野已抢先发问："你害怕吗？"

苏月打了个恐惧的表情，贺志野说："把音效关掉，画面调亮点，就会感觉好很多。"

苏月按照贺志野说的办法调整后，对贺志野表示感谢："感觉真的好多了。"

梁墨有点气闷，问江暖暖："你调过画面和音乐吗？"

江暖暖回道："不调。"

"为什么？你不害怕吗？"梁墨问道。

"我胆子大，游戏原汁原味就是这样。再说了，我可以听声音判断它们有几只怪，大概什么位置。"江暖暖答道。

"听声辨位？"梁墨很惊讶，"你还可以这样？"

江暖暖说："你也可以的，多听几次就明白了。"

梁墨闭上了眼睛仔细听周围的环境里的声音，再睁开眼看着屏幕里面出现的怪的位置，他很快发现了其中的奥秘，通过它们走路和喘息声的大小，就能听出远近，不过想要听出位置所在，那就不简单了。

队伍杀到了城墙上面，江暖暖告诉他们："前面那个卫兵会冲锋，你们一定要小心，他如果冲锋过来，会把人打飞。"

"打飞？"梁墨还没来得及打字，怪物已经发现了他们，朝着他们猛冲过来，目标正是梁墨。梁墨只觉得画面一晃，自己就已经飞上了天空，接着跌到了城墙下面。

梁墨大吃一惊，还好运气不坏，还剩下几滴血，他连忙喝血瓶回血，再往四周一看，有点发蒙，他没来过这里。城墙上面的打斗还在进行，他决定回去支援他们。

梁墨看着小地图，往古堡里面跑，路上还有巡逻的狼人和没有清掉的狼人，他学着江暖暖通过声效来确认它们的位置，利用它们错开时的最大距离，迅速进入古堡，重新回到城墙上面。

这个狼人很难对付，他们还没有杀完，苏月忙碌地来回加血，江暖暖和贺志野都围在狼人两边杀得激烈。

梁墨立即冲上前去，连续放了几个大招，激怒了狼人，狼人放弃了进攻江暖暖和贺志野，转而进攻他。狼人的攻击很强，连续向他掏了几爪后，他的血槽就见底了。

苏月连忙为他加血，着急地说："糟糕，我没蓝了。"

"放心，我不会让他死的。"江暖暖说完释放了一个大招，一道圣光笼罩在梁墨身上，梁墨的血立即回满了，然而她却倒下了。

梁墨心里像有什么扎了一下，他猛然冲向了狼人持续攻击，终于杀死了狼人。

"666！"江暖暖趴在地上打了一串数字，"兄弟你真强！"

梁墨看着地上的江暖暖，心里有种说不出的滋味："干吗救我？干吗不救你自己？"

"我是看美女特别担心你，不想让美女难过嘛。"江暖暖笑嘻嘻地说，"月溅长河，我这一招奉献是不是用得很及时？"

苏月一边复活她一边说："怎么是不让我难过呢？明明是不让你难过吧。"

江暖暖大笑："我们是兄弟！奉献就是拿自己的性命换取对方的性命，舍己救人是我们的本能！"

"兄弟你个头，和谁都是兄弟！"梁墨骂了一句。

"好了，好了，这个怪物打完了，前面就是 boss 了，这个副本最难的就是刚才那个卫兵，后面很简单。"江暖暖复活后，开始讲解站位和打法。

梁墨听得心不在焉，刚才的画面总在眼前浮现。他用力摇摇头，一个游戏而已，怎么当真了？

副本打完后，小队解散。

江暖暖笑嘻嘻地和梁墨说："兄弟，我先下了，晚安。"

"你等下。"梁墨塞给她几件在副本里面打到的装备。

"你给我干吗？这些你都可以用。"江暖暖说。

"你身上装备比我差，你先换吧。"梁墨很坚决。

再三思量后，他还是决定打出那行字："晚安，江暖暖。"

江暖暖吃了一惊："你怎么知道的？"

她没有等到回答，梁墨已经下线了。

梁墨一夜没睡好，他一直梦见游戏里面，好些不曾在意的事都在梦里浮现。

她陪着他做任务，他不熟悉地图，她就不骑坐骑陪着他一起跑，怕他迷路，每走一段距离她都会停下来等他，还曾感慨过："要是游戏里面有双人坐骑就好了，我能带你一起骑。"

她带他下副本，他等级低容易引怪，她告诉他："如果引到了，就朝我跑，我会保护你的。"

他做冗长的长线任务，要坐飞机飞来飞去，她也跟着一起飞来飞去，怕他找不到地方，全程在身旁保护。

他的信箱每天都会收到她邮寄来的东西，所有他需要的任务物品、装备，她都提前准备好了。

他不喜欢被她保护，她就换了个身份，假装是个男人，陪着他一起，努力帮他制造和苏月在一起的机会。

"真是个大傻瓜。"梁墨睁开了眼，深邃的眸子里闪过一丝温柔的光芒，"这是在帮倒忙啊。"

夜色温柔，窗外一轮明月挂在天际，万籁俱寂，只有风在夜里轻声呢喃。

周一，阳光灿烂，一大波学生朝着食堂方向奔去。

江暖暖做贼似的向四周看了看，确定没有梁墨时，才朝着食堂奔去。

只刚跑了两步，就听到旁边传来梁墨的声音："你在躲我？"

江暖暖吓得浑身一抖，生硬地回答："没……没有啊。"

梁墨的脸上没有表情，看不出来到底生没生气，江暖暖学着招财猫打招呼："你……你好。"

梁墨冷冷地问："你是不是要给我解释下？"

"解释什么？"江暖暖心里打起了鼓，"我……我又没干什么。"

"暖光是怎么回事？"梁墨的目光变得犀利起来。

江暖暖装傻："暖光？谁是暖光？"

"你少装了秃头男。"梁墨的嘴角微微上扬。

江暖暖笑容僵硬："秃头也很有个性啊。"

梁墨笑了起来。他笑起来时，脸上的线条变得柔和而生动，一扫之前的沉郁，变得明朗阳光，一双眼睛闪闪发亮。

江暖暖看呆了。梁墨见她看着自己发呆，收起笑容问："你看什么？"

"你还是多笑笑，你笑的时候就像年轻了几岁。"江暖暖说。

梁墨的眉毛都快拧掉，什么叫年轻了几岁？他也没多大年纪好吗？

他沉着脸说："现在你可以解释了。"

"解释什么……"江暖暖本以为可以混过去，没想到梁墨还记着这茬。

161

"你为什么要装成秃头男？"梁墨的眼睛盯紧了她。

"我干什么了吗？"江暖暖结结巴巴地说，"你干吗这么生气？"

"你欺骗我了，还不该生气？"梁墨面若寒霜。

"这是善意的谎言！"江暖暖争辩道，"我这都是为了你好。"

"为了我好？"梁墨的嘴角轻轻扬起，"骗我怎么是为了我好？"

"还不是为了帮你快点升级。你升级那么慢，到时候怎么去带苏月做任务啊？你又不肯接受我的大号带你，只好用小号帮你了。"江暖暖解释道。

"所以说，你是为了帮我升级追苏月？"梁墨盯紧了江暖暖的脸，不想错过她一丝可疑的表情。

"对啊，之前我不是搞砸了吗？我想着在游戏里面弥补下。"江暖暖解释道。

答案完全没有超出梁墨的意料，但是不知道为什么他的心里有一点小小失望。

"所以你对我那么好，昨天晚上舍命救我，也都是出于这个原因吗？"梁墨问道。

"对啊，你肯定不想在苏月面前丢脸，我就牺牲下自己了。"江暖暖一副为自家兄弟做"僚机"的表情。

梁墨却莫名生出一股怒火："用不着你多事！"

江暖暖目瞪口呆，这家伙怎么了？好好的生什么气？她在游戏里面掏心掏肺，连自家留给小号的极品装备都给了他，为了帮他做烟花给苏月，她无限高价收做烟花的材料，还煞费苦心给他们制造机会，居然会被骂？这是什么世道？

还有三秒
就初恋

梁墨话出了口，又觉得自己过分了："你不是要追贺志野吗？干吗天天和我耗在一起？"

江暖暖翻了个白眼："不关你的事。"

梁墨偷笑不已，她翻白眼的样子像极了漫画里的人物。

"我今天晚上早点上线。"

江暖暖依然不说话，梁墨看了看四周，用"小奶狗"撒娇的声音说："暖光大哥带带我嘛。"

江暖暖差点跳起来，她还从没听过梁墨用这种声音说话，兴奋得两眼发光："再说一遍！我没听清楚！"

"没听清算了。"梁墨又摆出了冷若冰霜的表情。

"再说一遍！就一遍！"江暖暖抓着梁墨的衣袖来回摆动。

梁墨的目光掠过衣袖却没有撇开，只是望着江暖暖："一遍？"

江暖暖连连点头，两只眼睛都盯紧了梁墨的脸。梁墨暗自偷笑，清了清嗓子一口气用五种不同的声音对江暖暖说："暖光大哥，拜托了！"

江暖暖的眼睛瞪得老大，结结巴巴地问："你是用什么说话的？不，不，我是说你怎么能发出这么多种不同的声音？"

梁墨故意不答："晚上我在线上等你。"

江暖暖还想追问发出多种声音的秘密，梁墨却不肯告诉她："赶紧去吃饭吧，一会儿没饭了，以后再告诉你。"

江暖暖没办法，只得一边学他发声，一边往食堂走去。

梁墨看着她的背影偷偷笑了起来。午后阳光透过树叶落在他的身上，照得身上暖暖的，今天的太阳真暖和。

晚上梁墨忙完功课上线的时候，江暖暖已经在线了。他刚上线立即被江暖暖组进队伍，他定睛一看，苏月和贺志野也在组。

江暖暖很高兴："人都来齐了，我们去开烟花大会吧。"

不知道江暖暖又要搞什么鬼，梁墨缓缓打了个问号。

江暖暖密语梁墨："一会儿我叫贺志野和我大号做任务，你和苏月去放烟花吧。"

梁墨问："你确定能叫得走贺志野？"

江暖暖答得飞快："肯定没问题！"

江暖暖带着他们一起去了海岸，澄清的海水冲刷着沙滩，椰林树影下，大海龟慢吞吞地爬。

"我想起来了，我大号新副本的钥匙任务还没做，植物你帮我做下呗。"江暖暖一到海边就对贺志野说。

贺志野愣了愣："现在？"

"对啊，明天就开新团本了。"江暖暖催促，"你也没做吧？"

贺志野点点头："不过我没打算去打新团本。"

"你帮我做下吧，我一个人做不了。"江暖暖又催促他。

贺志野对苏月说："那我陪她先去做下任务，你先玩，我一会儿来找你。"

"好。"苏月发了个加油的表情。

贺志野和江暖暖齐齐换了号，只剩下苏月和梁墨站在海边，两个人一时无话，都站在海边发呆。

"放烟花吧。"苏月拿出了烟花分给梁墨。

两个人站在海岸边放起了烟火，烟花一朵朵升空，两个人都有点心不在焉。

　　"这游戏真的挺好玩的，我从前都不知道游戏这么好玩。"苏月说。

　　"是的。"梁墨附和道。

　　"你觉得江暖暖人怎么样？"苏月又问。

　　"什么怎么样？"梁墨很警惕。

　　"就是她人怎么样？"苏月问道。

　　"挺好的。"梁墨答道。

　　"我也觉得她挺好的，很活泼可爱，和她的名字一样很温暖热心。"
苏月说。

　　梁墨不觉有了笑意，只简单地打了个："嗯。"

　　"我觉得你和她认识后变了。"苏月说。

　　梁墨一愣："我？"

　　"你以前很少笑，也不爱说话，可是在游戏里面，经常看到你笑，
还喜欢说笑话了，我有时候都觉得不大认识你了。"苏月说。

　　"有吗？"梁墨吃了一惊。

　　"你没发现吗？"苏月发了个笑脸，"我今天看见你在食堂附近笑
了很久。"

　　梁墨一愣："你看见了我？"

　　"嗯，我看见你和暖暖在说话就没有过去打扰你们，我很久没有看
过你脸上有过那样开心的表情了。"苏月说。

　　梁墨飞快地打了一行字："你看错了。"

　　"人可以骗别人，但是千万别骗自己。"苏月意味深长地说。

　　梁墨沉默了片刻："你的感觉未必是对的。"

苏月说："也许吧，但是我希望你能开心。"

"我一直都挺开心的。"梁墨说。

"我知道你一直很有想法，也一直很努力，我也一样，不过你真的很久没怎么笑过了，我看过你的直播，你也很少笑。我知道你会说开心不一定会笑，但是不开心别人还是能看得出来，我们认识这么多年了，我很了解你。"苏月说。

"你真的了解我？"梁墨笑了。

"我比你想象的了解。你很固执，有时候也有点自以为是，钻牛角尖。你还口是心非，没有安全感。"苏月说。

梁墨沉默了许久后说："如果你真的这么了解我，为什么不知道我一直喜欢你？"

苏月答道："因为我知道你对我的喜欢不是那种喜欢。"

"什么意思？"梁墨不解道。

"喜欢分很多种，有的是对朋友的喜欢，有的是对亲人的喜欢，还有的是对爱人的喜欢，你对我的喜欢就像是对朋友和亲人，而不是对爱人那种，你只是习惯了和我在一起，可这并不是爱情。"苏月说。

梁墨沉默了很久："你怎么知道我对你的喜欢不是对爱人的喜欢？"

"因为我了解你。"苏月说，"我也了解对爱人的喜欢。"

梁墨顿了顿问道："你喜欢贺志野？"

"对。"苏月承认了。

梁墨一时间无话可说。他望着屏幕许久，并没想象中的那么撕心裂肺、痛不欲生。他想问问苏月，到底什么样的喜欢才是对爱人的喜欢，一行字打了又删，最终还是没有发给她。

还有三秒
就初恋

两人站在海边望着清澈的海水，各自陷入了沉思，良久后互相道了声晚安各自下线了。

"你们昨天晚上后来怎么样？"江暖暖一大清早就很八卦地发消息问梁墨。

梁墨淡淡地回了一句："没怎么样。"

江暖暖很失望："你们没有放烟花吗？我好不容易才给你们制造的机会，那边那么浪漫。"

"烟花放了。"梁墨答得潦草。他不想讨论昨天晚上和苏月说的话，心里有点混乱。

江暖暖还想问个究竟，梁墨一句话封了她的话："我有事情要谈，回头再聊。"

江暖暖长叹一口气。电视里面做坏人那么容易，为什么轮到她就这么难呢？接下来该怎么办呢？该怎么撮合梁墨和苏月呢？

就在江暖暖胡思乱想的时候，李雅然拿着手机来问她："你知道李焱吗？"

"谁？"江暖暖乍被一问，有点发蒙。

"你不是视频社的吗？他也是视频社的。"李雅然提醒她。

江暖暖猛然想起那个偷拍视频还乱剪辑的李焱，不由得皱起眉头："这个人很讨厌的！喜欢乱剪辑视频编故事！"

"我知道。"李雅然点头，"不止我知道，现在全校都知道了。"

江暖暖惊讶不已，李雅然摇了摇手机，她急忙拿过手机一看，只见校园论坛上有一个飘红的帖子，就是关于李焱的，里面将所有李焱做过的视频全部发出来了，还将他恶意剪辑的部分全部标注出来，并且找到了原本的视频做对比，有理有据。

所有人都知道他曾经发过的许多视频都是后期剪辑故意引导舆论，歪曲事实，一时间下面骂声一片。

"该！这才叫大快人心！不知道这是哪位大侠做的好事！"江暖暖拍手称快。

"今天这事都传遍全校了。太可恶了，亏我之前还转发过他的视频，原来都是骗人的。"李雅然气得咬牙切齿。

江暖暖急忙将这条消息发给梁墨，没想到梁墨只淡淡地回了一句："知道了。"

江暖暖有点失望，他居然没有想象的那么高兴。

周二的课程比较舒服，历史课听得江暖暖昏昏欲睡。

下午放学的时候，江暖暖收到了梁墨的消息："到图书馆前面的茶餐厅来。"

江暖暖顿时打起了精神，兴冲冲地赶到了茶餐厅里，里面的人不多，梁墨已经替她点了热可可。

"找我什么事？"江暖暖喝了一口热可可，两只眼睛望向梁墨，"是不是有什么好事啊？你看上去心情很好。"

梁墨一愣："我看上去心情很好？"

"对啊。"江暖暖点头，"啊，我知道了，李焱的事你很高兴吧！还装那么酷。"

梁墨轻笑一声："那件事并不值得高兴，或者说不值得特别高兴。"

"为什么？"江暖暖不解地问。

"这是迟早的事。"梁墨说完喝了一口咖啡。

江暖暖灵光一闪："我知道了！这个帖子是你发的！难怪我说分析得那么详细！你到底从哪里找到他那么多视频，也太牛了。"

梁墨没有否认："我找了罗子辰。"

"视频社社长？"江暖暖用力拍了一下桌子，"你真是太厉害了！"她拍桌子太用力，引得周围的人都看向他们。

梁墨望了她一眼："你是混哪个堂口的？"

江暖暖一愣："你在说什么？"

梁墨说："你这动不动拍桌子的习惯从哪里学来的？"

江暖暖嘿嘿傻笑："电影里面学的。"

梁墨瞪了她一眼："不知道的还以为你准备出去打架呢。"

江暖暖傻笑了一阵后说："君子报仇十年不晚，你真是太厉害了。我的天哪，你又要直播，又要做视频，还要和我们一起玩游戏，居然还做了这个帖子，你真是太牛了。"

梁墨云淡风轻地说："这算不了什么。"他趁低头喝咖啡时微微扬起嘴角，"对了，你和贺志野之前在游戏里面是怎么玩的？"

"我们？"江暖暖不解地望着他，"怎么突然问起这个问题？"

"不是要在游戏里面帮你们吗？当然要了解下情况才好想出对策啊。"梁墨说。

"你找我来不会就是为了这个吧？"江暖暖疑惑地问。

"对。"梁墨双手交叠放在膝盖上，"我想了下，就你这段时间努力来看，成效不大。"

江暖暖干笑一声："我好像没有做坏人和媒人的天赋。"

"嗯。"梁墨点了点头，同意江暖暖的话。

江暖暖捧着杯子喝了一口可可，嘴巴四周沾满了可可却浑然不觉，歪着头想之前发生的事："该怎么说呢？这游戏其实是他先玩的，我无意中看到他在玩，然后就跟着一起去玩了。他是法师，我就练了个牧师配合他。我们一起升级做任务，他很保护我，每次都冲在怪前头……"

江暖暖陷入了回忆，露出了笑容，絮絮说了许多从前的往事。她和贺志野需要的装备差不多，贺志野每次都让给她。他们遇到很难做的任务，贺志野会想办法带她做完……

"你说错了吧？不是你的操作更好，你带他吗？"梁墨打断了她的话。

"开始的时候是他带着我的，但是他很忙，上线的时间少，我很快就满级了，又莫名其妙地成了公会会长，就变成我带他了。"江暖暖解释道。

梁墨的眼神忽左忽右地闪烁，不知在想些什么："这么说你们一起玩的时间并不长？"

"也不算短吧，大概一个多月。"江暖暖歪着头想了半天，"就是暑假到开学前期，后面开学后他更少上线了。"

梁墨沉默了片刻说："你继续说，还有哪些？"

江暖暖认真想了一阵说："以前我们很穷，想要什么都买不起，到了等级可以买坐骑的时候没钱，他二话不说把身上所有的钱都给我了，让我去买坐骑。后来他到了等级后，我们两个人的钱凑在一起都买不起坐骑，还是问别人借的钱才买上的。有次我在刷副本的时候，掉落了一个法杖，是他一直想要的，我当时拿给了他，结果他并没有用，而是拿到拍卖行卖了，钱拿来给我买装备了。"

江暖暖满脸感动，梁墨嗤笑一声："这就是对你好吗？"

江暖暖差点跳起来了："这都不算好？"

"如果你们是网上两个陌生人，他这样对你，确实算好，可是你们是打小一起长大的关系，我想你们人民币也经常帮忙垫付吧？何况只是游戏币而已。"梁墨冷冷地说。

"那法杖呢？他可以自己用的。"江暖暖辩解道，"为什么要卖掉给我买装备？"

"你自己都说了，他玩的时间少，这不过是为了资源最大化利用罢了。反正自己不会浪费太多时间，不如给你，省得浪费资源。"梁墨的目光变得深沉冰冷。

江暖暖气呼呼地说："不听不听，王八念经！根本不是你说的那样，他人很好，对我也很好！"

"那你怎么对他呢？"梁墨端详着她因为气愤变得粉红的脸庞，"带他做任务下副本？给他寄需要的东西？和对我一样？"

江暖暖气得噘嘴，还是点了点头。梁墨看着她嘴巴上沾着一圈奶油还噘着嘴，模样很好笑，将纸巾盒推到她面前。

江暖暖很疑惑，梁墨指了指嘴巴。她立即明白过来，急忙抽出纸巾擦嘴。

梁墨干咳了一声，掩饰了笑意。江暖暖狠狠瞪了他一眼，脸更红了，她站起身气呼呼地离开了茶餐厅。

梁墨没有追她，只是收敛了笑容垂眸望着她的背影陷入了深思。

第十章

我把我的糖给你吧

·
·
·

江暖暖一肚子火,却没处发,一路碎碎念,发誓不再带梁墨做任务,也不帮他追苏月了。

说曹操曹操到,她居然碰到了苏月。已经是十二月了,苏月穿着长裙,外面裹着米色的呢子外套,长发披肩,含笑对她招呼:"暖暖!"

江暖暖不太想见苏月,不知道为什么每次遇见她之后都会觉得她超好,越来越讨厌不起来。江暖暖挤出笑容打了个招呼:"Hi(嗨)!"

苏月笑着看她:"好巧啊,我刚还在想你呢,你就出现了。"

"想我?"江暖暖很意外。

"对啊,我刚正在想游戏里面的事呢。"苏月两个眼睛弯弯的,像两弯月亮,"想起你在游戏里面的样子就想笑。啊,你别误会,我的意思不是你可笑,而是你很可爱,想起你们都会觉得心里暖暖的,很开心。暖暖,你真是个很温暖的人。"

江暖暖有点飘飘然:"哪有,哪有。"

"你们都是一群可爱的人，游戏里面就是另外一个世界，我觉得很开心。"苏月笑着说，"谢谢你们。"

"都是小事一桩啦。"江暖暖一激动又大包大揽起来，"游戏里面的事就交给我，谁也不敢欺负你。"

苏月笑出了声："你还真是和他说的一样。"

"谁？"江暖暖问完后就明白过来，"贺志野？"

苏月点头："他说暖暖很热心，如果知道有朋友在游戏里面，肯定会倾尽所有帮忙。"

"你们聊过我？"江暖暖小心翼翼地问。

"对，经常聊你。说你们小时候的事，还有游戏里面的事，他觉得你是个非常好的朋友，非常仗义。他说上次在游戏里面，有人无缘无故地挑衅他，他没打过，你知道后，立即丢下正在做的任务跑去帮忙，一直把对方打到求饶为止。"苏月说。

江暖暖嘿嘿一笑："那是，我不能容忍人家欺负我朋友。"

"所以上次副本你让牙刷退组也是因为你把梁墨当朋友？"苏月小心翼翼地问。

"那当然，你们都是我罩着的，怎么能让人家骂你们呢？"江暖暖说。

苏月笑了笑，话题一转："这个游戏里的风景真的很美啊，而且一起冒险的感觉真的很特别。有时候真的觉得自己就是里面的人物，心跳都会加速。"

苏月含着笑和江暖暖说起了在游戏里面发生的趣事，大多数都是与贺志野有关，她说起他们如何相识，贺志野装成陌生人和她组队带她做任务。

江暖暖从不知道贺志野会说出这样的话，她之前觉得贺志野很保护自己，听到苏月说之后，方才惊觉，梁墨说得对，他们之间只是合作打怪，谈不上保护，只是她一厢情愿解释为保护。

　　她看着苏月。苏月说起话时脸上带着笑，眼睛清澈发亮，比从前还要美。之前的美是不食人间烟火的，此时的她多了几分娇羞，更加亲切，也更加可爱。

　　"暖暖，你生气了吗？"苏月小心地问。

　　江暖暖摇摇头："没有，我觉得你说的那些事都很美好。"

　　"你觉得很美好吗？"苏月很惊异。

　　"嗯。"江暖暖点头，"这些美好的事都是玩这个游戏最重要的原因之一，让人觉得这个世界很美好。"

　　两人一路说说笑笑回到了宿舍楼下，苏月拉着她的手说："暖暖，谢谢你。"

　　"别客气了，那是小事。我在现实里面做不了什么，只能在游戏里面当英雄了。"江暖暖说。

　　"你在游戏和现实里都是英雄，我刚说过了，你是一个暖暖的太阳，具有温暖人心的力量。"苏月笑着说，"连梁墨那么冷的人都被你改变了。"

　　"我？"江暖暖很惊讶。

　　"对啊，他现在变了很多，以前都是事不关己高高挂起的人，连话都很少和人说，人家都说他是冰山。"苏月说。

　　江暖暖嘀咕："我怎么没觉得？他不是那样。"

　　苏月笑着说："你是不知道他以前的样子，比现在更冷淡，走在路上都不多看人一眼的，脸上也从来没有笑容。"

还有三秒
就初恋

江暖暖撇撇嘴："谁让他叫墨，墨是没什么表情。"

苏月捂着嘴笑出了声："我下次告诉他。"

"别，别，别！到时候他不知道又要找我麻烦，他这个人可小气了！"江暖暖本想抱怨之前梁墨的事，想了想又不敢说，只是对着苏月傻笑。

苏月见她不说，便笑道："你肯定是误会什么了。他这个人虽然不爱说话，但是不小气，准确地说，是对一切都无所谓，很少生人气。"

江暖暖不便反驳，只能露出尴尬不失礼貌的笑容。

学期即将结束，快要考试了。各门功课多了起来，写完作业后，已经很晚了。江暖暖想了想还是去游戏里面看了看，刚进游戏，公会里面的人就纷纷来找她："会长，出事了！"

"啊？"江暖暖有点蒙，"出什么事了？"

"此间无墨被人刷屏了！"公会里面的人七嘴八舌地告诉江暖暖，也不知道怎么回事，梁墨突然去干扰别人做任务，被人刷屏骂了一晚上。

江暖暖吃了一惊，她一看梁墨在线，急忙密语他："发生什么事了？"

梁墨回了两个字："没事。"

"你为什么会突然干扰别人做任务？"江暖暖十分不解。

梁墨没有回话，公会里的人在频道里面发消息："会长，对方一直在刷我们公会，这事怎么办？"

在游戏里面公会被刷是一件大事，会让整个游戏公会的人都受到其他公会的人质疑。

江暖暖有点着急。她急忙向梁墨申请组队，跑到了他所在的地方，只见他站在一块石头上，正要问他话，忽然发现对面站着几个人，正在满世界刷屏骂他。

她定睛一看，居然是牙刷，他身边的几个人都是同一个公会的。梁墨并不搭理他们，等他们一开始做任务就上前干扰。

江暖暖明白了七八分，她跑到了牙刷面前说："我是公会会长，请你们立即停止辱骂我们公会的人。"

牙刷冷笑道："公会会长了不起？大公会就可以欺负人了？"

"如果我没说错，肯定是你们几个人先开口骂的人。"江暖暖说，"否则他不会这样做的。"

牙刷说："我们几个说的是那个叫暖光的人，关你们公会什么事？"暖光的号为了不让梁墨识破，并没有加入公会，牙刷肯定是因为她让他退组骂她。

江暖暖没想到梁墨居然会因为她和别人闹起来，便对牙刷说："那天晚上是你骂人在前，让你退组本来就没问题，你如果要想刷就继续刷，我们也会刷，而且我保证你这个任务永远都做不了。"

牙刷冷笑一声："你威胁我？"

江暖暖说："我们公会在本服也不是一天两天了，名声如何其他人都知道，不是你随便刷刷就可以败坏的。而且我们公会也有一百多个人，你觉得你们公会和我们对刷，谁会赢？"

牙刷没说话，其他几个人也没说话。

过了一会儿，牙刷说："好，我们不刷了，不过你干扰我们做任务已经几个小时了，你们怎么说？"

"我帮你做了这个任务。"江暖暖说，"但是你们要向我朋友道歉。"

几个人商量了一阵后，答应了江暖暖："行。"

牙刷向梁墨道歉，梁墨淡淡地说："你向暖光道歉。"

牙刷很奇怪："暖光又不在这里，我向谁道歉？"

"你道歉就行了，暖光会知道的。"梁墨说。

牙刷虽然不明白，还是道歉了："暖光，对不起，我不该骂你的。"

江暖暖笑了。这种事不是第一次发生，游戏里面有些人喜欢骂人，她也被骂过，可是从来没有人向她道歉过。

她密语梁墨："暖光说谢谢你帮她主持公道。"

梁墨回复道："告诉她，我不允许别人欺负我朋友。"

江暖暖带着牙刷、梁墨他们一起很快把精英任务做完了。她说："好了，今天的事就这样吧，再见。"

"等一下，你是不是个妹子？"牙刷问道。

江暖暖打了个问号："怎么了？"

牙刷很兴奋："我刚听我们公会的人说，你们公会会长是个女的，你真是个妹子吗？"

梁墨打了几个字："与你无关。"

牙刷悻悻地说："大家也算不打不相识，做个朋友嘛。"

"不需要。"梁墨又打了几个字。

牙刷瞪着梁墨："你和她什么关系？管得着她交朋友吗？"

"管得着。"梁墨在小队里发出这三个字后，所有人都没说话了，默默地退了组。

江暖暖一头问号，梁墨什么意思？

"不必理这种人。"等他们都退组后，梁墨对江暖暖说，"都是些不怀好意的人。"

"我知道。"江暖暖说，"我都不理他们的。"

"那就好。"梁墨说，"他们应该不会再来骚扰你了。"

江暖暖一愣，莫非他刚才是故意表现得和她关系暧昧，好叫那些人不要再来烦她？

"梁墨，谢谢你。"江暖暖发消息给他。

"不必客气。"梁墨的语气依然很平淡，"很晚了，早点休息吧。"

"好。"江暖暖发了个笑脸给他，"明天见。"

"嗯。"梁墨看着江暖暖下线后才下线，他看了看时间，又打开了电脑文档。

进入十二月后，过节的气氛渐渐浓了，大家忙于课业之外，都在期待着过节，到处都有人在讨论该怎么庆祝节日。

梁墨却越来越忙了。随着他的名气越来越大，他终于找到了一家化妆品生产工厂愿意帮他免费生产护肤品小样。梁墨很谨慎，他将自己的配方发给对方，反复核对成分和原料，为此他亲自跑了好几回工厂。

趁着周六有空的时候，他决定再去一次工厂。

"梁墨！"江暖暖远远地朝着梁墨打招呼，"你要去哪里？"

江暖暖穿得像个大玩偶，身上都是毛茸茸的，笑得很甜。梁墨不觉间亦有些笑意："我有事要去校外一趟。"

"你要去哪里？"江暖暖像个好奇宝宝。他们近来越来越熟悉，关系越来越好，说话也越来越随意。

"去工厂。"梁墨答道，又看向她，"你要不要和我一起去？"

"要去！"江暖暖连连点头，"什么工厂？我还没去过工厂呢！"

梁墨有点好笑："你那么兴奋干什么？又不是什么好玩的地方。"

江暖暖却很期待："这和游戏里面新地图一样，没去过啊。"

梁墨失笑："行，我带你去开地图。"

现代化工厂里都是各种机器设备，江暖暖看得啧啧称奇，更对他们生产的各种产品好奇："要是李雅然她们几个过来的话，肯定能把这工厂搬空！"

工厂的人都笑了起来："我们厂里生产的东西最受年轻女孩子的欢迎。梁墨，你要的小样我们已经生产好了，包你满意。"

工厂的经理拿来了几个空白玻璃瓶，依次递给梁墨："你看看吧，都是按照你要求来做的。"

梁墨挨个打开了玻璃瓶，将里面的膏体和液体涂抹到手上，又仔细观察里面的东西："这些都是按照我要求的成分来的吗？"

"对。"经理点头，"你的要求可不是一般的高。一般我们都不肯做这样的小样的，主要是看中你的影响力。这么年轻就已经有这样的成就了，将来肯定成就非凡啊。"

梁墨却没有理会经理的话，只是拿出了皮肤水分测试仪认真记录每一种护肤品的效果。经理在旁笑道："你可真认真，到咱们这里订货的就没几个人像你这么认真。不过你放心，我们厂的产品质量都过硬，就业内来说，能达到我们产品质量标准的厂家可不多。"

梁墨没说话，只是细致比较完所有数据，又看了他们的实验数据后，对经理说："这里面有一个成分不对，你们用的维生素 E 而没有使用维生素 E 醋酸酯。"

经理一愣:"这两样东西差不多,维生素 E 醋酸酯正好用完了,我们就用了维生素 E 替代了下。"

梁墨摇摇头:"虽然差不多,但实际效果还是有很大的差别。"

"这个我知道,只不过是个小样嘛,只是为了看下效果,等实际大宗货的时候,会使用维生素 E 醋酸酯和烟酰胺。"经理解释道。

"经理,我还是希望你能够完全按照我的要求,用正确的成分制作小样。"梁墨的态度很坚决。

经理的脸色变得有点难看:"梁墨,就你这个小样的配比我们已经来回制作了五次了吧?你每次都要找碴,这次你又要找碴?我看你是故意的吧。"

梁墨并未退让:"不管多少次,都要按照成分来制作。护肤品里面就算成分配比的数量不一样,效果也会截然不同,有的甚至会影响到使用的感受。你们作为业内名气最大的公司,相信应该比我还明白这个道理吧?"

经理冷哼一声:"不用你来教我们怎么做,我们公司一直都是做大单的,像你这样麻烦,订单量也很小的我们基本不做。你这样的客户,我们公司恐怕没办法满足你的需求。"

梁墨听完经理的话转身就走。

江暖暖看傻了眼,连忙跟着追了出去:"梁墨,梁墨,你去哪里?"

"回去。"梁墨嘴里蹦出了两个字。

"你不做了?"江暖暖很吃惊。

"换一家。"梁墨语气平静,却能感到他的怒意。

江暖暖拦住了他："等一下，你先别生气，如果你能找到更好的厂家，你早就选了其他家。"

梁墨没说话，江暖暖又说："你都已努力这么久了，总不希望就此放弃吧？"

"他们这种态度，想来将来也做不出什么好东西。"梁墨冷冷地说。

"我看过他们的资料，他们是很多大品牌护肤品的代工厂家，品质也是非常优秀的，而且工厂的环境也非常整洁，我想他们能成为业内最厉害的代工厂，有那么多品牌选择他们，一定有他过硬的道理，我觉得你不应该放弃。"江暖暖说。

梁墨没说话，江暖暖又说："刚才可能只是沟通的问题，兴许没你想得那么糟糕。我们去找他们再沟通一次试试？"

梁墨冷冷丢下一句话："我从不求人。"说完继续往前走。

江暖暖说："我们不是求他们，是不想让他们失去一个好的合作机会。"她说完，就返回了工厂。

梁墨向前走了一阵子停了下来。江暖暖的话说得不错，他千挑万选找了这个厂家，的确是最合适的。只是他们对他的态度令他很不爽。

对于江暖暖的返回经理似乎并不意外。

"怎么回来了？你们不是要换一家吗？"

"经理，我回来是为了告诉你，你现在失去的并不是一个小客户，而是未来的大品牌客户。而且我们也不是求你，我们是在平等基础上的合作关系。你也知道梁墨的带货能力有多强，他在网上的口碑也很好，目前只是没有推出自己的产品，但是只要他推出，凭他的能力，绝对不会比一家公司的营销能力差。"江暖暖不卑不亢地说。

她说话的时候，从别处来了几个人远远地听着她说话。

"你们当初选择和他合作，不也正是因为看中了他这点吗？何况这件事本身他并没有错，是你们在做小样的时候没有按照他提供的配方来做。如果是大品牌客户，你们也会这样吗？你们这样对待他，不过是因为你们本身并不重视他这个客户。"江暖暖继续说，"我想贵公司对待客户不应该是这样的吧？"

"这位小姐没有说错，"一直听她说话的人走了过来，"我们公司对客户不论大小都是认真对待。"

经理一看来人顿时脸色变了，慌慌张张地迎过去："张总……"

"刚才的事我已经听清楚了。我想问下，是谁允许你们不按照客户提供的配方来制作样品的？是谁在败坏公司的名声？"

张总目光如炬，盯得经理汗颜，连忙说："我可以解释……"

"你不用向我解释，向这位小姐解释，顾客就是上帝，何况现在是什么时代了？网络主播销售是未来的方向，你们居然不重视？"张总冷冷地说，"你现在的思维方式已经太落伍了，需要重新学习了。"

"是，是。"经理连连点头，"我……我这就去请梁墨回来。"

"梁墨？"张总很惊异，"你说的是那个做护肤品鉴定和教化妆的梁墨？"

江暖暖急忙点头："对，你也知道他？"

张总点头："我怎么会不知道他？他上次在一个视频里推荐了一款平价乳液，当天晚上那个产品全部卖空了，那个厂家本来都要倒闭了，一夜之间起死回生。这样一个厉害的大主播，你们居然糊弄他？我看你们是想让我们工厂早点倒闭吧？"

经理的脸色顿时变得煞白："这位小姐，梁墨他还在外面吗？"

江暖暖点头："我去叫他回来。"

梁墨再次踏足工厂，所有人对他的态度都十分客气。

张总亲自迎接他："年纪轻轻，大有可为。"

梁墨很客气："我希望我们的合作能够成功。"

"一定能成功！"经理急忙说，"我已经安排人采购了你要的所有原材料，全部按照你的要求重新打样，一直做到你满意为止。"

经理干笑了一声："希望你的品牌早日红遍全网。"

商讨完后续合作之后，张总亲自送梁墨和江暖暖到大门口。

张总握住梁墨的手说："希望以后我们不仅是代工关系的合作，还可以有更深入的合作方式。我们也打算做自己的品牌，到时候还请你也帮忙推一推产品。"

梁墨说："这个可以后续再谈。"

张总笑着说："后生可畏啊，像你们这样年轻的在校大学生就有这番作为真是令人敬佩。"他指着江暖暖问梁墨，"这是你女朋友吧？刚才她在我公司说的话非常好，将来肯定也很了不起，情侣创业真是一段佳话啊。"

江暖暖连连摆手，还没来得及否认，就听梁墨说："谢谢张总，以后希望您多多支持我们。"

"好！"两边握手，相谈甚欢。

"喂，你刚才怎么不否认？"回去的路上，江暖暖问梁墨。

"否认什么？"梁墨看了江暖暖一眼。

"就是张总误会我是你女朋友啊。"江暖暖的脸上微微泛红。

"哦？我没注意。"梁墨淡淡地说。

江暖暖偷偷看着梁墨的脸，窥探不到半分情绪，好像丝毫没有听到张总说的那句话。

"你吃水煮鱼吗？"梁墨突然问道。

江暖暖一愣："怎么好好问起这个？"

"我知道有家水煮鱼店的味道不错。"梁墨说，"我们去吃吧。"

江暖暖看着梁墨迟疑地问："你请客？"

"不想吃就算了。"梁墨大步往前。

"吃！吃！"江暖暖连忙追了过去，"我还要吃小龙虾！"

"都什么季节了还吃小龙虾？"梁墨嫌弃地看了她一眼。

"啊，圣诞节快到了。"江暖暖想起什么似的喊了起来，"完了，完了！"

"圣诞节怎么了？"梁墨看她紧张的样子嘲笑她，"是不是忘记给某人买礼物了？"

"对啊！"江暖暖连连点头。

梁墨眯起了眼睛："你要给他买什么礼物？"

江暖暖叹了口气说："还没想好。你说送他什么好呢？"

梁墨冷哼一声说："我又不是他，我怎么知道他喜欢什么。"说着他一伸手拦住了一辆出租车，江暖暖赶紧跟他上了车。

梁墨对司机报出校名，江暖暖一愣："不是去吃水煮鱼吗？难道那家店在学校附近？"

梁墨冷冷说："我刚想起来了，我还有事要先回去。"

"那水煮鱼呢？"江暖暖可怜巴巴地问。

"取消了。"梁墨的脸上没有任何表情。

"啊？"江暖暖不敢相信，"你刚还说请客，这么一会儿就反悔了？你也太小气了吧？"

梁墨面无表情："你要不自己去吃？"

"算了，算了。"江暖暖气鼓鼓地说，"我去吃食堂！师傅，麻烦你快点，再晚点我们学校食堂就关门了！"

江暖暖一边碎碎念骂梁墨，一边草草扒了两口晚饭，气呼呼地回到了宿舍。

李雅然她们看她回来了，纷纷上前问道："江暖暖，你今天和梁墨去的那个厂家怎么样？生产的东西真的特别好吗？"

江暖暖很诧异："你们怎么知道的？"

"梁墨说的啊。"李雅然指了指手机屏幕，只见梁墨正在直播间直播。

江暖暖看见他就气不打一处来："别让我看见他！"

"你们怎么了？"李雅然惊讶地问，"小两口吵架了？"

"谁说我们是小两口？"江暖暖气得跳起来，"我喜欢的人不是他！"

看她神情不对，柳思和张锦互相递了个眼神，默默退到了一旁。

江暖暖登录进游戏，打算在游戏里发泄下不快，可耳边总是听到梁墨的声音："我今天和好友去的那家工厂是业内最好的工厂，我们打算请他们为我们代工。另外我们也将推出一系列复古彩妆，现在市场上大多数彩妆都是以现代和西方审美为主的产品，而我们推出的产品会是以我们中国古代的彩妆为主打，将复原古代胭脂水粉，做最适合中国人的彩妆……"

"你的好友是谁啊？"李雅然发了个评论，"叫什么名字？和你什么关系？"

梁墨本来无视这条消息，结果越来越多的人发出了一样的消息，八卦群众集体上线，甚至还有人说："你只要说出来，我就先预订一套你的产品。"

立即引得众人纷纷效仿，无数人刷屏。梁墨似乎心情不错，对屏幕说："你们对我的私生活这么有兴趣吗？我要告诉你们，你们真的预订吗？"

底下一片刷屏，纷纷表示立即要下单，还有人趁机要梁墨微信，要打钱给他。

梁墨笑着说："我还是不要出卖她了，今天本来就已经惹她生气了。"

"那你不哄哄她吗？"李雅然又问，"说不定人家这会儿还生气呢。"

梁墨笑着说："已经哄过了。"

李雅然很惊诧，回头看偷听的江暖暖。江暖暖看到李雅然回头迅速扭过头戴上耳机，李雅然走到她面前问道："到底怎么回事啊？他说哄过你了。"

"什么哄啊？我才不要人哄！"江暖暖装作什么都不知道。

李雅然疑惑地打量了一阵江暖暖，江暖暖两手一摊表示茫然。这时候游戏里的邮箱收到了一封邮件，邮件是梁墨寄来的，江暖暖点开一看，只见邮件里是两组鱼汤和一封信："请你吃水煮鱼。"

江暖暖气得想笑，居然请她在游戏里面吃鱼！这大概也只有梁墨才

还有三秒
秋初恋

能想得出吧？

就在她准备回信骂他时，电话响了，电话里的人说："你是江小姐吗？你点的外卖到了。"

"外卖？"江暖暖很疑惑，"我没点外卖啊。"

"地址是你这里啊。不好意思，我们现杀鱼做的水煮鱼，所以时间需要久一点，才刚刚送到。"对方误以为江暖暖嫌弃他们慢。

"水煮鱼？"江暖暖一愣，莫非是梁墨点的？

"是啊，一个小时前预订的。"外卖员也有点疑惑，"这个真的不是你的吗？"

"是我的！你等我下！"江暖暖急忙答应，一溜烟下楼取了外卖。

满满一大盆水煮鱼引得满宿舍的人都围了过来，江暖暖很大方："大家一起吃吧！"

姑娘们纷纷丢下直播，围到桌旁大快朵颐，纷纷称赞鱼的味道好，问江暖暖是在谁家点的。

江暖暖打马虎眼掩饰过去，她偷偷看了一眼还在勤奋直播的梁墨，悄悄对手机说："谢啦！"

梁墨这场直播的时间很长，忙到快十点才结束直播。罗巧将凉掉的盒饭推给他："快吃吧，都凉透了。"

梁墨道了声谢，接过盒饭先灌了一大杯水，这才开始吃饭。

罗巧直摇头："我说你这样长期下去怎么行？身体迟早要拖垮，还有你的嗓子，我感觉你的喉咙都要哑了。"

梁墨一边扒饭，一边打开了电脑进入了游戏。江暖暖不在线，但是有她的邮件："谢谢你的水煮鱼，特别好吃，我们明天都要长胖了！"

梁墨的嘴角扬起了笑意，他正准备下线，忽然收到了苏月的消息："梁墨，帮我个忙吧。"

梁墨问道："什么事？"

"我准备了一份礼物给贺志野，但是我不知道男生喜欢什么样的礼物，你帮我参考参考？"苏月道。

梁墨脸上的笑意凝结，过了一会儿回了一个字："好。"

"那我明天带给你看。"苏月说。

"好。"梁墨同意了。

第十一章

我 想
……

苏月为贺志野准备的是一个精美的电子仪器。

"这个是我们实验室里经常会用到的设备的迷你版,你觉得这个东西他会喜欢吗?"

梁墨笑了笑说:"这还真是你才会准备的礼物,很特别,也很实用,你是想让他每次用的时候都会想起你吧?"

苏月被说中了心思,笑了笑没说话。

梁墨顿了顿说:"我觉得挺好的。"

"真的吗?"苏月并没有把握,她没有太多送礼物给男生的经验。

"你以前送我东西不都挺好的吗?"梁墨说。

"那不一样。"苏月脱口道。

梁墨没问哪里不一样。他很清楚苏月的意思,自从他们上次在游戏里面说那番话之后,就一直没有再说过话。他想了想说:"我帮你把这个盒子包装起来吧,我正好有盒子和缎带,你等我一会儿。"

苏月不疑有他，笑着说："那就多谢你啦。"

梁墨说："东西在宿舍里，等我一下。"说完他捧着礼物回到了宿舍。

过了一会儿工夫，梁墨捧着一个精美的礼盒从宿舍里出来。苏月很惊喜："包得真好看！"

"你小心点拿，别弄散了。"梁墨说。

"谢谢你梁墨！"苏月小心翼翼地捧过盒子，"对了，你给暖暖准备礼物了吗？"

"我为什么要给她准备礼物？"梁墨反问。

苏月笑着说："女孩子都喜欢礼物的哦，尤其是这种重要的节日，有礼物才有仪式感。"

梁墨没有接话，只是说："你管好你自己的事，少管其他人。"

"暖暖真是个非常好的女孩。"苏月说完后捧着礼盒离开。

梁墨看着她手里的礼盒，嘴角扬起了一抹笑。

12 月 25 日，圣诞节当天，天气也凑起了热闹，早起还有一丝阳光，很快就变了天，到了下午天空飘起了雪花。雪越下越大，扯棉搓絮般，很快将地面覆上一层厚厚的白雪。

学生们都异常高兴，这场突如其来的大雪给节日增添了许多气氛，因为是周五，很多人都计划着晚上的圣诞节该怎么庆祝。

苏月等了一整天，终于等到了没有人的时候，她将那个包好的礼盒递给了贺志野："圣诞快乐！"

贺志野很惊讶，接过了盒子，也拿出一个精致的小礼盒给苏月："我不大会选女生的礼物，这个希望你喜欢。"

苏月含羞一笑，道了声谢："我没想到你会给我准备礼物。"

贺志野有点害羞："我也没想到。不过那天突然想到要过节了，就想着给你准备一份礼物……我不知道该怎么说，遇见你之前，今天就是普通的 12 月 25 日星期五，但是遇见你后，今天就成了圣诞节……"

苏月的脸更红了，她含羞低着头，过了一会儿说："你快拆开看看喜不喜欢。"

"好，你也拆。"贺志野忙不迭地答应。

贺志野送给苏月的是一条项链，样式简单，字母 S 和 Y 的吊坠。苏月很喜欢，当即戴在了脖子上。

她很期待贺志野看到礼物的反应，梁墨将那个盒子包装得很复杂，贺志野费了半天力气才拆开，他看着里面的东西，露出了惊讶的表情。

苏月也看见了里面的东西，顿时色变。

那里面根本不是她买的那个仪器，而是一个粉红色的毛绒兔子。梁墨居然偷偷换了她的礼物！苏月一时不知道该怎么去解释："这……"

贺志野拿出了毛绒兔子抱在怀里，激动地问苏月："你怎么知道我特别喜欢这个？"

苏月愣住了，就听见贺志野说："我一直都很喜欢粉红色，也喜欢兔子，但是你也知道，男孩子不好意思买这些东西，也没人会送我这些……谢谢你！"

苏月愣了半晌，也不知道贺志野说的话是真心的还是安慰她的，但是她确定一点，贺志野的心和她是一样的。

她的心扑通扑通狂跳，贺志野握住了她的手，两个人都没有说话，却像说了千言万语。

"加油！"江暖暖对着镜子里面的自己打气。她已经决定了，要在今天对贺志野告白。

她近来越发觉得自己有些不对劲，也说不出到底哪里不对劲。很久没见过贺志野了，好像也没那么想他，李雅然她们一直都在问她和梁墨的关系和进展。

江暖暖有点恐慌："不，我一直喜欢的都是贺志野，我的心意没有改变！我不是那么水性杨花的人！"

圣诞节的大雪简直是天赐好礼，今夜用来告白简直再适合不过。她穿上白色的短款羽绒服，戴着白色的毛绒围脖，头上戴着一顶白毛绒帽子，打扮得像个白色的兔子，兴冲冲地去贺志野的宿舍楼下。

以她对贺志野的了解，他每年的 12 月 25 日都会和平时一样读书，并没有任何特殊的安排。

她没有打电话给贺志野，想给他个意外的惊喜。她拎着准备好的蛋糕站在贺志野宿舍楼下，找了个同学让对方帮忙叫贺志野下楼。

男同学很快下楼告诉江暖暖："他不在。"

江暖暖很意外，贺志野怎么会不在呢？她打贺志野的电话也没有人接。想来想去，她决定还在楼下等他一会儿，说不定他一会儿就回来了。

这一会儿足足站了一个小时，雪花飘飞，江暖暖独自站在屋檐下，来来往往的人都看着她，小声议论：

"是来找贺志野的吧？"

"这女孩是不是那个和贺志野告白被拒的那个？"

江暖暖装作没有听见，只是越来越觉得冷。就在她考虑到底要不要

192

再给贺志野打个电话时，突然有人从后面给她披上了一件厚厚的外套。

她一愣，只见梁墨不知几时来了。他没说话，只是伸手拿过她手里的蛋糕，拉着她离开宿舍楼。

"你……你要干吗？"江暖暖吃惊地问。

"打游戏去。"梁墨头也不回地拉着她往网吧走去。

地上的雪很厚，江暖暖为了显得高点今天特意穿了高跟的皮靴，路上一走一滑。梁墨半个身体挡在她前面，防止她摔跤。

一路上，他没有问她为什么会站在那里，她也没有提。

进了网吧后，两人各自占领了一台电脑。

梁墨对江暖暖说："带我去打战场吧。"

江暖暖搓了搓冻得冰凉的手点头："好。"

江暖暖凭借灵巧敏捷的操作，带着梁墨在战场里面厮杀。两人坐在相邻的位置，她时不时在旁给梁墨做战略指导，告诉他该使用什么技能组合。

两人合作得极好，连续杀敌，砍翻敌人无数。江暖暖一扫之前阴郁的心情，情不自禁地欢呼起来，幸亏是圣诞节的晚上，网吧里的人很少，倒也没有人注意到她。

"又赢了！"江暖暖高兴地抱住了身旁的梁墨。

梁墨一愣，许久后他慢慢地张开双臂将江暖暖抱住。

这时，江暖暖已经松开了手，转身将蛋糕打开："我们庆祝一下！"

梁墨看着蛋糕笑了："好！"

他看着江暖暖，突然觉得心跳加速。他急忙收回了目光低头吃蛋糕，他不知道蛋糕是什么味道，只觉得自己的心情变得有点古怪。

"梁墨，我决定了，我要和你一样当个主播。"江暖暖的鼻子上面沾了奶油。

梁墨很自然地拿出纸巾替她擦去奶油，对她说："可以，不过我建议你先从视频开始。"

"为什么？"江暖暖不解地问。

"录视频可以反复多录几次，但是直播是没有重来的。你没有任何直播经验，最好是从视频开始录先吸引观众，也可以试试看哪种风格最受欢迎，后面奠定了基础后再开直播。"梁墨说。

"这样啊。"江暖暖恍然大悟。

"你开始几期的视频我可以帮你参考。"梁墨说。

"那会不会很麻烦你？"江暖暖意外地问。

"反正你也没少麻烦我。"梁墨淡淡地说，"多一次少一次无所谓了。"

江暖暖笑得像阳光一样："有你这样的兄弟真好！"

"兄弟？"梁墨看了一眼江暖暖。

"嗯，我们不是合作关系吗？我决定了，以后和你做兄弟！"江暖暖说道。

梁墨笑了笑："我要考虑考虑。"

下半夜的时候，江暖暖困得不行，蜷缩在椅子上面睡着了。她浑身雪白，像一只雪白的小兔子团在椅子里面。梁墨看着她的模样，嘴角不禁微微上扬，他第一次发现看一个人睡觉很有意思，居然可以看很久。

第二天天亮的时候，江暖暖睡醒了，这才看见梁墨也趴在一旁睡着了，

还有三秒
就初恋

屏幕里面的阳光万里和此间无墨站在大雪皑皑的山顶上。

她不记得睡着之前到过这里，应该是梁墨做的。梁墨恰在此时也醒了过来，江暖暖指着屏幕问他："这是你弄的？"

梁墨点头，江暖暖疑惑地问："为什么要到这里来？"

"我录了点素材。"梁墨说，"你不是要拍视频吗？"

江暖暖欢呼一声，抱住梁墨说："你真是太好了兄弟！"

"慢着，谁是你兄弟？"梁墨推开她，"我说过我要考虑考虑。"

"做我兄弟很好的，"江暖暖不肯放弃，"真的，好处多多！我特别仗义！"

梁墨忍着笑，故意用冷淡的语气说："这由我来决定。"

江暖暖扯着他的衣袖不肯放，喋喋不休地花式自我夸奖。

梁墨的笑容快忍不住了，对江暖暖说："我要看你后面的表现再决定。"

江暖暖闷闷不乐地答应了，梁墨看她这样忍不住偷笑，干咳了一声掩饰笑容："对了，你尽快把视频录制好发给我。"

"好。"江暖暖顿时高兴起来。

清早的第一抹阳光透过白雪皑皑的树枝落在她的脸上，她的笑容宛如阳光般灿烂。

梁墨觉得她的名字完全没有取错，她真的像阳光温暖，透明清澈。

整整忙碌了三天，第一个游戏视频录了五遍才录好，江暖暖还是不满意。她发现录游戏视频不是那么简单的事，剪辑出来的效果也是不尽如人意。画面太小，许多地方又很快，根本看不清楚，勉强加上各种蓝字、红字说明，视频显得非常土气。

她安慰自己，这是技术流的视频，玩家看得明白就行。然而梁墨看完了她做的视频后一言不发，她有些惴惴不安："不行？"

"内容还可以，不过剪辑和特效都太大众化了，感觉没有特色。"梁墨一针见血。

江暖暖不服气："游戏视频基本都是这样的啊。"

梁墨看了她一眼："所以你得做出不一样的。"

"怎么不一样？"江暖暖有点发蒙。

"风格。"梁墨说，"你得有不同于其他人的风格，你自己想。"

江暖暖想了很久："不然我做成大片风格？"

梁墨想了想说："可以一试。"

江暖暖可怜巴巴地对梁墨说："可我不会……"

梁墨白了她一眼："记得交学费。"

江暖暖立即从身后拿出咖啡和炸鸡翅："请老师收下束脩！"

梁墨轻笑一声，开始在电脑上面制作视频，一边做一边教，江暖暖聚精会神地听。两个脑袋凑得很近，梁墨闻到她身上淡淡的香气，心又是一阵狂跳。

他摸着自己的心脏有点疑惑，难道自己真的如罗巧所言身体变差，得心脏病了？

两天后，第一期视频发到了网上。江暖暖很紧张，时不时地刷新点击查看数据。开始没有人看，渐渐地，流量多了起来，下面评论的人也多了许多。

还有三秒
就初恋

她很惊喜意外，一下子就觉得人生有了全新的方向，此前总觉得自己做不了的事，现在看起来也没自己想象得那么难。

　　她得意扬扬地打电话向梁墨炫耀自己的点击量，梁墨也很高兴，鼓励她道："对于新人来说，这个成绩非常好，加油！"

　　江暖暖很高兴："都是你的功劳，这是我们一起做的视频，我一定要请你吃饭！"

　　梁墨好笑："你的生活费够吗？"

　　江暖暖拍着胸脯说："放心，请你吃顿大餐没问题！"

　　"那我们就学校门口见吧。"梁墨说。

　　"好！"江暖暖兴冲冲地答应了，套上外套就出了宿舍。

　　天阴沉沉的，江暖暖的心情却很好，她一边哼着歌一边往校外走，意外地碰见了贺志野。

　　"嗨，兄弟！"江暖暖很高兴地跑向了贺志野，习惯性地跳起来勾他的头。他却避开了，江暖暖勾了个空，有点讪讪的。

　　"暖暖，你干吗呢？"贺志野满脸笑容地问。

　　江暖暖的心情顿时又变好了："我出去吃饭，你要不要一起？"

　　贺志野笑着说："今天不行，我有事。"

　　江暖暖有点失落，拿出手机给他看："对了，我做了一期视频，在网上的点击和播放量很高哦！你看怎么样？"

　　贺志野拿过手机看了一会儿，将手机还给了江暖暖："做得真不错，真不愧是我兄弟！"

　　"我打算以后做游戏主播，你觉得怎么样？"江暖暖很期待地看着贺志野。

"挺好的。"贺志野依然满面笑容。

江暖暖望着贺志野问道:"你真的觉得挺好的?"

贺志野点头:"你有了喜欢做的事,想要去做的事,这是一件好事,我为你感到高兴。"

"那你呢?你的理想是什么?"江暖暖问道。

"我啊?我还是想从事科研方面。"贺志野说,"我想为中国的科研事业奋斗,这句话听上去好像很官面,但这是我的理想……"

江暖暖的心陡然一沉。她和他的人生果然是背道而驰的两条轨道,他走的路,她陪伴不了,她不是他的不可或缺。

贺志野后面的话她都没有听见,只是惆怅地想着现在就算转系恐怕也来不及了,而且自己也对化学并不感兴趣。

她忘了是怎么同贺志野分别的,等梁墨的电话打过来时,她才醒过神来。

"你怎么还没到?"梁墨问。

"对不起,我……我临时有点事,今天不能请你吃饭了。"江暖暖的情绪一落千丈。

"你怎么了?发生什么事了吗?"梁墨急忙问道。

"我没事。"江暖暖没精打采地说,"不好意思,下次再请你吃饭。"

她挂了电话,又发了一会儿愣,才慢悠悠地往回走。

不远处,梁墨迅速地折返校园内,到处寻找江暖暖的踪迹。找到她宿舍楼下时,终于看见她低落的背影,本想上前叫她,想了想还是没有开口,只是看着她进了宿舍才离开。

还有三秒
就初恋

一连几天，江暖暖都打不起精神，她也说不好到底是为什么。她从小就知道和贺志野之间的差距，她知道迟早他们的道路一定会分开，就算她再怎么努力也追不上，可就是不知道为什么有点难过。

　　"江暖暖，你怎么了？和梁墨吵架了吗？"李雅然担心地问。

　　江暖暖摇摇头："我干吗和他吵架？"

　　"没吵架就好，你到底是怎么了？"李雅然问道。

　　"我也不知道。"江暖暖幽幽地叹了口气，盯着游戏画面，觉得索然无味，原本想录几个视频也没录，在游戏里面发了一会儿呆就下线了。

　　门外传来敲门声，李雅然打开门一看："苏月，你怎么来了？"

　　苏月手里拎着一袋水果："麻烦你把这些转交给江暖暖吧。"

　　江暖暖很诧异："苏月？"

　　苏月这才看见江暖暖，将水果递给她："太好了，你在宿舍里。"

　　"怎么又给我买吃的？"江暖暖不肯收，"我每次都收你的东西，实在太不好意思了。"

　　"不用不好意思，这次不是我买的，我只是个快递员。"苏月笑着说。

　　"那是谁给我买的？贺志野吗？"江暖暖脱口问道。

　　苏月尴尬地笑了笑："是梁墨。"

　　"梁墨？他为什么要给我买吃的？"江暖暖更吃惊。

　　"你自己问他吧。"苏月笑了笑，将另外一只手里的袋子拿给江暖暖看，"这是他付的快递费，我先回去了。"

　　江暖暖打开袋子一看，里面的水果品种不少，还有昂贵的车厘子。

　　李雅然啧啧不已："乖乖，这个车厘子要几十块一斤，梁墨对你可真好啊。"

江暖暖有些不安，忙打电话给梁墨，电话一秒后就接通了。

"梁墨，你为什么要给我买这么贵的水果啊？"江暖暖说。

梁墨沉默了片刻说："你难道不应该说谢谢吗？为什么这个语气听上去像是质问？"

"无功不受禄，你给我买这些，我受之有愧。"江暖暖说。

"你不用有负担，上次的合同已经签好了，马上就要正式生产了，算你一功。"梁墨说。

"真的吗？太好了！"江暖暖顿时喜出望外，"恭喜你啊，梁老板！不对，梁总！你要请我吃大餐！"

梁墨冷哼一声："好像某人上次说请我吃饭还没兑现吧？"

"啊，上次那件事啊……"江暖暖很心虚，"我……我是临时有事，那个，我现在就请你吃饭！保证不改天！"

梁墨冷哼一声："我也是很忙的，等我有空再说吧。"

"是是是，梁总，你先忙！等你老人家有空赏光的时候，请务必通知小人，小人随时恭候大驾。"江暖暖学着电视剧里面的口吻说话。

梁墨不禁嘴角上扬，他忍住了笑，对着电话学着电视剧里皇帝的声音说："小江子，平身吧。"

江暖暖耳朵一炸："哇，太像了！再说两句吧，我刚还以为我和皇帝连线了呢！"

梁墨却说："不了，我有事。你记得今天晚上六点要做直播。"

江暖暖一愣，她把这事给忘了，前几天她心不在焉地觉得视频难做，干脆直接开直播，就随便发了个公告。

"你怎么知道我今天有直播的？"

"看到了。"梁墨语气平静。

江暖暖愕然，她就没几个粉丝，他怎么会看到？

江暖暖从来没做过直播，也没怎么看过别人直播，对着手机足足五分钟都不知道要干啥，只得将手机对着电脑，然后一言不发地玩游戏。

一连直播了几天，直播间里面的人寥寥无几，很多人来看了两眼就离开了，更多的时候只有她一个人在孤独地玩游戏，直播的成绩远远低于她的想象。

原以为直播很容易，想不到事情比自己想象得难多了，她有点沮丧，本想问问梁墨，可又觉得自己老是麻烦他，实在不好意思。更何况梁墨刚签了合同，想必也是非常忙碌的。

她绞尽脑汁，开始学着其他人做宣传，改善自己的直播内容。直播的时候也慢慢学着耍宝说说冷笑话，但依然很少有观众来。

她有点沮丧，在直播间里自嘲道："可能我真不适合做直播吧，我也不知道我适合做什么。原本我觉得我游戏玩得还不错，可能适合做个游戏主播，可是现在看来，好像也没什么人会关注……"

就在这时，突然有人送了鲜花，还给她打了一行评论："加油！我很喜欢你的直播！"

江暖暖定睛一看，直播间里只有一个人，虽然只是普通的一句话，却像一道光照进了江暖暖的心里，让原本已经颓靡怀疑自我和人生的江暖暖又有了再战的勇气："谢谢！我会加油的！"

江暖暖一直记着那句简单又温暖的话，她更加努力地做直播和宣传，原本不好意思做宣传的对象，也告诉了他们自己正在直播的事。她相信，她总有一天也会像梁墨一样成为著名的主播。

两天后中午英语课下课后，江暖暖特意绕到了化学系，满心期待等着贺志野出来。今天下午没有课，她心里盘算着要不要约贺志野。

"贺志野！"江暖暖兴冲冲地向贺志野打招呼，"你看我的直播了吗？"

"你的直播？"贺志野愣了一下，旋即想了起来，"我看了，挺好的。"

"真的吗？你也觉得挺好的？"江暖暖很开心。

"嗯，挺好的，你做得不错。"贺志野笑着说，"继续加油。"

江暖暖笑得很开心："说不定我以后可以做很有名的大主播哦！"

"兄弟，苟富贵勿相忘啊。"贺志野笑着说。

"等我变得很有钱，支援你做科研怎么样？"江暖暖笑着问道。

贺志野愣了愣哈哈一笑："兄弟，你可真是好人！我代表科研人员感谢你！"

江暖暖也笑得很开心："那就这么说定了，你现在一定要大力支持我的直播事业！"

贺志野连连点头："那当然，自家兄弟嘛，我怎么会不支持？"

"你觉得我的直播有哪些问题？给我提点建议，我也好改正。"江暖暖一本正经地问。

贺志野挠挠头，想了半天说："我也很少看直播，说不出来，反正你是自家兄弟嘛，肯定做得很好！"

江暖暖觉得有点失望，又问道："有人让我少说话多放点背景音乐，你觉得呢？"

贺志野点点头："好像不错的样子。"

江暖暖看着贺志野，心里更加失望："你其实没有看过我的直播吧？我基本很少说话，一直都是放音乐为主的。"

贺志野愣了一下："抱歉啊，暖暖，我不想让你失望，但是我确实没什么时间看你直播。而且……怎么说呢？这个不是我的兴趣范围。"

江暖暖的心迅速落到了谷底："那你也不必骗我，直接告诉我你不想看我直播就行了。"

贺志野望着她说："我知道你不喜欢被欺骗，但是……"

"算了，我知道你的理想和我的理想天差地远，我原本想成为你人生里不可取代的那一个，看来是不可能了。"江暖暖露出忧伤的笑容，"贺志野，从小到大我都追着你的脚步，现在我真的追不上你的脚步了，从今往后我要走我自己的路了。"

贺志野吃惊地看着江暖暖："兄弟，你怎么了？"

江暖暖摇摇头，冲着贺志野笑道："没事，我们各自加油吧！"

江暖暖说完后，大步流星地离开，她怕走得慢，眼泪会忍不住掉下来。

江暖暖低着头像只无头苍蝇在操场上一圈圈地走，从中午一直走到了下午。来来往往的人都觉得她很奇怪，她也无所谓，只是一圈圈地在操场上转。

天阴沉沉的，寒冷的北风一吹，人人都缩在教室里，只有她一个人在寒冷的操场上打转，风吹得她的脸生疼。

"早知道你这么喜欢转圈，应该在你背后拴个磨，再放点黄豆，现在都可以喝上豆浆了，还可以直播磨豆浆。"梁墨的声音自不远处传来。

江暖暖抬头一看，只见他站在操场边的阴影处，看不清楚他的脸，只能听到他冷嘲热讽的声音。

江暖暖小声嘀咕道："我就知道，正义可能迟到，但是梁墨的毒舌永远不会迟到。"

"友情提示，我的耳朵听力很不错。"梁墨的声音里带着一丝威胁。

江暖暖识趣地闭嘴，继续往前走。梁墨跟着走了过来，拉住她："你还要磨豆浆吗？"

江暖暖闷声道："不关你的事。"

梁墨问道："又是因为贺志野？"

江暖暖生生忍住了问他为什么知道，硬生生改口说："和他没关系。"

"你上次为了他在这里跑了三十圈，这次又是因为什么？"梁墨目光如炬。

"你为什么觉得一定是因为他？"江暖暖恼羞成怒。

"除了他，还有别人能让你变成这样？"梁墨冷笑一声。

江暖暖一时间无法辩驳："那也不关你事。"

"你还真是肤浅，因为一个人的外表痴迷成这样，贺志野不过一直利用你而已……"梁墨的话像尖刀一样扎进江暖暖的心里。

"不准你乱评价他！"江暖暖用力抽回胳膊，瞪着梁墨，"你不了解我，不了解他，不了解我们之间的感情！"

"好，我是不了解，也不懂，但我知道感情是双方的，如果一个人真的在乎你，不管他当你是喜欢的人，还是兄弟，都绝对不会伤害你。"梁墨的话比寒风还冷。

还有三秒
就初恋

"他没有伤害我，是我的问题！"江暖暖双目圆瞪像只保护自己孩子的小兽。

梁墨望着江暖暖，许久没有说话，转身离开。

江暖暖站在风里看着梁墨远去的背影，心里有些后悔。梁墨真的对她很好，可是她不能容忍任何人中伤贺志野，她习惯了保护他。

风越吹越大，浓云翻滚，很快就下起雨来。

江暖暖抬头看天，她没有带伞。雨下得又急又大，操场上空空荡荡，她无处躲避。

就在她考虑该往哪个方向奔跑雨会小点时，一柄雨伞挡在了她的头上，遮住了雨。

她惊讶地回头一看，却见梁墨站在离她约一尺的距离举着一把雨伞。

"梁墨……"

江暖暖想说道歉的话，梁墨却将雨伞往她手里一塞，转身便走。

江暖暖连忙追过去，刚要开口，梁墨却从包里拿出了另外一把雨伞撑开，用冰冷的眼神看了她一眼："别跟着我。"

那眼神冷得像冬日里最冷的北风，连太阳都被冻成了冰。江暖暖没有再追，只低声说了声："谢谢。对不起。"转身往相反的方向走去。

梁墨没有走，他站在雨里看着江暖暖像个霜打的茄子往前走。他本想转头就走，可是脚下像生了根，半天没有挪动脚步。他暗自骂了自己一句，悄悄跟在了江暖暖身后。

一直看到她进了宿舍楼，他才往自己宿舍走去。雨更大了，冬日的雨冷得刺骨，他还是掏出了手机看了看时间打开了直播软件，熟练地点进江暖暖的直播间。

几分钟后江暖暖出现在直播间，他急忙给她打赏留言："等你的直播等了一天了！"

江暖暖万万没想到还会有人等着看她直播，连忙说："不好意思，我刚回来，我还以为没有人看呢，现在就开始直播！"

梁墨的嘴角浮现了一抹浅笑。他看着她直播间里惨淡的人数考虑要不要给她直接打一拨推广，又怕以她的自尊心知道真相后受不了。

梁墨想来想去，还是决定慢慢渗透，不能做得太突兀，免得引起她的怀疑。

第十二章

落霜

⋮

　　江暖暖生病了，一向自诩体格很好的她，被寒风吹了整整一下午还是感冒了。她不得不请病假在床上躺了三天，直播事业也被迫终止了。

　　她本来想告诉贺志野，可是想了想快期末考试了，所有人都在拼命赶功课。贺志野很重视学习，现在应该更忙，而且那天她和他赌气说了那些话，想想还是觉得不好意思，决定不打扰他。

　　李雅然、柳思和张锦三个人轮流照顾她，她也还算好过，只是她每日里昏昏沉沉着，总会在不经意间想起梁墨那天的眼神和说过的话，心情变得格外复杂起来。

　　"江暖暖，你和苏月到底什么关系啊？"李雅然拎着一包东西进了门，"我的天哪，她知道你生病后又是让我给你带药又是带零食，对你真好啊！"

　　江暖暖愕然，苏月怎么知道她生病了？

　　李雅然将药和零食放在她床边，又顺手倒了杯热水给她："你先吃药，一会儿再把饭吃了。对了，苏月说她要来看你。"

江暖暖差点喷了一地的水："看我？"

"对啊，她说很担心你。"李雅然满腹狐疑地看着她，"你干吗这个表情？难道你不想让她看你？"

江暖暖心情很复杂："我病已经好了，不用看了。"

李雅然愣了愣："她说她吃过饭就过来。"

江暖暖翻身起床，草草梳洗一番。她走到阳台边准备取下挂在上面的外套，不经意间朝楼下看了一眼。一眼便看到了贺志野，他穿着一件蓝色的羽绒服，站在楼下。

江暖暖很意外，他怎么会来这里？下一秒她得到了答案，苏月走了出来，贺志野连忙上前和她说话，他笑得像个傻子，两只眼睛一直望着苏月。苏月亦笑得很甜，谁都看得出两个人身上散发的粉红泡泡。

江暖暖呆呆地看着两人许久，心里像有什么堵住了，几乎下意识地拿起手机打电话给梁墨："我们的作战计划好像失败了。"

"什么？"梁墨微微一愣，旋即明白过来，"他们两个怎么了？"

"没什么。"江暖暖看着楼下幸福的两人，"对不起啊，梁墨，看来我真不是个好队友，这次是被我害的。"

"瞎说什么？"梁墨骂了一句，"别在那胡说八道了！关你什么事？"

"我尽出馊主意，如果不是我，可能你已经追到苏月了吧。"江暖暖满心不是滋味。

"江暖暖，你给我闭嘴，我看你是感冒发烧烧糊涂了吧？你给我好好去躺着休息，少在那里胡思乱想！"梁墨骂道。

江暖暖勉强一笑："我感冒已经好了。梁墨，我会想办法弥补的。"

"你弥补个鬼啊！"梁墨倏然起身，吓了同屋的罗巧一跳。

"我请你吃饭吧，你想吃什么？"江暖暖问道。

梁墨气得捏紧了手机："你到底想干什么？生病了不好好养病，去吃什么饭？"

"人是铁饭是钢嘛，你要不吃，那我自己去吃了。"江暖暖说完挂了电话。

梁墨看着挂断的电话，脸色极其难看，这个女人的脑回路到底是什么？前一秒还在伤心难过，后一秒要去吃饭？

罗巧看着梁墨的脸，努力往后缩了缩自己的身躯，希望不要出现在他的视线范围里，现在的他看上去简直就是颗随时要爆炸的炸弹。

罗巧以为梁墨会就地爆炸，没想到他居然一翻身躺在床上，罗巧心中纳闷，这是什么操作？

就在这时，梁墨忽然又从床上跳了起来，风一样地冲出了门外。

罗巧眨了眨眼，感慨道："人家都说恋爱后的男女不是正常人，看来是真的。"

梁墨连续打了江暖暖三个电话，她才接，还没开口就听到梁墨劈头问道："你跑哪里去了？为什么不接电话？"

江暖暖的耳朵都差点被吼聋了，她将手机拿了好远，就听到梁墨在电话里面说："我去了你的宿舍，你不在。你不会真的跑出去吃饭吧？"

"对啊，我饿了。"江暖暖答道，"你来吗？我在烤肉店，肉刚烤，你现在来吃刚好。"

梁墨气得几乎吐血，对着电话硬邦邦地吐了两个字："不去！"挂了电话。

他朝着宿舍的方向走了几步又停了下来，纠结了一阵转身朝着烤肉店的方向走去。

烤肉店的生意不错，正是吃饭的时候，里面高朋满座，烟雾缭绕。梁墨一进门就看到了江暖暖，她穿着一件粉红色的羽绒服，面前摆着十几盘肉，正努力在炉子上面翻烤。

梁墨走过去拉开椅子坐下，江暖暖并没有意外，只是笑嘻嘻地说："来得早不如来得巧，来来，刚烤好的肉，你吃吃看。"

梁墨看了一眼放在盘子里面略有些焦的肉，又看着江暖暖，她看起来很正常，实在太正常了，一边喋喋不休地向他介绍那点可怜的烤肉知识，一边忙碌地将肉放在烤盘上面。

梁墨没动手，江暖暖又催他："吃啊，他家的烤肉不错。"

梁墨将那块焦边的肉塞进了嘴里，默默拿起夹子一起烤了起来。江暖暖笑眯眯地说："对嘛，大口吃肉大口喝酒，这才痛快！"说着她举起果汁对梁墨说，"我干了，你随意！"

梁墨有几分好笑："哪里学来的这些江湖气？"

江暖暖抱着果汁笑道："小时候看电视剧的时候学的，和贺志……"她闭上了嘴，装作翻烤肉，"啊呀，这块要煳了！"

梁墨装作没听见，将两块烤得恰到好处的肉放在了她的碗里。江暖暖胡乱往嘴里塞了一口，笑嘻嘻说："你烤的肉真好，你真是太厉害了。梁墨，你还有什么不会的？"

梁墨一边放肉一边说："你别以为我不知道你这样说是为了让我烤

210

肉，你好偷懒吃肉。"

江暖暖哈哈笑道："我是真心实意的。梁墨，你是我见过的第二厉害的人了。"

梁墨本想问她第一是谁，想了想又将话咽了回去。

江暖暖歪着头比画："你又会做直播，又会做视频，又会化妆，又懂护肤品，又会烤肉，啊，对了，你还会那么多声音配音，简直是个天才！"

梁墨的嘴角微微上扬，语气冷淡地说："这些都是很平常的事。"

"不平常，不平常，我连一件都做不好。"江暖暖连连摆手。

"那是因为你笨。"梁墨睨了她一眼，又夹了两块烤肉给她。

"可能吧。"江暖暖的情绪瞬间变得低落。

梁墨有点后悔，刚想着该说什么挽救下尴尬的气氛。江暖暖却又情绪高涨起来，她一边吃肉一边对梁墨说："对了，对了，我忘记和你说了，我有个忠实的粉丝！"

梁墨看了她一眼："哦？"

"这个粉丝超级忠实的，我每次在线都能看到他，有时候我忘记直播了，他还会等我。我这几天生病请假了，他也给我留言安慰我呢。"江暖暖说着掏出手机给梁墨看。

梁墨看了一眼，点点头说："挺好的，能有一个忠实的粉丝，未来就会有更多。"

江暖暖笑嘻嘻地说："总有一天我也要和你一样，当个著名的主播。"

梁墨看着她的脸，用柔和的声音说："我相信。"

江暖暖的心突然漏跳了一拍，她呆呆看着梁墨的眼睛，瞬间有点慌张，连忙低头吃肉。

吃完烤肉后，江暖暖嚷嚷着要去唱歌："走吧，我们去唱歌吧！我好久没唱过歌了！"

梁墨看了看时间问道："一定要今天唱吗？"

江暖暖大力点头："一定要，我的歌都已经到嗓子眼了，马上要跑出来了！"说着真的哼哼起来。

梁墨想了想说："好，我陪你去。"

江暖暖踮起脚拍着梁墨的肩膀说："好兄弟！"

梁墨眉头微微一皱，却没有拨开江暖暖的手："走吧。"

江暖暖兴高采烈地哼着歌一路小跑着去往KTV，一边招呼梁墨："快走，一会儿没位置了！"

梁墨故意慢慢走在后面，拿出手机进入直播软件，对里面的粉丝道歉："不好意思各位，今天晚上临时有事，直播取消，下次补偿大家。"说完话后，立即退出了直播。

学校附近的KTV生意火爆，设备差强人意，胜在便宜，并不妨碍学生们在此高歌青春。

江暖暖打了一圈电话询问李雅然她们，结果没有任何人愿意在这个寒冷的天气出来唱歌，只有她和梁墨两个人。

江暖暖是个麦霸，不论谁的歌她都能唱，她让梁墨点歌，梁墨却说："我不爱唱歌，你先点吧。"

江暖暖笑嘻嘻说："那我先开个场。"

她点了一长串歌，大多都是情歌，她一首接一首唱，几乎不停歇。

梁墨沉默地坐在一旁听她唱，她的歌唱得并不算特别好，却很投入。

她唱第十首的时候，梁墨默默中断了歌曲，递给她一杯热茶："休息一会儿。"

江暖暖接过茶，将话筒递给梁墨："你唱一首吧。"

梁墨接过话筒按下了继续，接着唱起那首歌，这是一首分手的情歌，他的声音好听，唱起情歌时自带忧伤沧桑，只刚一开口就镇住了江暖暖。

等他一首唱完，江暖暖已经泪流满面，她怕被梁墨看见，急忙转身擦去。梁墨瞥见了她脸上的泪光，心里很不是滋味，却装作没有看见，只是对着荧幕接着唱。

两个人都没有提苏月和贺志野，只是一首接一首唱，从情歌唱到动画片主题曲，甚至连儿歌都没放过，江暖暖时不时搞怪，梁墨用不同的声音唱歌，逗得江暖暖哈哈大笑。

一直闹到了快十一点才依依不舍地离开。回宿舍的路上，江暖暖的心情已经很好，时不时和梁墨开玩笑。梁墨的话很少，脸上却一直带着笑听江暖暖说话。

"你知道吗？"江暖暖笑着说，"我以前觉得情歌特别矫情。"

"哦？"梁墨看着她，"你会唱的情歌不少啊。"

"对，可是当你喜欢一个人的时候，就会觉得情歌每个字都在唱自己。"江暖暖笑着说。

梁墨的心猛然一沉，他凝望着江暖暖的脸庞，想起她在 KTV 里脸上的眼泪，心里很不是滋味。

他没有安慰江暖暖，只是对她说："早点回去吧，太晚了。"

"好！"江暖暖露出笑容，"今天谢谢你了，兄弟！"说完往宿舍里面走去。

"江暖暖！"梁墨喊道。

江暖暖停下脚步，回头看着他。

"我不是你兄弟。"梁墨说完转身便走。

江暖暖看着梁墨的背影发了一会儿愣，梁墨这没头没脑的一句是什么意思？

江暖暖刚推开宿舍门，李雅然、柳思她们就围了过来："江暖暖，你老实交代，晚上和梁墨干什么去了？"

江暖暖吓一跳："你们……怎么知道我和梁墨……"

"我赢了！"李雅然欢呼一声。

柳思和张锦都有些悻悻的，说："还真是跟他一起出去了啊。"

李雅然伸手道："说好的面膜和零食！"

两人拿出零食和面膜交给了李雅然，李雅然将零食递给江暖暖，挤挤眼："谢谢你帮我赚的。"

江暖暖看着她们三个，还是有点糊涂："你们是怎么知道的？"

"他今天晚上本来应该直播的，可是突然说有事请假。"李雅然告诉江暖暖。

"江暖暖，你可真是太厉害了，梁墨坚持两年都没有中断过一次直播，这还是他第一次请假呢！"柳思啧啧叹道。

江暖暖愕然："他今天晚上有直播？"

"你别说你不知道啊，你是怎么做人家女朋友的？"张锦说。

"我不是他女朋友！"江暖暖急忙解释，"他有喜欢的人，不是我！

还有三秒
就初恋

他……他就是我兄弟。"

三人俱是一呆，李雅然很怀疑："不是吧？他对你这么好，居然不喜欢你？你生病这几天，他每天都要问我你的情况，还让我给你带药。"

江暖暖惊呆了："你说什么？"

"对啊。"柳思在一旁附和道，"他每天把你的开水都打好送到宿舍楼下。"

"暖暖，他是不是骗你说不喜欢你，其实是喜欢你？"张锦问。

江暖暖的头脑一片混乱："不应该啊，这不合理……"

"什么合理不合理？喜欢还分合理不合理？"李雅然往脸上敷面膜，"喜欢就是喜欢。"

"就是。"张锦赞同道，她想起什么似的，"对了，你今天离开后，苏月来看你了，还留下一袋东西，说是贺志野给你的。"

江暖暖顺着她指的方向看去，只见桌子上摆着一个袋子，里面全是她喜欢的零食，还附着贺志野写的一张字条："兄弟，早日恢复健康！"

柳思笑道："真羡慕你啊，全校最帅的校草和最酷最红的系草都和你关系这么好，你这配置已经够得上偶像剧女主角了。"

江暖暖苦笑一声说："要真是偶像剧，我也不是女主角，最多是个恶毒女配角。"

三个人都齐齐看向她："恶毒女配角？"

"没事，没事，我先洗洗睡了，大家晚安。"江暖暖忙不迭地冲进了卫生间。她的脑子里一片混乱，一时是贺志野，一时是梁墨，一时是苏月，足足想了半小时才游魂般回到床上。

这一夜，她失眠了。

梁墨也一夜未眠，江暖暖哭泣的脸总是浮现在他眼前。不知道几时起，这个爱笑的女孩子慢慢渗进了他的心里。他想起她时，脸上就会不自觉地有笑意，总是会莫名其妙地担心她，连自己一贯以来骄傲的原则都一再失守。

看见任何有趣的东西，都会不自觉想发给她分享。晒着太阳，看着花的时候都会不自觉地想起她，想起之前和她相处时的细节，她说过的话，她脸上的神情。

他像个侦探一样反复揣摩她说的话意，不自觉地观察她的喜好，他看完了她所有的朋友圈和 QQ 空间里的消息。知道了她从前经历过的点点滴滴。她的一句话一个表情让他一时开心，一时又陷入烦恼。

他觉得自己疯了，一遍遍告诫自己不要胡思乱想，可又控制不住自己，此前都没有过这种感觉，既让他觉得很不舒服，又莫名觉得心甘情愿。

天光大亮之后，梁墨做了个决定，他要亲自出手帮江暖暖追贺志野。

"我有两张游乐园的票，周六去游乐园吧。"梁墨给苏月发消息。

苏月很惊诧："怎么会突然想去游乐园了？"

"很久没去过了，小时候我们还常去呢，就很想去怀怀旧。"梁墨说，"你不会没有空吧？"

"周六可以。"苏月答应了，"不过我可能要带朋友去。"

"你要喊贺志野吗？"梁墨问道。

苏月打了个笑脸没有否认，梁墨笑了笑，飞快地给江暖暖发了一条消息："周六一起去游乐园吧。"

江暖暖一脸茫然："去游乐园干什么？"

"玩。"梁墨答道。

江暖暖不想去，却抵挡不住梁墨下面发的那句话："来当我僚机。"

江暖暖答应了："好。"

周六的天气很好，虽然是冬天，可是天空很蓝，太阳暖洋洋地照在身上很舒服。

一大清早，四个人就在游乐园门口碰面，贺志野和苏月都穿着一身黑白相间的衣服，看起来很像是情侣装。两个人鹤立鸡群站在游乐园门口吸引了很多游客的注意，不时有人偷拍他们两人的照片。

梁墨穿着一身米黄色，江暖暖也是一身米黄色，两人见面时俱是一愣。他们还未开口，倒是先被苏月取笑道："你们穿情侣装？"

江暖暖连忙否认："这只是个巧合，你们两个才是穿的情侣装。"

苏月笑道："这也是个巧合。"

贺志野向江暖暖打招呼："兄弟，你今天的样子看起来有点像女孩子了。"

江暖暖有几分不自在，懒得和贺志野说笑，只是笑了笑没有接话，贺志野有点诧异。

"不早了，都进去吧。"梁墨催促道。

游乐园很大，项目非常多，人也很多，到处是此起彼伏的惊呼声。四个人一商量决定先去坐过山车，江暖暖胆子虽大，却有点恐高，她不肯露怯，和他们一起上了过山车。

两个人坐在一起，贺志野紧随着苏月坐在一排，梁墨本想让江暖暖和贺志野坐在一起，但是工作人员不让他调整位置，只得作罢。

他系好安全带，调整好坐姿，看了一眼江暖暖，只见她的脸色不是很好，问道："你是不是害怕？"

"我才不怕呢！"江暖暖硬着头皮说。

梁墨没有说话。

过山车很快启动了，江暖暖攥紧了扶手紧紧闭上眼睛，因为看不见更加害怕。尖叫声此起彼伏，她死死咬住嘴唇，不肯松口。

梁墨突然喊了起来，吓了江暖暖一跳，她偷偷睁开眼一看，只见梁墨放声大喊，她有点吃惊，像他这么爱面子的人，居然会喊得这么大声。

"江暖暖！"梁墨对她喊，"一起喊出来啊！喊出来就不怕了！"

江暖暖看看四周的人，所有人都在惊叫，她看着梁墨索性也跟着喊了起来。过山车飞快地颠倒，上下飞驰，她渐渐不再害怕，甚至敢睁开眼看四周的风景了。

从过山车下来的时候，江暖暖的腿还是软的，但是心情不像开始那么害怕，反而变得很兴奋。

她催着他们继续玩下一个项目，贺志野扶着苏月缓了半天后笑道："你可真行，精神可真好！"

"那当然。"江暖暖很高兴，"下一个项目我们去玩什么啊？"

"去鬼屋吧。"贺志野说。

"鬼屋？"苏月有点犹豫，看了一眼贺志野。

贺志野笑着看着她："我在。"

江暖暖望向梁墨，梁墨冲她眨眨眼，她心领神会，先往前跑了一段路，转身招呼他们。梁墨迅速追到她身旁，对她说："计划是这样的，这个鬼屋我事先看过了，有两条分岔的路，其中一条路的位置在有个长发的女鬼那里，往左边走就是血池，到时候我会带着苏月往右边走。你就和贺志野往左边走，剩下的事就要看你自己发挥了。"

江暖暖很紧张地记下了梁墨的话，又紧张地问梁墨："怎么发挥？"

梁墨叹了口气："我上次教过你的，你还记得吗？"

"你教过我的？"江暖暖半晌没想起来，"你什么时候教过我？"

梁墨轻轻拍了拍她的脑袋说："笨就算了，记性还这么差。"

江暖暖突然想起梁墨之前在图书馆里对她做的那个动作，顿时满脸羞红，抓着梁墨的衣袖说："那……那个不行！"

"你试试再说行不行。"梁墨看着她抓着自己衣袖的小手，心里突然又是一跳，他改了口，"那个确实不行，你就装害怕吧。"

"能有用吗？"江暖暖半信半疑。

"男人都有保护欲的。"梁墨眼见苏月和贺志野越走越近，没有更多解释，"照办就行。"

鬼屋里黑漆漆的，一进门就传来阴森森的音乐，四周都是黑漆漆的，什么都看不见，只有远处一点类似鬼火的微弱光芒指引着方向。

苏月有点害怕，刚要开口，梁墨先说道："跟着我走，别怕。"说着拉着苏月走到了前头。贺志野有点不快，跟在两人后面，江暖暖则落在了最后。她从小胆大，又一直爱玩游戏，对这些东西没那么害怕。

四个人只刚往前走了一小段距离，突然从空中掉下一个鬼影向几个人猛扑过来，苏月吓得惊叫不已，梁墨说："这有什么好怕的，一个玩具而已。"

贺志野心疼不已，将胳膊递给苏月："别怕，有我在呢。"

两人各自一边将苏月夹在了中间，苏月想起什么似的问道："暖暖呢？"

江暖暖忙不迭地应道："我在这里。"

"你不害怕吗？"苏月很吃惊。

江暖暖本想说不怕，想起后面的任务，便做作地说："怕……当然……有点怕……"

"梁墨，你保护暖暖吧。"苏月说，"别让她一个女孩子在后面。"

梁墨说："让贺志野保护她吧。"

贺志野想也不想说道："她比我胆子还大，用不着我保护，是吧，兄弟？"

江暖暖装作胆小的样子说："今天这个鬼屋有点可怕……"

贺志野很诧异："不是吧？你平时看恐怖片比我还起劲，还说里面都是道具而已，没什么可怕的。怎么今天变得胆小起来？"

江暖暖有点生气："我也是个女孩子好吗？怎么就不能害怕了？"

苏月松开了贺志野的胳膊："你去吧。"

贺志野有点不放心："有事你叫我，我就在你身后。"

梁墨冷哼一声，拉着苏月往前走。他故意走得很快，拉着苏月迅速往鬼屋里面走。江暖暖则故意走得很慢，时不时地问贺志野："你看那是什么？"

贺志野心中牵挂苏月，心不在焉，江暖暖的问题都没听进心里，一个劲催江暖暖："走快点，里面还很大呢。"

还有三秒
就初恋

江暖暖眼见着四周人渐渐少了，便加紧了脚步找寻梁墨说的那个长发"女鬼"。

阴恻恻的绿光里时不时蹦出一两个披头散发的血衣"女鬼"，江暖暖吃不准到底哪个才是，好不容易看到一个女鬼，兴奋地上前问道："你是'女鬼'吗？"

妆扮女鬼的工作人员吃了一惊，连吓唬她都忘了。

江暖暖又问："你后面是岔路吗？"

"女鬼"没有回答默默让开了路，江暖暖心里高兴，忙招呼贺志野一起往左边走。

贺志野奇怪地问："你怎么知道往左边走？"

"猜的。"江暖暖说，"第六感。"

贺志野站在岔路中间往两边看了看，两边都是漆黑一片，没有任何可以参照的东西。他闭目深吸了一口气又仔细闻闻空中的气味，对江暖暖说："走吧。"

江暖暖好笑地问："你闻到什么味道了？"

贺志野笑了笑没有回答，江暖暖又笑："莫非是苏月的气味？"

贺志野哈哈一笑："我又不是狗！"

江暖暖一马当先，摸索两边的墙壁往前走。这条路是往下走的，她记得梁墨说过下面有血池，正想着该怎么向贺志野示弱，没想到脚下踏空往下摔去，她立即往墙壁靠去，想要试图稳住自己，万万没想到那墙壁上居然有一个旋转门，只刚靠上去，门就转动了，她被翻转到了另一面。

江暖暖傻了眼，这算是怎么回事？

四周很安静，远远听到放着的恐怖音乐的回声，没有任何人。她拿着手机打开手电筒照了照，正前方还有一个棺材，棺材旁边还有几具骨骼，棺材上面还吊着一个骨架，几道红光在棺材后面闪烁，透着一股诡异的气氛。

虽然明知一切都是假的，但心里还是生出了几分惧怕之意。江暖暖深吸一口气，往后抵门，可是这扇门居然没办法推回去。

江暖暖并没有失望，她知道游戏关卡不可能设计得这么简单，走到了棺材旁边上下左右看了一圈，开始捣鼓棺材板。

就在这时，她听到"咚"的一声闷响，吓得她浑身一抖，差点扔掉了手机。这时，她听到那边传来一个熟悉的声音："江暖暖，你在哪儿？"

江暖暖下巴差点都掉了："梁墨？你怎么也进来了？"

"你没事吧？"梁墨急忙问道。

"我没事，你怎么会到这里面来了？你不是和苏月去了另外一边吗？"江暖暖问道。

"贺志野找到我们，说你失踪了，我们就来找你了。"梁墨简略地说明了情况。

"原来是这样。"江暖暖这才明白过来。

梁墨向四周看了看问道："找到出口了吗？"

江暖暖摇摇头："我正在找呢，感觉这个棺材有点蹊跷，但是打不开。"

梁墨走到棺材旁边绕了一圈，又向那几个硅胶骨骼看过去，又看看悬挂在半空中的骨架。

"你看出什么了？"江暖暖问道。

"我试试看。"梁墨说着挨个移动硅胶骨骼一遍，在骨骼后面发现了一个小佛龛。

"这是什么？"江暖暖上前移动了佛龛，只听一阵轰隆隆的声响后，掉在棺材上面的骨架铁链开始移动，叮叮当当一阵声响后，棺材板被打开了，伴随着棺材板打开，里面坐起了个人影。

江暖暖就算胆大也被这突然坐起来的人影吓得参毛，浑身冰凉。就在这时，她感到一双有力的手将她拥入怀中，她贴在他温暖的胸口许久后，才慢慢回魂。

她突然意识到这个胸口的主人是梁墨，连忙挣脱他的怀抱，满脸羞红，不知该说什么才好，心跳比刚才被吓时跳得还要快。

梁墨若无其事地走到棺材前看了一阵便说："棺材里面有东西，应该是机关。"说着他用力拨动里面一个墓葬品样的东西。

只听"咔嚓"一声，在他们身后出现了一个门，门被打开了，外面的光照了进来，两人一起走了出去。

外面就是出口，两人走出来时就听到苏月和贺志野急切的声音："他们两个人都失踪了，麻烦你们帮忙找下。"

"苏月！贺志野！"江暖暖朝着两人跑了过去，"我们出来了。"

苏月一见江暖暖，立即将她紧紧抱在怀中："吓死我了！我怕你们出事了。"

江暖暖的心头泛起暖意："我没事的，就这点小场面，吓不倒我。"

贺志野在旁笑道："兄弟，我就知道你不会有事。"他对着江暖暖比了个大拇指。

梁墨一言不发地站在一旁看着三人，江暖暖叽叽喳喳地向苏月说着刚才在密室发生的事，苏月听得聚精会神，贺志野时不时和江暖暖搭话，说起她小时候的事，气得她直跳脚。

　　梁墨突然觉得心情低落，只觉得这太阳也变得冰凉。

第十三章
为这虚假的情义干杯
:
:

从游乐园回来后，江暖暖在朋友圈里看到苏月发的今天的照片，里面有一张照片是贺志野和苏月的单独合影，两人站得很近，笑得很甜，一眼就看出两人的关系不同寻常。

她默默点了个赞。

她觉得贺志野和苏月很般配，只是觉得自己对不起梁墨。今天又是失败的一次僚机。

梁墨也看到了苏月的朋友圈，看着贺志野和苏月的那张合影很久，令他感到奇怪的是，他没有嫉妒的感觉，也不生气，甚至觉得两人在一起感觉很不错。

从前他很笃定自己喜欢苏月，可是现在又有些不确定了。

"罗巧，问你个问题。"

罗巧目瞪口呆："你有问题问我？太阳打西边出来了吗？"

梁墨瞪了罗巧一眼，罗巧立即打消取笑他的念头，正经地问："什么问题？请说。"

梁墨干咳了一声问道："喜欢一个人是什么样的？或者是什么感觉？"

罗巧呆呆地看着梁墨："大哥，你确定这个问题要问我？"

梁墨挑挑眉头，罗巧急忙说："不是，我一个单身人士，你问我有什么用？"他看着梁墨的脸色又说，"不过，我确实喜欢过别人，嘿嘿。"

梁墨没说话，罗巧沉醉在回忆里："喜欢一个人啊，怎么说呢？那就是又苦又甜的感觉。她和你说一句话，你都心里甜好久；她要不理你，你就会难过好久。她的一句话要想好久好久，反复琢磨她的表情、语气，猜测她到底心里有没有你。不管看到什么，都想告诉她，就想和她分享，哪怕是一个笑话都想立即说给她听。你会为了她高兴而高兴，为了她难过而难过。不是有那么一句话吗？爱你的人眼睛里都藏不住，掩饰不住看见她时的喜悦，不由自主想要往她身边靠近。反正就是无时无刻都在想着她，从早上睁眼到晚上做梦，都是她的影子，简直和鬼迷心窍一样。如果对方身边出现了其他异性，那就恨不得立即查清楚对方和她的关系。两个人说一句话，都觉得恨得牙根痒痒，要是他们两个人笑一笑，就要怀疑两个人之间是不是有什么不可告人的秘密了……"

梁墨的脸色骤变，他紧盯着罗巧的脸，确定罗巧一直沉浸在回忆里，才略略松了口气。

"梁墨，你怎么问我这个问题？你是不是喜欢上谁了？"罗巧结束了回忆问道。

梁墨白了罗巧一眼，罗巧舰着脸很八卦地问："是不是江暖暖？"

梁墨脱口道："不可能！绝不可能！"

罗巧看他神情不好，嘀咕道："为什么不可能？干吗这么大的反应？"

梁墨瞪了罗巧一眼说："我们只是朋友。"

"我知道。"罗巧想起什么似的，"对了，有个事正好找你，既然你们只是朋友就好办了。"

"什么事？"梁墨问道。

"你还记得隔壁宿舍的张华吗？"罗巧神秘兮兮地问道。

"是那个高高瘦瘦的？"梁墨想了一阵问道。

罗巧点头："就是他！他今天来找我，想让我帮他牵红线。"

梁墨疑惑地看着罗巧，慢慢明白过来："他不会喜欢江暖暖吧？"

罗巧竖起大拇指："要不都说你这脑子真好用，他看到江暖暖的照片和视频，说是对她一见钟情，死活缠着我要我介绍他们认识。"

梁墨冷笑一声："一见钟情？这年头还有人说这种话？"

罗巧笑着说："虽然江暖暖是比不上苏月好看，可是人家也很可爱啊，各花入各眼，喜欢她的人不少。"

"不少？"梁墨眉头一挑，"不少是什么意思？"

罗巧摆出八卦的神情："你真不知道啊？自从我们汉服社的视频和照片流传开后，很多人都对江暖暖很感兴趣呢，她的性格也很活泼热情，不像苏月是女神嘛，大家都有点不敢追，可是她就不同了。咱们学校论坛上面有个'你最想和谁在一起'的女孩子排名，她高居榜首。"

梁墨越发不高兴："怎么会有这种无聊的榜单？"

罗巧嘿嘿一笑："也就是你不知道。她在学校也算一红人，听说很多人都追求过她呢。"

梁墨挑挑眉头说："我怎么没听她提过？"

罗巧笑着说："难道人家女孩子什么事都要告诉你？"

梁墨没说话，他心情很恶劣，打开电脑进了游戏，江暖暖不在，他一个人无聊，正想着要不要叫江暖暖上线时，看到了公会聊天频道里有人说话："我终于打到龙蛋了！"

下面一片恭喜声：

"这么稀有，拍卖行卖多少钱？"

"拍卖行根本没货，这东西基本都是有市无价的。"

"你刷了多少天？"

"我刷了快两个月了，每天都在这里打，打龙都要打吐了，真是太难了。"

"你愿意多少出手？我收了，绝不还价。"

"他才不会卖呢！你以为他没事干去刷龙蛋？他是为了送给会长的！"

"嘿嘿。"那人没有否认，"她喜欢收集宠物嘛。"

"哎呀，你真是青菜强有力的竞争对手啊，上次他为了给会长冲声望蹲在副本里面两个礼拜刷物资。"

梁墨越看越吃惊，他没有想到江暖暖居然这么受欢迎。想想之前也是，好像每次她上线的时候，公会的聊天频道就会格外热闹。她说一句话，就会有人搭话，问一个问题，最少有几个人回答。

他看着聊天频道里面不断刷屏的字，迅速地从中分析对江暖暖有意思的人，在线的人当中最少有五个。

他听到他们互相爆料，有人特意算着她上线的时间陪她做任务下副

还有三秒
就初恋

本；有人因为她要做烟花，就帮忙无限收材料；她练小号，如果有需要什么副本，立即有人换号帮忙；无论何时，她只要喊一声，就会一呼百应；还有人每天在她下线前都会对她说一声晚安；她喜欢宠物和稀奇古怪的东西，所有人打到这些东西都会寄给她。

梁墨看着那些聊天内容心情很复杂，一时间对江暖暖鄙视至极，一时间又觉得她是无辜的，这都是别人在追她。

他足足看了几个小时，直到所有人下线后才默默地下线。

梁墨整整一夜都没睡好，心情极度恶劣，只刚起床，就看到隔壁的张华出现在宿舍门口和罗巧凑在一起嘀嘀咕咕。

他想让两人换个地方嘀咕，不料张华看到他却主动迎了过来，一脸谄媚的笑容："梁墨，你起来啦？"

梁墨一向不喜欢和人说废话，乜着眼睛看他："什么事？"

张华讨好地说："我听罗巧说你和江暖暖很熟，能不能请你帮个忙？"

梁墨瞪了一眼罗巧，刚想回绝张华，转念一想，对张华说："你想追她？"

张华连连点头："我觉得她很可爱，想认识她一下。你和她很熟应该知道她喜欢什么吧？"

梁墨看了他一眼笑道："当然知道。"

张华眼前一亮："梁哥，你透露一下呗？不白透露，你放心，只要我们能成，我一定不会忘了你的！我请你吃大餐！"

梁墨笑了笑说："大餐什么的都无所谓，不过呢，她是我的朋友，我肯定想为她把把关，要帮她介绍个靠谱的人……"

张华忙说："梁哥！你只管放心，我肯定靠谱！肯定对她一心一意特别好的！"

梁墨说："先别急着打包票，我这朋友呢，她脾气有些怪，很容易被惹怒，你确定要追吗？"

张华很坚决："当然了！谁还没点脾气？"

"她挺笨的，还经常捅娄子，要人给她收拾，你要做好这个准备才行。"梁墨斜着眼睛看张华。

张华笑着说："梁哥，你就直说吧，别绕圈子了。她喜欢什么，不喜欢什么，帮兄弟一把，兄弟不会忘了你的。"

梁墨拉下脸说："谁是你兄弟？"说着走出了宿舍。

张华一脸莫名其妙地问罗巧："他怎么了？好好的怎么生气了？"

罗巧两手一摊："你问我我问谁？"

"那我怎么追江暖暖？"张华问道。

罗巧拍拍他的肩膀，语重心长地说："兄弟，听我的，你最好换个目标。"

"为什么？"张华不解地看着罗巧。

罗巧掏出手机翻照片给他看："美女多着呢，你换个目标吧，听我的准没错。"

梁墨出了宿舍楼，看不到张华那张脸心情略好转，从前怎么没发现，这家伙真是讨嫌得很。都不熟，上来就兄弟长兄弟短，为了追江暖暖和他套近乎，真是恶心。

梁墨满腹腹诽没有来得及排解，就接到了罗子辰的电话。他微微一怔，许久没有联系了，他都快忘记这个人了。

"梁墨，马上期末了，我们视频社组织了活动，你来参加吗？"罗子辰问道。

"没兴趣。"梁墨连借口都懒得找。

"上次李焱的事，我们社里一直感觉对你们两位很抱歉，想要请你们两位一起来参加我们的活动。其实也不是什么大活动，就是在学校拍一点视频，做个合集，大家聚个餐。"罗子辰努力介绍活动内容。

"我们？你是说江暖暖也去？"梁墨问道。

"对啊，我已经和她说好了。"罗子辰说。

"什么时间？"梁墨问道。

罗子辰愣了几秒才明白梁墨的意思："就是本周六下午两点，在视频社集合。"

"好。"梁墨挂断了电话。

罗子辰看着手机觉得有点不可思议，这梁墨翻脸比翻书还快。

周六下午两点，梁墨准时出现在视频社，还没走到就听到一群人叽叽喳喳地说话，主题都围绕着江暖暖。

他推开门一看，只见所有人都围在江暖暖身边像做采访一样，不断地问她各种问题，她好脾气地一一作答。

梁墨进来后，所有人都不说话了，自觉离他远一点，只有罗子辰对他打了个招呼："来啦？"

梁墨微一点头，又看向了江暖暖。江暖暖却没有像往常一样冲他笑，目光躲躲闪闪看向别处。

梁墨眉心微拧，没有说话，只将目光落在了其他人身上。

视频社的人不多，大多是男生，除了江暖暖只有一名女生。

罗子辰招呼众人道："好了，我们人齐了。按照我们之前说好的，大家一起去拍视频素材，主题是校庆，大家尽量选择不同的素材拍摄，希望能剪辑出多种不一样的视频。晚上六点我们到校门口的烤肉店聚餐！"

众人欢呼一声一起走了出去，梁墨刻意走在后面，江暖暖却跑得飞快，几乎是抢先跑了出去。

出了视频社，众人都开始按照自己事先想好的内容去拍摄，江暖暖想拍一期校园风光的，便举着摄像机四处拍摄。

她选拍的地方多数很高，偏偏她的身材娇小，到处都拍不到，她充分发挥自己运动天赋，扛着摄像机上蹿下跳。

视频社的人看着她上下攀爬都替她捏了一把汗，其中有个叫吴敏的男生丢下了自己手里的拍摄，紧张地站在她身旁，一个劲地问她："要帮忙吗？"

"不用，不用！"江暖暖大大咧咧地摆摆手，"我搞得定。"

吴敏看着她做了个俯冲，一手撑在台子上，以极潇洒的姿势跃上一米的高台，不禁目瞪口呆地举着摄像机一直拍她。江暖暖浑然未觉，只是努力地拍摄墙角边绽放的梅花。

渐渐地，视频社好几个人都走到了江暖暖附近，举着各自的摄像机从不同的角度拍摄江暖暖。

她努力踮着脚往上面拍摄时，罗子辰跳上了高台，对她笑着说："我帮你吧。"

江暖暖将摄像机交给他，指着上面的几朵花说："拍这几个，从那边的角度拍。"

罗子辰举着摄像机，让她看镜头画面，一边转动摄像机："是这样吗？"

"再往左边偏一点。"江暖暖指挥罗子辰左右移动摄像机，"就是这样，画面定格再放大。"

罗子辰称赞道："你的镜头构图很漂亮，光影的角度也很好。"

江暖暖很高兴："是吗？我也觉得很好！"

罗子辰笑着看她："你还要拍哪里？我帮你拍，我的手很稳的，人称人肉稳定器。"

江暖暖指着旁边的几棵大树："我想拍那几个地方，从那边的树开始，画面慢慢切换到教学楼。"

"创意挺好的。"罗子辰表示赞赏，"我想想怎么拍。"

两人站在高台上面商量，指指点点讨论得很热闹。不远处的梁墨看着两人，一股无名怒火涌起。他喊了一声："江暖暖，你干吗呢？"

江暖暖一愣："我拍视频呢。"

"用得着这么拍吗？"梁墨也跃上了台子，拿过她的摄像机，"你不知道镜头可以放大缩小吗？像个猴子一样跳来跳去干什么？"

江暖暖有些不自在，他的声音很大，周围的人都听得很清楚。她夺回摄像机，白了他一眼说："我知道！"

梁墨又看了看罗子辰，罗子辰解释道："她想利用放大来推进镜头，所以必须站在高处，创意很不错。"

"哪里不错？这么普通，我用手机拍摄都比这个好。"梁墨冷冷地说。

罗子辰愕然，江暖暖惊诧地看着他，渐渐脸色变得灰白："我知道我没你会拍视频，但是也用不着这样说别人吧！"说完，她赌气地跳下了高台。

罗子辰连忙跳下台子追了过去。

梁墨站在台子上面看着两人远去的背影，心里很后悔。他恨不得抽自己一嘴巴，自己到底在胡说什么？

晚上六点半，罗子辰领着江暖暖进了烤肉店，其他人早已经到了，不过梁墨没来。

大家热情地给江暖暖和罗子辰挪了位置，为他们递上碗筷。

热气腾腾的烤肉店里，大家欢聚在一起说说笑笑，他们彼此都很熟悉，互相之间一直开玩笑，气氛很融洽。

罗子辰很周到，先为江暖暖倒了热饮，又将烤好的肉先让给江暖暖。

江暖暖受宠若惊，频频向众人道谢。

"江暖暖，你别再道谢了，听着太生分了。"罗子辰一边说一边贴心地给江暖暖递上热毛巾，"我们是前辈，应该照顾你的。"

"谢谢学长。"江暖暖还是习惯性地道谢。

"我们喝点酒吧！"几个人嚷嚷着叫了啤酒和梅子酒。

江暖暖很为难："我不会喝酒。"

"这是热梅子酒，很甜的，没有什么酒精，你试试看。"罗子辰给她倒一小杯。

江暖暖犹豫了片刻尝了一口，甜味在舌尖散开，和饮料一样，她立即喜欢上这个味道。

"我没骗你吧。"罗子辰笑着问道。

江暖暖举起酒杯敬罗子辰："学长我敬你！"干净利落地喝完了一杯酒。

罗子辰忙将杯中酒喝完："谢谢。"

几杯酒下肚，大家的关系更加融洽。

罗子辰笑着问江暖暖："江暖暖，有个问题我很好奇，不知道能不能问你？"

江暖暖有些微醺："什么问题？"

"你和梁墨是什么关系？"罗子辰还没开口，一旁的吴敏抢先问道。

"我们是朋友。"江暖暖笑嘻嘻地说。

"真的是朋友？他今天说的那话太过分了！"吴敏愤然道。

"就是，我都听不下去。这个人恃才傲物，脾气又坏，说实话要不是社长总说他技术一流，我都觉得他不该留在视频社！"

几个人叽叽喳喳地声讨起梁墨，他们觉得他傲慢、冷漠，一副很拽的样子。

江暖暖站起来，比画了一个噤声的动作，大声说道："你们说的都不对！"

众人都好奇地看着她，她的脸颊上满是红晕，眼睛半闭半张，身子歪歪斜斜地晃动："你们都说得不对！梁墨他，他是个好人！他很热心肠，对朋友很好，虽然嘴硬但是心很软！他、他……"

江暖暖晕乎乎地前后晃动，差点摔倒，罗子辰眼疾手快扶她坐下。

江暖暖向罗子辰咧嘴一笑，"谢谢学长！"说完就趴在桌子上。

众人面面相觑。

"我和吴敏送她回去吧。"罗子辰说，"你们继续。"

晚上八点，正是梁墨直播的时间，他在宿舍里对着镜头认真地解说一款新品网红化妆水。忽然，宿舍的门被推开了，张华闯了进来。

梁墨一愣，宿舍里除了他并没有其他人。他正打算用眼神示意张华离开，张华却径直朝他冲了过来："你知道江暖暖在哪里吗？"

梁墨立即关闭直播，冷冷地对张华道："出去！不要打扰我直播！"

"梁墨，我问你江暖暖在哪里？"张华急切地问。

梁墨微微一愣："她怎么了？"

张华将自己的手机递给梁墨："我刚在朋友圈看到的！"

朋友圈里有一张照片，画面里是江暖暖，她明显喝醉了，身边还站着两个男生。

"你没问发朋友圈的人吗？"梁墨冷冷地问。

"问了啊，我还打了电话，他一直没接！"张华急得跳脚，"你不是她朋友吗？你知道她去哪里了？"

梁墨没有回答张华，直接朝着宿舍外面奔去，张华愣了愣，连忙也跟着追了过去。

冬天黑得早，到处是一片漆黑，梁墨径直朝着烤肉店的方向奔去。他心里一片混乱，满脑子都是照片里江暖暖醉倒的模样。各种法制新闻不受控制地浮现在头脑里，让他感到深深的恐惧。

梁墨跑得飞快，张华在后面追了半晌后追不上了，气喘吁吁地放弃了追梁墨的念头。

梁墨快要跑出校园时，终于看到了江暖暖，罗子辰和吴敏一左一右扶着她往回走。

梁墨的头嗡地炸了，他冲到罗子辰和吴敏面前，二话不说将江暖暖抢了过来。

罗子辰和吴敏都一愣："梁墨？"

"你们两个龌龊的小人离她远点。"梁墨的眼神冷得可以杀人。

"梁墨，你说什么呢？"吴敏生气道，"你才是龌龊小人！"

"你们把她灌醉了想干什么？"梁墨冷冷地说，"我警告你们，这是犯罪！"

吴敏气急刚要骂人，罗子辰解释道："梁墨，你误会了。她是喝醉了没错，不过不是我们灌的，是她酒量太差，一杯梅子酒就醉了，我们正要送她回来。"

梁墨并不相信他们的话，扶着烂醉的江暖暖："你们骗谁呢？一杯梅子酒就醉了？"

"真的，我们也没想到这世上还有如此酒量差的人。"罗子辰讪讪笑道。

吴敏说："你想想嘛，我们整个社的人都在，怎么可能灌她酒？如果真想害她，那么多人都在场，不都是证人吗？"

梁墨没有说话，罗子辰看了看他说："这样吧，把她交给你了，我们也放心了。"

吴敏有点犹豫："交给他能行吗？可别到时候出……"他看着梁墨

的神情，把后半截话咽了回去，"我们还是先回店里吧，他们还在等我们呢。"两人一边说一边识趣地往校门外走去。

梁墨扶着江暖暖想要送她回宿舍，然而江暖暖完全不省人事，梁墨一个人扶着她根本没办法走。

梁墨骂了一声："不能喝酒还学人喝什么酒？"他喋喋不休数落了她一通，然而她却昏昏沉沉，很显然一句话都没听见。

梁墨将她的头靠在自己的怀中固定好，奈何她像一根软面条身体不断往下滑，梁墨赶紧将她再次扶起，思来想去索性将她打横抱起，抱着她往前走。

公主抱的姿势虽然好看，但是太累人，梁墨没走一小段就已经累得走不动了。他只得将她抱到路边的长椅上休息，思索着要不要借个小推车什么的把她推回去。

想象了一下那个画面又觉得好笑，低头一看江暖暖，她似乎有点冷，身体微微蜷缩，梁墨将外套脱下来盖在她身上："江暖暖，我是不是上辈子欠了你的？这辈子怎么老是要给你收拾烂摊子？还是说，你是上天给我的惩罚？"

他看着她熟睡的脸庞，长长的睫毛微微抖动，脸颊都是粉红色，嘴唇樱桃一样红，引诱人。

梁墨修长的手指不自觉地落在她的额头上，轻轻抚她的眼睛、鼻子、嘴唇，他心跳加速，比他刚才从宿舍跑出来时还快。

"梁墨……"江暖暖忽然开口，吓得梁墨浑身一激灵，他迅速起身往后退了两步，心跳好久才平缓下来。他紧盯着江暖暖，却发现她并没有醒，只是在说梦话。

梁墨有点不敢确定自己刚才是不是真的听到江暖暖叫他，说不定只是自己幻听了。如果是真的呢？她为什么会在梦里叫自己的名字？

梁墨拼命回忆刚才那个瞬间到底听没听见，一时怀疑自己的记性出了差错，一时又觉得可能是听错了。他从未如此混乱过，不断来回踱步。

思来想去，他始终没有答案，他再次走到江暖暖面前，小声叫她："江暖暖，暖暖？"

江暖暖睡得很熟，并没有听到他的呼唤。他本想听她再喊一次，可是她一直没说话。她睡觉也不老实，不断地翻来翻去，盖在她身上的衣服也落了下来。

梁墨将衣服重新给她盖好，又将她枕在头上的胳膊抽出来放进衣服里，将她的头放在自己的腿上靠着。

四周很安静，夜色如浓墨般笼罩着，一盏孤冷的灯洒下微黄暖光照在他们身上。夜晚寒意虽深，他却没有感觉到寒冷，心跳一直很快。

梁墨摸出手机，进入直播间里，还有许多人在等候着他。他出现在屏幕里的时候，许多人纷纷刷屏问他怎么了。

梁墨简短地向大家道歉，表示临时有事，再次退出了直播间。这是他第一次中断直播。

他低头看着江暖暖，她凌乱的头发散落在他的腿上，他轻轻替她拢起长发。他替她梳过两次头发，化过两次妆，对她的长相非常熟悉，然而今天却总感觉有些不对，她看起来比从前漂亮，从前他觉得是缺陷的地方也变得可爱。

他拿出手机悄悄地拍了一张照片,照片里面的江暖暖酣睡正甜,看起来很可爱。他的脸上不觉间有了笑意,悄悄伏下身体,凑到她的旁边和她拍了一张合影。

他玩心大起,将江暖暖的头发编成不同的样子,偷偷拍了许多张搞怪的照片。

就在他玩得正开心的时候,江暖暖醒了,她睁开眼睛迷惘地望着他:"梁墨?"

梁墨迅速收敛笑意,变回扑克脸:"你醒了?"

江暖暖茫然失措:"我怎么了?这是哪里?"

梁墨简略地回答:"你喝醉了,这里是图书馆后面。"

江暖暖一肚子的问题,正想从哪个问起,忽然发现自己居然靠在梁墨的腿上,立即跳了起来,慌慌张张地往旁边跳了几步,语无伦次地说:"你,你,我,我……"

"你喝醉了,我一个人没办法把你送回宿舍,就在这里等你酒醒。"梁墨面无表情地解释。

江暖暖窘迫至极,她很想问为什么会躺在他腿上,可是又问不出口,半晌才挤出两个字:"谢谢。"

"回去吧。"梁墨拿起椅子上的外套穿上起身便走。

江暖暖看他离开后,松了一口气。天晓得她刚才心跳有多快,刚才真恨不得挖个坑把自己埋了。她的头脑里一片混乱,为什么梁墨会在?她记得明明自己是和视频社的人喝的酒,后面到底发生了什么事?

脸上像火烧一样烫,江暖暖摸着滚烫的脸颊,一路往宿舍小跑。

她不知道,不远处的身后,梁墨一直跟在她身后,看她进宿舍后才

还有三秒
就初恋

离开。

梁墨回到宿舍的时候已经很晚了，所有人都睡下了，他躺在床上却睡不着，满心满眼都是刚才发生的事，江暖暖的脸庞不断浮现在他眼前。

他的心像被猫挠过一样，一时觉得欢喜一时觉得痛苦，翻来覆去地想着她的一言一行，试图揣摩她的心里到底在想什么。

他的心里冒出了个念头，可又觉得不太可能，江暖暖无数次坚定地对他说过自己喜欢贺志野，怎么可能喜欢自己呢？

他立即否决了这个想法，可是一想到她看自己的眼神和言行，又觉得好像有那么一点像。

他完全失去了向来胸有成竹的判断力，不断地来回举证和否认，一时心里甜得掩饰不住笑，一时又觉得心灰意冷，理智和情感互相拉锯，辗转反侧，想了足足一夜，也没有得到答案，反而更加困惑。

他打开了江暖暖的朋友圈、微博、QQ 空间，仔仔细细地看每一条信息，分析她的个性，揣测她的真实想法。一句简单的话，他都反复看半天。

所有给江暖暖点过赞、评论过的人，他都去看了一遍，像一个侦探一样细细搜索她的所有信息，拼接她的生活。

然而一夜过后，他除了对贺志野增加几分恨意外，只知道了江暖暖是 A 型血、射手座。

从来没有研究过星座和血型的梁墨连夜从零开始学习星座和血型知识，打开了一扇新的大门。

梁墨学习了一夜星座知识，发现所有星座理论上都说天蝎座和射手座不配，气得关掉了所有页面。

早上起床的时候，他看着镜子里面的自己，忽然觉得有点莫名其妙，他到底怎么了？江暖暖喜不喜欢他有什么关系？他不是喜欢苏月吗？

江暖暖也没有睡好。她也不知道自己怎么了，这段时间有任何事都会不自觉地想起梁墨，习惯地向他求助。她每天联系他的次数超过了贺志野。

这次没想到又麻烦他，她记得睁开眼睛看到梁墨的那一刻，他那双迷人深邃的眸盯着她的眼睛，她的心跳差点停滞。

她模模糊糊记得好像有人抱着她，不会也是他吧？江暖暖不敢回忆细节，又忍不住去想。就算和贺志野一起长大，也没有这样亲密地接触过，虽然是因为喝醉了，但是也太丢人了。

梁墨要怎么想她啊？她把自己埋进被子里，这才发现手机里面有罗子辰发来的消息："你回宿舍了吗？不好意思，晚上让你喝多了。我们本来要送你回去，但是路上被梁墨'打劫'了。"

"打劫是什么意思？"江暖暖自言自语道，难道他特意去接她的？可是他怎么知道自己喝多了？

她在床上翻来翻去，实在捉摸不透梁墨的想法，明明之前还对她恶语相向，为什么会去接喝多的自己？

对头脑相对简单的江暖暖来说，梁墨就是个难解的九连环谜题，复杂到无从下手。她一度以为自己很了解他了，可后面才发现他根本不是自己想象的那样。

她是喜怒哀乐都写在脸上的人，所有的一切都放在阳光下，不会藏着掖着；而他不同，他像宇宙黑洞，所有的情绪都藏在黑洞里面，根本

还有三秒
就初恋

猜不出端倪。

她一想起来就觉得满脑子糨糊，索性放弃去想，逼着自己睡觉。

她做了个梦，梦里她和梁墨一起去了个开满了花的花园。她很开心，看着梁墨的眼睛，情不自禁地张开双臂想要拥抱他。

这时候，贺志野突然出现了，他说："暖暖，你不是喜欢我吗？"

江暖暖惊叫着醒了过来，李雅然忙问道："暖暖，你怎么了？做噩梦了？"

江暖暖连连点头："从来没有做过这么恐怖的噩梦。"

一连数日，罗巧都能感觉到梁墨身上散发出的恐怖气场，他的脸上虽然和从前一样没有太多表情，也很少说话，可那是表面的平静，下面似乎隐藏着狂风暴雨。

直播间的粉丝也感觉到梁墨有些不对劲，他虽然和平常一样给她们解答问题，做护肤品评测等，然而总有些不对劲的感觉。

"无颜大佬，你怎么了？是不是发生什么事了？"

"无颜大佬，你有什么不开心的事说出来，让我们开心一下吧！"

梁墨装作没有看见，继续做直播。

他现在突然有点不想做直播，不想和任何人说话，只想安安静静地发会儿呆。他比从前更加沉默，每天都会掐着时间去游戏里。

然而，江暖暖却很少上线。他每天在游戏里面做任务，看着好友列表里面那灰色的名字，心情有些焦躁，又有些期盼。

她也不再主动和他说话，只是同以前一样给他邮寄需要的东西。他看着被她塞满的信箱，心里开始怀疑自己的判断，也许只是她天性使然，喜欢帮助别人，而不是喜欢他？

想想也是，江暖暖向来活泼天真，对朋友仗义，并没有很强的利益得失心，对谁都很好。梁墨一想到这里，心里又生出一股无名怒火，草草下线。

躺在床上辗转反侧之时，他看到了一段话："喜欢就是看到你对别人也很好，就不大想理你了。"

梁墨莫名心里一惊。

晚上十点，早睡的已经躺下了，有的还没有回来。宿舍里只有罗巧和梁墨两个人。

罗巧小心翼翼地，尽量避免和梁墨接触，甚至连眼神都避免接触。

没想到梁墨却主动问他："罗巧，你谈过恋爱吗？"

罗巧惊得嘴里的零食差点掉了："你怎么会突然关心我的感情史？"

"没事闲着，聊一聊嘛。"梁墨笑得滴水不漏。

罗巧吞下薯片，试探地问梁墨："你和江暖暖出问题了？"

梁墨收起笑容："我和她没什么。"

"当真？张华说你那天知道她喝多了跑出去的样子，那可不是一般朋友的样子……"罗巧小心翼翼地看着梁墨。

"一个男人怎么这么喜欢乱八卦？她一个女生喝醉了，本来就不安全，我作为朋友当然为她担心。"梁墨不动声色地回答。

"对对，英雄救美没毛病。"罗巧附和道，"不过呢，一个人就算可以在言语上掩饰，但身体却是很诚实的。人在不经意间做出的反应和行为会暴露他的内心真实的想法，你知道吧？喜欢一个人是藏不住的，

还有三科就都恋

你可能没察觉，但是身体早就出卖了你，之前你给她化妆的时候我就发现了，你看她的眼神不一样……"

梁墨霍然起身，沉着脸说："别胡说！"

罗巧笑道："喜欢一个人又不丢人，干吗否认？"

"收起你龌龊的念头，我们不是你想的关系。"梁墨说。

"那你们是什么关系？"罗巧好奇地问。

"联盟。"梁墨吐出了两个字。

"联盟？我还是部落呢！你们玩魔兽的啊？"

罗巧的吐槽梁墨没有在意，他给江暖暖发了条消息："明天中午茶餐厅见。"

江暖暖很快回复了他消息："恐怕没时间。"

梁墨有点失望："你什么时候有时间？"

他想了想又补了一行字："我们讨论一下后面的作战计划。"

江暖暖过了一会儿回道："明天下午放学后在图书馆门口见。"

第十四章
我 的 太 阳

第二天下午，是口播练习课，梁墨一次过了练习，就一直看着时间。他今天特意换了一身黑色的中式外套，显得格外精神。

等到下课铃一响，他第一个冲出了教室，径直朝着图书馆奔去。

梁墨来早了，江暖暖还没有到，他不断地向着江暖暖的教室那边张望，计算她大概到达的时间。他的心里像有一把火在烧，从未如此急切地盼望着看到江暖暖。

江暖暖终于出现在他的视线时，他暗自深吸一口气，收敛神情，摆出一副和平日里一样的冷漠脸，偷偷打量着江暖暖。

她今天穿着米白色的外套和半身裙子，扎了个丸子头，显得很可爱。梁墨忽然有点紧张，忙收回眼神装作拍视频，耳朵却一直听着身后的动静。

他听着她的脚步声，冒冒失失又轻巧，像头小鹿，连走带跑到他身后。他等着她像之前一样拍他的肩膀，然而等了半天却没有动静。

他不得不放下手机，转过身假装才发现她："你来了？"

江暖暖的目光瞥向了别处，微微颔首。梁墨问道："为什么刚才不叫我？"

"你不是在拍视频吗？不想打扰你。"江暖暖说。

梁墨一笑："你什么时候会这么考虑了？你不是一向都大大咧咧的吗？"

江暖暖尴尬地笑了笑没说话，梁墨突然觉得气氛有点变了，从前他们之间那种自由自在的气氛消失了。他握着手机好几秒不知道该说什么，想好的开场白也变得很不合适。

还是江暖暖打破了僵局："你想和我商议什么作战计划？"

梁墨愣了几秒，那是他临时想的借口："我想着快放寒假了，我们还可以借着放假试一试……"

江暖暖听完梁墨临时编造的荒唐的所谓计划，许久后说："我刚才来的路上看到了他们……"

江暖暖小心翼翼地看着梁墨，小心选择措辞，梁墨没说话也没有表情。

江暖暖一时间不知道该不该说下去，直到梁墨吐出了几个字："然后呢？"

江暖暖把想说的话咽了回去："没什么……"

梁墨的心情变得别扭："有什么事不能说？不就是他们在一起吗？那又如何呢？"

江暖暖沉默了片刻后说："我觉得我们这样很对不起他们。"

梁墨细细推断她这句话背后的想法，是因为太喜欢贺志野了所以才说这样的话，还是因为她不再喜欢贺志野了？

"我想，我们的联盟就此解散吧，对不起。"江暖暖低着头说。

"为什么要说对不起？"梁墨有点烦躁。

"没帮你追到苏月……"江暖暖越来越小声。

"那不关你的事！"梁墨冷冷打断了江暖暖的话。

江暖暖飞快地抬头看了他一眼，又低下了头："那个，我先走了，她们还在等我。"

梁墨本想叫住江暖暖，然而却没有开口，眼睁睁地看着江暖暖越跑越远。他心情糟透了，一切都和他计划的不一样。

所有精心的准备都变得可笑，他想不通到底发生了什么，为什么他们之间会变成这样？

联盟正式解散后，梁墨再也没收到江暖暖的消息，他每天习惯地看着手机，每次听到消息提示声就会秒看，然而没有一条消息来自她。

他翻了翻之前和她的聊天记录，意外地发现他们之前的聊天记录非常多，之前几乎每天都有互发消息，起初他回的消息很少，渐渐越来越多，甚至比她说的话还多。

江暖暖和他说过很多话，分享过很多有趣有意思的内容，有视频，有笑话。他之前忙碌的时候许多都没有打开看过，现在逐条打开再看，想要回复她，可是打了字又删。

他想过主动联系她，可是没有理由，即便进入游戏，她对他有求必应，但总感觉他们之间变了味，从前话痨一样的江暖暖突然变得三缄其口。

他顿时觉得游戏也索然无味，只能在直播里能听到她的声音。她直播的时候，他都会和从前一样默默出现在直播间里冒充忠实粉丝为她打气打赏。

还有三秒
就初恋

她做的视频他每个都看了，并且在自己的直播里不断安利她的视频和直播，虽然他的粉丝很少有游戏玩家，但是也为她引了一点流量。

他仔仔细细回忆了之前和江暖暖之间发生的所有事、说过的话，实在想不通到底哪里出了问题。

一样想不通的还有江暖暖，她也不知道自己怎么了，忽然之间就没办法面对梁墨了。

从前坦坦荡荡的心情全无，变得别扭起来，原本她看到好笑的内容都会习惯性转发给他，现在却想了又想，生怕打扰了他。

梁墨多忙啊，她已经给他添过太多麻烦了，也不知道什么时候开始习惯依赖他，有事情本能地就会找他，现在想想都觉得自己太过分了。

她无数次打开和他的对话框又默默关闭，绞尽脑汁找和他说话的理由，又一一放弃——这些借口都不够完美，也许他会发现吧？

他该怎么想自己呢？她居然喜欢上了他。

她记得梁墨约她见面的那天，她满心期待想去见他。在路上的时候，她看到了苏月和贺志野手牵手走在一起，连空气都散发着甜味。

那一刻她心里闪过的念头居然是希望他们一直在一起，这样梁墨就永远不会和苏月在一起了。

她被自己吓了一跳，那一刻她突然发现，自己喜欢上了梁墨。

江暖暖恨不得抽自己几下，明明知道他喜欢的是苏月，现在居然成了这样，那自己之前的所作所为不就成了心机吗？

她开始偷偷关注梁墨的消息，看他的视频和直播，匿名称赞他，看到有人黑他，她第一时间跳出来和对方开杠，俨然成了他的狂热粉丝。

梁墨发现意外冒出个铁粉，心里也有些怀疑，尤其是那个 ID 的名字：日暖。看起来颇有些相似感，他连续观察了多日，发现这个铁粉除了会无脑捧他外，其实什么化妆技巧都没有，对于护肤的知识也是一知半解。

难道是他的对手派来的？梁墨心中很怀疑。他点开那个游客的资料，全是一片空白。只有头像的那张图片看起来颇为眼熟，他记得他曾经在江暖暖的微博里面看到过这样一张图片。可是那张图片是一张网络图，很多人都很喜欢。

会是她吗？他有点不确定，心里又有些欢喜。想要问她，却思来想去没有问，怕她此后再也不出现，索性装糊涂。

只是每次直播的时候，他都要留意"日暖"是否出现，若是没出现，他的心情便会低落许多，若是出现了，那天他直播都比往常更有劲。

粉丝们都发现了他的异常，纷纷发来问讯：

"无颜大佬，你是恋爱了吗？"

"无颜大佬，你喜欢什么样的女孩子？"

这时看见那个"日暖"进入了直播室里，他忽然紧张起来，原本已经想好的话语都说不出口，脸突然红了。

对着镜头愣了半天，粉丝们纷纷开起了玩笑，不知是谁说了句："怎么日暖一来大佬就害羞了？难道大佬喜欢的是日暖？"

大家都笑得厉害，梁墨却被戳中了心思，心里一时慌乱，口中一言不发，只是盯着"日暖"，却发现她默默退出了直播间，心情顿时落到了低谷，草草结束了那场直播。

江暖暖的心跳得厉害，她像做贼一样逃出了梁墨的直播间，脸颊上红扑扑的，又有一丝丝甜，又有一丝疑惑，梁墨知道那是她吗？

她已经很久没有见过梁墨了，却总是在不经意间想起他。想要联系他，却总觉得很别扭，好不容易绞尽脑汁找了个理由，问他是否一起打团本，但一想到他每天那么忙，还要做直播，便默默地删掉了问题。

　　她每天都会进游戏看看，如果梁墨不在，她就觉得很茫然无聊，这个游戏玩了这么久，竟索然无味起来。

　　除了正常带领公会的人打团本外，她经常会在各游戏地图没有目的地乱转，可是不管走到哪张地图，她都会想起和梁墨一起游戏时的情景。

　　从前她觉得是责任，在游戏里面带他，后来不知不觉成了习惯。对他好，变成了本能。她也分辨不清到底是因为自己喜欢他才对他那么好，还是仅仅只因为责任。

　　一切都成了未知的答案，过去和现在，现实和游戏都搅和在一起，让她日夜不宁。她解不出这道题。

　　"江暖暖，你怎么了？"同宿舍的李雅然摇着江暖暖问道，"你怎么变了？"

　　江暖暖很疑惑："我怎么了？"

　　"你变得不爱说话了，"李雅然说，"你以前每天元气满满，像个小太阳，怎么现在天天垂头丧气的，也不爱笑了？连饭量都比以前小了，你发生什么事了吗？"

　　江暖暖勉强一笑："没有吧……"

　　"还说没有？你看你现在笑的样子都好苦哦，一点都不甜了。"李雅然表情夸张地说，"你是不是和梁墨怎么了？最近都没有听你提他了。"

江暖暖做贼心虚，语无伦次地说："没有！没有！我和他本来就不熟！"

李雅然满腹狐疑地看着她："你们之前几乎天天都有联系啊，这样也叫不熟？你怕是对不熟这个词有什么误会吧？"

江暖暖正要辩解，远远地看见了梁墨的身影自那边走过来，她慌忙转身。

李雅然莫名其妙："你怎么了？"

江暖暖拉着她便跑，李雅然越发茫然："江暖暖，你到底怎么了？"

她的声音不是很大，但是不远处的梁墨耳朵敏感地捕捉到了江暖暖的名字。他的目光飞快地搜向了这边，看着江暖暖逃跑的背影，不由得看了看手中的袋子——里面全是江暖暖喜欢吃的零食。

"又有什么东西要我转交给暖暖？"苏月不期然从一旁出现，笑盈盈地问。

梁墨将东西递给她，又叮嘱道："别说是我。"

"知道啦。"苏月点头，又叹了口气，"你们到底在搞什么呢？"

梁墨没有回话，只是默默地转身离开。

江暖暖的游戏直播事业渐渐有了起色，她不定期地制作视频发到网站上，点击也渐渐变多。她使用梁墨教她的技巧，一点点制作出每个视频。

每次录制视频的时候，她总会不自觉地想起梁墨，想起他为自己和别人争吵。一直都觉得自己在照顾他，可是细想起来，他一直陪伴着她。

不仅在游戏里面，在现实里面也是如此。他为她解围，他保护她。

他说过，他对朋友会很好，很仗义。

252

所以只是朋友吧？

江暖暖一时陷入甜蜜的回忆，一时又纠结起他的好到底是什么缘由。

新学期的最后一个月，各社团的活动也更加频繁起来，各种聚会也增加了许多。李雅然看江暖暖心情不好，便邀请她一起去参加学校的晚会。

"超多帅哥都要来，听说各大院系的系草全部都来！"李雅然软磨硬泡，"什么款式都有，随便你点。"

江暖暖兴趣缺缺，却经不住柳思和张锦一直劝，只得勉强答应了。

"对了！记得邀请一个男伴哦！"李雅然笑道。

"啥？"江暖暖目光呆滞愣了一秒，头脑里闪过梁墨的身影，立即又否决了，"没有怎么办？"

"那就到时候找吧。"李雅然坏笑着摇手机，"我已经把你的名字报过去了！"

江暖暖无奈地叹了口气，李雅然笑道："江暖暖，你得变回原来的自己才行！加油！"

罗巧偷偷看了一眼梁墨，欲言又止。就在他琢磨着怎么开口时，梁墨问道："你想说什么？"

罗巧搓搓手谄媚地笑道："是这样的，学校马上要开晚会了，我们汉服社准备走个秀……"

"没时间，没兴趣。"梁墨打断了他的话。

罗巧瞄了他一眼说："那算了，我听说这次去的人不少。对了，江暖暖也去，还有张华。"

梁墨忙碌的手停了下来，他不动声色地看了一眼罗巧："你们什么晚会？还要走秀？"

"就是校内大联欢，学校里面的人互相熟悉下。顺便说一声，听说每年这个晚会都会成就不少情侣的。"罗巧兴奋得直搓手。

"那你走什么秀？"梁墨冷冷地说，"人家是去找情侣的，谁会对你的秀感兴趣？"

"话不能这么说。"罗巧忽然变得腼腆起来，"你也知道我的条件，我平时没什么存在感的，但是穿上汉服就不同了，好歹可以吸引些眼球关注到我嘛。"

"所以打这走秀的名义，其实是为了撩妹。"梁墨嗤笑一声，看着他。

"那你帮不帮我？"罗巧问，"都是一个宿舍的兄弟，我能不能脱单，全指望你了。"

梁墨没说话，罗巧见他没拒绝，趁热打铁："我听说好多人都瞄上了江暖暖……"

梁墨的脸色顿时一黑："与我无关！"

罗巧见梁墨生气，心中一阵得意，梁墨肯定会去。

三天后的周末傍晚，准备参加联欢晚会的学生们都很兴奋，各个都努力打扮，早早来到晚会现场。

罗巧在宿舍里磨蹭了半天，看着依然不紧不慢地忙着自己作业的梁墨，心里打起了鼓，他不会真的不去吧？那到时候谁给自己化妆？

可是他又不敢叫梁墨，以梁墨的脾气，万一惹毛了，真的不去怎么办呢？

罗巧想来想去，故意装模作样地拿着手机看了一眼："哎呀，都这个时间了，再不去就晚了。"他一边说一边偷瞄梁墨。

梁墨并没反应。

罗巧心里着急，打开了门对外面打招呼："张华？你也去参加晚会吗？等我一下，我马上就去。"

梁墨的手停了停，看了一眼罗巧："你现在和张华关系不错啊。"

罗巧憨笑不已："目标一致，顺路而已。"

梁墨冷冷地扫了他一眼："哦？原来你们的目标一致啊。"

罗巧感觉到他目光的冷冽，猜不出他的意思，只想尽快逃离："那个，我先走了！"说着连忙出门。

梁墨看了一眼已经完成的作业，从容地换了一身干净的新羽绒服，这才走了出去。

夜幕降临，礼堂门外橙黄色的灯光闪耀，像一个个闪亮的星星。礼堂里面布置一新，各系的同学拿出了自己平生所学，将里面装扮得时尚又梦幻，造型新奇的灯，一片片粉色的羽毛旁边是星星灯。当中还有一个大的舞台和投屏，里面播放着视频社制作的视频。

里面人头攒动，到处都是兴奋的人，一个个脸上洋溢着笑容。梁墨进入礼堂后，不由得微微皱眉，这里比他想象的人还要多，到底江暖暖在哪里呢？

他打开了朋友圈仔细观察江暖暖发的那张照片，比对现场，巡视了一周后，终于在一个角落的附近找到了和照片差不多的地方。

梁墨往那边走去，人很多，他一边走一边用目光搜寻。就在他瞄到一个相似的粉色身影时，音响忽然响了起来，一个人跳上了舞台喊道："欢迎来到我们的晚会！这学期就要结束了，有很多新同学加入了我们，但是很多人都不熟悉，让我们一起来做个游戏，大家互相熟悉一下！"

所有人的目光都被舞台上的人吸引了，主持人的活动很简单，蒙上眼睛往前走十步，然后向距离最近的人介绍下你是谁。

主持人一宣布活动开始，现场便乱了套，许多人蒙着眼睛乱走，口中念念有词数着步数。也有人早就瞄好了目标，朝着那边走去。

眼见着张华往江暖暖身边走去，梁墨立即穿过人群径自走向江暖暖。

江暖暖捂着眼睛正在数："八，九……"

梁墨挡在了她和张华之间，并往后退了一步，挡住了张华前进的脚步。

江暖暖刚好数到："十！"放下手一看，惊愕不已，"梁墨？你怎么在这里？"

就在这时，旁边有个女生一头撞在了梁墨身上，梁墨微微一愣，女生睁开眼一看，当即捂着脸颊尖叫："梁墨，是你吗？你真的是梁墨吗？"

梁墨微微一怔，还未来得及开口，就听到女生的话如同连珠炮一样："我是新闻系的李云，和你一样是大一新生，我超级喜欢你的视频和直播，你的每个视频我都看过！你真是太厉害了！我真没想到我们今天会在这里遇见，今天真是我的超级幸运日！"

梁墨正想着该如何打发她走，却看见江暖暖的脸色微变，心中不禁暗自窃喜，莫非她是在吃醋？

梁墨对李云微微一笑："你好，我是梁墨，很高兴认识你。"

李云两眼发光，兴奋地拿出手机："我能加下你的联系方式吗？我一直想做一个新媒体时代的新闻专访，请问方便吗？"

还有三秒
就初恋

256

梁墨微微颔首："不胜荣幸。"

两人谈笑风生，江暖暖的脸色黯了下去。她心里有一股气不断地往上翻涌，从未体验过的怒意在心头翻腾。

她从未如此恼恨过，就在她无法进行表情管理时，一旁的张华对她说："江暖暖，你记得我是谁吗？"

江暖暖茫然地看着张华，张华热情似火："我们曾经在新生见面会的时候见过，你还记得吗？你唱歌之后，是我去唱歌的。"

江暖暖丝毫想不起来，只能抱歉地说："抱歉，我好像不记得……"

张华并不气馁，继续说："没关系，我猜你可能忘记了，但是我一直记得你，我一直都在关注你，你穿汉服的样子很可爱。"

江暖暖客气地说："谢谢。"

张华很兴奋地说："你猜我是什么星座的？"

江暖暖很意外，她不知道张华为什么会问这个问题，迟疑了片刻问道："白羊座？"

张华摇头，故作深情地望着她："我是为你'量身定做'。"

江暖暖听着这土味情话，十分不适应，笑也不是，不笑也不是。就在这时，梁墨突然走过来挡在了张华和江暖暖之间。

张华愕然："梁墨，你干什么？"

梁墨压根没理他，只是盯着江暖暖："你在干什么？"

江暖暖心头有气："与你无关。"

梁墨看她生气，心里很高兴，脸上却没有表情。刚才他看她和张华聊天，顿时就没心思和李云再说话，迅速打发李云离开，凑到两人中间。

"你不是要自我介绍吗？"梁墨说。

江暖暖一愣："为什么？"

梁墨还没开口，身后的张华探过头来："你们既然认识，那应该是我们自我介绍下啊……"

梁墨转头冷冷扫了他一眼："请你搞清游戏规则再说话。"

张华不解地答道："这游戏不是为了让大家互相认识吗？"

梁墨懒得和张华纠缠，拉着江暖暖往外面走。江暖暖跟在他身后，心头小鹿乱撞，又有点茫然失措："你要带我去哪里？"

梁墨头也不回："去自我介绍。"

两人离开了喧闹的礼堂，外面不像里面热闹翻天，冷冷的空气流动，江暖暖忍不住打了个喷嚏。

梁墨瞥了她一眼。她今天晚上穿着一件粉色短款修身的羽绒服，脖子露在了外面。他眉头皱了皱，取下脖子上的围巾绕在了她的脖子上。

江暖暖微微一愣，呆呆看着梁墨，两人靠得很近，梁墨的动作很温柔，表情却很严肃，叫人猜不透这是他的职业素养，还是他的绅士风度。

"你……"江暖暖讷讷地开口，"谢谢。"

梁墨白了她一眼说："你还真当自己是个太阳吗？可以自己发光发热？"

江暖暖嘟囔道："之前又不冷。"

"白天和晚上有温差的，你不知道吗？是不是听到有帅气的小哥哥就不要温度了？"梁墨想起刚才张华和她说话的样子，气不打一处来。

江暖暖也有点生气："漂亮的小姐姐也不少啊。你刚才不还和小姐姐在聊天吗？"

梁墨望着她生气的脸，突然笑了起来。他凑到她面前，用极魅惑的声音问她："你是不是喜欢上我了？"

江暖暖的脸顿时红了，连着往后退了好几步："胡说！我才不会喜欢你！"说完转身就跑。

梁墨望着她狂奔而去的背影，一阵狂喜之后，又生出了几分惶恐，她说的到底是真话还是假话？

他不由得有些后悔自己刚才的鲁莽。

江暖暖一口气奔回了宿舍，心中纷乱不已。

新学期考试周结束后，学生们的生活又恢复了往日的慵懒，只是在担心考试是否挂科的时候才有几分忧心。

"暖暖！"苏月远远地打了个招呼，她还和之前一样漂亮。

江暖暖对苏月笑着招呼道："大美女，早安！"

她们两个人自从鬼屋回来后就变得很亲密，苏月笑吟吟地拿给她一盒章鱼小丸子："快吃，刚买的，还是热的。"

江暖暖不客气地接过丸子顺手也塞给她一盒巧克力："刚收到的。"

苏月接过巧克力笑着向江暖暖道谢："暖暖，你最近怎么了？好像心情不好，和梁墨吵架了吗？"

江暖暖听到梁墨的名字，立即反驳道："没有！我们什么都没有！"

苏月望着她笑："真的什么都没有？"

江暖暖赌咒发誓："我和梁墨真的什么都没有！我发誓！"

"用得着这么严重吗？"苏月惊诧地看着她。

江暖暖结结巴巴地说："反正我们没事。"

苏月看着她红扑扑的脸,心下有几分明了:"刚才我还看到梁墨了呢。"

江暖暖没说话,苏月又说:"他也有点奇怪,情绪很不好,我和他说话也不耐烦,我都怀疑他失恋了。"

江暖暖笑了笑:"他……他一直都喜欢你。"

苏月望着江暖暖失落的神情,心下更加笃定:"我们才真的是什么都没有。我们一起长大,他像亲人一样,因为他的家庭要求特别严格的缘故,他和家里人从小就不亲,唯一的朋友就是我。可能因为这些缘故,他误以为自己喜欢我,其实只是把我当成了亲人。"

江暖暖脱口问道:"你怎么知道?"

"我当然知道,我知道喜欢一个人是怎么样的。"苏月的眼里满是温柔,"喜欢一个人会变得很卑微、很小心,总担心自己不够好配不上他。会事事都为对方考虑,只要对方开心,愿意做所有的事。喜欢上一个人就会变得很勇敢、很努力,想要成为更好的自己,想和他拥有一样的梦想,和他一起追逐远方。"

江暖暖的心扑通扑通乱跳,苏月说中了她的心思,可是梁墨真的只是把苏月当成家人吗?

"暖暖,喜欢一个人就要勇敢去追,因为啊,对方可能也喜欢你呢。"苏月望着她笑,"别让两个人因为不敢勇敢而错过彼此。"

"不都是男孩子主动吗?"江暖暖小声说。

"这是什么时代了,谁主动不都一样吗?重要的是双方都要有这份心意啊。"苏月拍了拍她的肩膀。

寒假即将来临,情侣们抓紧时间相聚在一起,彼此恋恋不舍。

还有三秒
就初恋

屋外雪花飞舞，屋子里却暖融融的，贺志野拉着苏月的手放入口袋，心疼地问："冻坏了吧？"

苏月摇摇头："我的心里是暖的，就不觉得冷。"

贺志野故意问道："你的心为什么是暖的？"

"因为有你住在里面。"苏月甜甜地笑。

贺志野将苏月拥入怀中："我的心原本是空的，有你住在里面就变满了，不再感觉空落落的。"

两人静静相拥，这一刻空气里弥漫着甜蜜的气味，画面如同偶像剧般散发着光。

这时，贺志野看到了窗外走过的江暖暖，他微微一愣。他好久都没见过江暖暖了，自从恋爱后，满心满眼都在苏月身上，很少关注江暖暖。

"咦，兄弟？"

"还叫兄弟？人家明明是女孩子。"苏月嗔怪道。

贺志野嘿嘿一笑："我习惯了，一直都当她是男孩子嘛。她怎么了？看上去好像不大高兴。"

苏月笑着说："你家兄弟可能恋爱了。"

贺志野大惊："她恋爱了？和谁？"

苏月将她所知道的事告诉了贺志野。贺志野摸着下巴问苏月："我认真地问你个问题，你公正公平地回答我，行不行？"

苏月翘起右手假装掐指神算："你是想问梁墨靠不靠谱吧？"

贺志野亲了苏月的额头一下笑道："不愧是我最聪明的月月，一猜就中。"

苏月笑着说："你放心吧，他是个超靠谱的人。"

贺志野望着苏月再次确认:"真的?这可是我兄弟的幸福,你可不能骗我。"

"放心吧,我也很喜欢暖暖,不会坑她的。"苏月说。她故意瞪了一眼贺志野,"你这么不情愿让暖暖和梁墨在一起,是不是因为你对她有意思?"

"天地良心啊!"贺志野急忙解释,"我和她真真是纯洁的兄弟情!"

苏月扑哧笑出了声:"乱说话……好了,我不逗你了。我觉得他们两个现在这样子应该是彼此误会了,或者有什么其他原因,我们帮他们一把吧。"

贺志野连连点头:"好!"

考试成绩公布后,寒假前的最后一个周末,江暖暖意外接到了贺志野的电话:"哥们,咱们去爬落金山吧,听说风景特别好。"

江暖暖有点奇怪:"苏月去吗?"

"去啊。"贺志野答得干脆。

江暖暖说:"那我去当你们的电灯泡吗?不合适吧。"

"没事,都是自己人,明天早上八点我们在落金山脚下等你。"贺志野不等江暖暖拒绝匆匆挂了电话。

苏月也挂断了电话,对贺志野比了个"OK"的手势。

贺志野放下心来:"这样就好了。"

苏月点头:"希望他们见面一切都顺利。"

早上八点,苏月接到了梁墨的电话:"我去不了,我这边临时有事,你们玩得开心。"

苏月傻了眼，刚要说话，梁墨已经挂了电话。苏月正要再打电话，贺志野打来了电话："暖暖说她有事，去不了。"

苏月愣了愣："刚刚梁墨也说来不了，看来只能下次找机会了。"

"下学期吧。"梁墨说，"我们下学期给他们当红娘吧。"

"好，我们设计作战计划吧！"苏月笑着说。

天气晴好，校园里面已经有人陆陆续续地离校回家了。

江暖暖漫无目的地在校园里游荡，她不想去打扰贺志野和苏月，只想一个人静一静。这一学期发生了太多事，校园里到处都留下了记忆。

每到一处都会想起曾经发生的事，她感到惊讶，自己什么时候记性变得这么好。

这些记忆大多都是和梁墨有关，回忆喷涌而出，原来不知不觉中，他们发生过那么多事。

她站在操场边发呆的时候，突然看到了一个人影。她定睛一看，心突突跳了起来，竟然是梁墨。

梁墨的手里拿着手机一边走一边对着太阳拍摄，慢慢走到了江暖暖面前。

江暖暖的心跳得更快了，梁墨似乎没有发现她，从她的面前走过。

"梁墨……"江暖暖忍不住开口唤了一声。

梁墨停下了脚步，转头看着她，脸上没有任何表情："什么事？"

"没，没什么……"江暖暖的心猛然往下一沉，他的神情分明和当初刚认识时一样冷漠。

梁墨没说话，也没继续往前走，两人沉默地站在操场边。

"那个，你刚才在拍什么啊？"江暖暖努力打破僵局。

"拍太阳。"梁墨淡淡地说。

"太阳有什么好拍的？"江暖暖不解地问。

"太阳是距离我们最近的恒星，因为太阳地球才有万物生长。因为有暖暖的阳光，这个世界才有活力。"梁墨深深的眼眸望向了江暖暖。

江暖暖心里有种怪怪的感觉，仿佛梁墨话里有话，可是又不能确定。她愣愣地看着梁墨，想要从他没有表情的脸上读出一点点端倪，可是一无所获。

"所以这个世界不能没有暖暖的太阳。"梁墨的眼神微有波澜。

江暖暖头脑发热，心一横，对梁墨说："梁墨，我是你的太阳吗？"

梁墨许久没有说话，江暖暖发窘，正后悔自己胡言乱语时，却看见梁墨点点头，她以为自己看花了，揉了揉眼睛："你点头了？"

梁墨好笑地看着她："要我再点一次吗？"

"要！"江暖暖的心快要飞出去了。

梁墨缓慢而坚定地点头："你就是我的太阳。"

江暖暖向梁墨猛扑过去，紧紧抱住了他。

梁墨被撞个满怀，啼笑皆非："真没见过你这样的。"

"不好吗？"江暖暖高高地抬起头，"太阳就是这样的啊，光芒万丈，充满了力量。"

梁墨一手揽住她，深深地望着她："很好，请你温暖我的余生。"

番外

⋮

[1]

江暖暖一边翻网页一边噘着嘴嘟囔。

"你不好好吃饭，嘟囔什么？"梁墨不高兴地问。

"所有的星座书上都说我们的星座不配。"江暖暖不高兴地说。

"是哪本星座书上说的？我把那本书撕掉。"梁墨平静地说完又给她碗里夹了一个鸡翅。

"好多网站都是这么说的。"江暖暖说。

梁墨没说话，看了江暖暖一眼："你再不吃，我就吃了。"

江暖暖急忙将碗里的鸡翅送到嘴里。

晚上直播的时候，梁墨一本正经地对着镜头说："今天我要给大家推荐的是星座情侣的香水，天蝎座配射手座。众所周知，最完美最般配的星座搭配组合就是这两个星座……"

几天后，各大星座网站上都有一条最合适的情侣星座的内容：天蝎座 VS 射手座。

[2]

"梁墨，你给我做个视频嘛。"江暖暖翻看梁墨发在网上的视频，突然发现没有一条关于她的。

梁墨看了她一眼说："不做。"

"为什么？"江暖暖有些不甘心。

"不想。"梁墨答得干脆。

"为什么不想？难道嫌我丑？"江暖暖不高兴地问。

梁墨翻看手机不回答，江暖暖很不高兴，一把夺过他的手机，却意外发现里面有无数条关于她的视频。

"你居然做过这么多视频！为什么不发出来？"

梁墨瞪了她一眼说："我的女人，凭什么要给别人看？"

[3]

"我睡不着。"半夜两点，江暖暖发了一条消息给梁墨。

几秒钟后，她收到了好几条语音消息。

江暖暖一一点开，听到了不同的声音给她唱歌，哄她睡觉。

"晚安，宝贝。""小奶狗"的声音。

"到我怀里睡。"霸道总裁的声音。

"我想你了。""小狼狗"的声音。

"我给你讲故事，从前有座山……"学霸的声音。

"晚安。"江暖暖对着手机轻声说。